扬州市文艺创作引导资金项目作品

大漠魂

曹阳春 著

经济日报出版社

图书在版编目(CIP)数据

大漠魂 / 曹阳春著.—北京：经济日报出版社，
2023.1
ISBN 978-7-5196-1316-7

Ⅰ.①大… Ⅱ.①曹… Ⅲ.①散文集－中国－当代
Ⅳ.①I267

中国国家版本馆CIP数据核字(2023)第066745号

大漠魂

作　　者	曹阳春
责任编辑	王　含
责任校对	于立荣
出版发行	经济日报出版社
地　　址	北京市西城区白纸坊东街2号 (邮政编码:100054)
电　　话	010-63567684 （总编室）
	010-63584556 63567691 （财经编辑部）
	010-63567687 （企业与企业家史编辑部）
	010-63567683 （经济与管理学术编辑部）
	010-63538621 63567692 （发行部）
网　　址	www.edpbook.com.cn
E-mail	edpbook@126.com
经　　销	全国新华书店
印　　刷	成都勤德印务有限公司
开　　本	787×1092毫米　1/16
印　　张	13.50
字　　数	240千字
版　　次	2023年1月第1版
印　　次	2023年1月第1次印刷
书　　号	ISBN 978-7-5196-1316-7
定　　价	68.00元

第三记骆驼蹄印

——读曹阳春《大漠魂》

王资鑫

阳春本不是职业码字人，他只是文界"票友"。创办并运作一家文旅公司，才是他的营生。他一出手，便石破天惊，竟揽教育于怀，作资源配置，寓教育于游，这做派分明又与营销无干，当归文学浪漫范畴。说起浪漫，非止于此，公司名儿也浪漫，叫"小骆驼"，但活儿绝不浪漫，忍饥、耐渴、经寒、负重，如此这般苦干了18个春秋。于今，18岁的小骆驼已行冠礼，虽步步维艰，但依旧跋涉在阳光下、大漠中，足以证明一切。而这一切，正是阳春入世后的最佳意象自注。

令人惊叹的是，阳春这后生偏不安生：颠簸驼峰间，算计经济余，竟作文化思考，不经意间已在文学路上踩下三个大大的、深深的骆驼蹄印。2011年的散文集《雨中的酒气》，形虽醉，意却浓，那是无邪第一蹄，可喜！2017年的散文集《独上齐云》，影虽孤，行更远，那是帅气的第二蹄，可贺！尤为可赞的是，他一鼓而再，三鼓更劲，"驼"不停蹄，又踩下第三蹄，坚而实，稳而健，如一颗中国铃印，将《大漠魂》镌在他的人生路上，春雷般叩击东方大地。

对比前迹，这第三蹄着意处，是踩准了三个力点，由是便将《大漠魂》铸成三足宝鼎，梦般深邃，诗样美境，炫人眼目，扣人心弦。

鼎之一，为"人"，阳春写真了一个大世界。

在这个人世间的大走廊中，有郊区牛场女工，有古城小巷画师，有西南民宿经营者，有集市旧货回收人，有乡镇赶集者，有大山采药人，有凌晨5点半的建筑工，有在草木间的把酒者……阳春以平民视角，将镜头瞄准的始终是普通群体众生相。笔端饱蘸汗水，心头充满挚爱，为奋斗者写生，为困难者呼吁，其关切，其平实，读之如春风拂面。他还有更狠处，即调动读者听觉，让我们从东巴山歌中，从锣鼓声中，从后庄傻舅舅乐呵呵的笑声中，听到坚韧，听到豁达，听到民声，而这民声何尝不是民生。如此记录真实，弘扬民本，显然绝非止于同情心所能解释，而是责任心的文学演绎。因为，对他而言，正是他们"照亮了生命的码头，打湿了漂泊的双眼"。

阳春的思绪触角"如擀面条一样，越擀越长"，他又执拗地从人与人的关系，向人与动物的关系开掘。若云赵忠祥版说"动物世界"多为珍禽奇兽，则曹阳春版写"动物世界"全是再寻常不过的家畜家禽，乃至一犬一猫、一鱼一虾、一鼠一狐、一虫一鸦，阳春都顽固地呼吁"一个也不能少"。因为，"随耕地一起远去的，除了童真，还有另一个世界"。在他对乡情的眷恋和追忆中，我们看到了潜伏在他基因中的"泛爱众"，那大致属于儒家的仁者爱人观。

鼎之二，为"景"，阳春还原了一个大自然。

跟着《大漠魂》去旅行，是件特惬意的事。首在视点之多：从江南水到陕北风，从阳朔桥到昆仑雪，从通麦天险到海南椰林，从贝加尔湖寒流到闽广沿海热浪……其灵思喷涌，落英缤纷，直如海雨天风，扑面而来，无论如何，是一次次江山多娇的体验。

而视界之阔，又让读者得到了一次次天马行空的自在。他写陇西，像药篓子拴在黄土高原尾巴上；他写腊子口，被剑劈开，挤成线峡，从横变竖；他写阴山，躺下身躯，头枕贺兰山，脚踩滦河谷，鼾鼾地打盹……高视角，大胸襟，超旷涉虚，浩瀚磅礴，鱼龙腾跃，鲲鹏转化。阳春超越时空，摆脱约束，以他独有的多维视角与多重观念，俯瞰着拉了一个无穷大的世界。而这个无限性的思维空间，是震撼性的。

阳春写景另一真谛是视野之深。板桥说，画到精神飘没处，更无真相有真魂。作文亦然。阳春笔下之景，山是山，水是水，然山亦非山，水亦非水。他听蝉，听出人生之味新的歌唱；他测水，测出水立方中的心跳空间；他望北，望到了生命的多彩。楼外有楼，天外有天，阳春的景外，有精、有气、有神。一切艺术的生命在于铸魂，不仅具可欣赏性，还具可思考性，让阳春之景"怀里揣满了五湖四海的情结"。

鼎之三，为"史"，阳春还构建了一座大明宫。

说人、说景、说史，原为本书的鼎立三足，而说史，却于本书五分中恒占其二，缘何偏重？谜底在此处到了阳春当行出色之处：他原本出身于大学历史系的正宗门派。鉴于扬州是他的第二故乡，他当然要说扬州古史；又鉴于范文澜定性扬州是大唐最富裕的城市，没有之一，换言之，扬一益二，即为世界首城，他当然要说大唐扬州，要说大唐扬州的管理者们。不过，若以散文笔调研究历史、鉴赏唐诗，是极难下笔的，而阳春偏文中弄险，一篇不够，连下数篇，是需要些底气乃至勇气的。好在他博瞻详审，考信求实，终让高奥深笃的史学文字变得亲切活泼起来。最是昭若发蒙者，乃高适评说，其人格坐标，成就了乱世的一种精神引渡；其座右官箴，从政者须以德为先，已成资政之精神财富，有德则清，无德则浊，重德则兴，轻德则亡，无疑具有历史认知价值，给人以现实教益。

而令我惊喜的是，当我读惯了他的散文丽珠秀润、洪才泻河的同时，我又看到了他研究文字严谨的另一面，立论精核，引申该洽，这对当代历史散文创作之探索，无疑是难能可贵的。看来，阳春还是具备学者基质的。

看得出，阳春行文，于艺术手法，于修辞方法，皆不惜心力，使尽招数。最鲜明者，乃一个"简"字，此简不是简单，而是简洁，用字极吝，行句极短，枝蔓极少，飞白极净，徜徉其间，清峻如骋建安风骨，文辞似赏宋词燕乐，这便使阳春散文独具气象，有了相当的辨识度。大音希声，大象无形，最炼者最富，最素者最力，如侠者之无招胜有招，如老庄之无为胜有为，正是阳春追求的文学境界。浅语有味，臻于大而化之的文字，光读不行，必须嚼，才能嚼出味来。假以时日，阳春散文距离去一字不可、多一字不当的精彩，定不会遥远。

本序行将打住之际，我突然忆起，2006 年我与阳春初见之际，其文纯粹，其人丰神，我便欢喜起这个文学可造之才来。其后承他孝情，师事于我。16 年过去了，我为他的每一次付出击节，为他的每一点进步欢欣。他正不惑，正处于一个男人的黄金年轮，他的行进没有止步，也没有止境，诚如他所写的"耐力极强，驮物再重，路程再远，依旧埋首向前"。其实这正是"小骆驼"的写照，也是他的自勉画像。相信他的明天，会在人生路上踩下第四、第五、第N 个骆驼蹄印。这些蹄印会一直延向天际、延向未来、延向无垠……

会有这一天的。是为序。

CONTENTS 目 录

女场长

一直到江边，圩上长满了草。一尺多高，密匝匝的，连路都没有。周大姐套上护袖，挥起镰刀，开始了下午的忙碌。这一把，怎么又粗又滑？刚缓过神来，一条晃动的青蛇，已抵到鼻尖上，正吐着信子。

深呼吸一口，赶紧将魂魄用气压住。没工夫怕蛇，中午太热，钻到卡车肚子里躲阴的时间已经够长，必须快刀起落，必须在天黑前备足3600斤。周大姐开办了一个奶牛场，棚舍里大牛50多头，小牛20多头，每天的草料，都靠她用镰刀一把一把割回来。对她来说，相比青蛇的眼神，群牛的叫声，饥饿难耐的叫声，更加可怕。

夏天，圩上草。冬天，水花生。在远离草原的运河岸边，奶牛们只能圈养。牛走的路少了，人走的路便要增多。周大姐一个人，得管几十头牛的口粮，后来巅峰时，哞哞直叫的，甚至突破了300头。野办法不行了，改收稻草。第一年，20多万斤，垒成了4个高高的草堆。可当晚就下了暴雨，堆草没经验，烂了一大片。几年以后，稻草也不行了。农田被大块大块承包，田里收割的全是机器，稻秆被搅得又碎又短。干脆，去黑龙江，去内蒙古，买羊草。这种草，粗纤维，高蛋白，营养均衡。再干脆一些，学几门外语，进口美国和西班牙的牧草，让自己的奶牛也吃出世界范。

周大姐劳神的，可不单单是草料。奶牛场刚办时，从福建运回了60头，为防近亲交配，这些元老级的牛都要被打上耳标。村里没牛医，只有猪医。猪医就猪医吧，周大姐想，反正也差不多。没换衣服没换鞋，针头也没消毒，赶时间的猪医，小跑进入牛舍，一口气统统打完。出事了，马上就出事了！很快，死了6头。那阵子，猪疫高发。

傻了，彻底傻了！病情迅速蔓延，牛舍里的每一声哀号，都像一把把铁锤，要重重地敲出周大姐的心脏来。不能等，找专家，现在就找。消毒、打针、挂水，足足用了一个月，病情才日趋稳定。这一个月里，为了省钱，能不请兽医的，周大姐都自己上。牛的力气很大，五六百公斤的身子，随便一压，非伤即残。周大姐说，那些天，她很憔悴，很瘦弱，最胖的时候也没超过90斤。她还说，牛发起脾气，绳子拽也拽不住，好几根手指头，肉都被撕开了，血骨全露在外面。两只脚经常被牛踩到，脚趾头不断骨折，但为了方便干活，她坚决不用夹板，仅仅缠了几层纱布。

　　满身是伤的周大姐，还兼了挤奶工。每天要挤3次，凌晨四五点，中午12点至1点，晚上七八点。这些时刻，要么极端困倦，要么极端饿乏，人的状态都在低谷。但周大姐说，牛一天也是三顿饭，其他时间会影响休息，休息不好，产量就不好。再说了，它们吃饲料的时候，很温顺，很配合。每次挤奶，周大姐总是手下留情，她不希望产量过高。过高了，会降低配种率，会缩短寿命。在周大姐眼里，每一头牛的健康，都是异常珍贵的。

　　周大姐的奶牛场，100米外就是芒稻河，一条扬州境内很宽的河。傍晚，常飞来许多白鹭，还有各种各样额头红红的鸟雀。春天时，即便早上，也小区晨练似的，一群挨一群。这些鸟，年年来，天天来，走进奶牛场，就像走进自家庭院。一草一木，一棚一舍，在它们跟前，都是老朋友了。唯一诧异的，它们始终看不透，怎么忙里忙外，总是周大姐一个人？她先生呢，她公公婆婆呢，她的伙计们呢？

　　周大姐做事很硬，可心特别软。她说，小女人能驭大牛，纺织工能开养牛场，凭的就是一股劲，一股铆了16年的劲。要把自己当男人，当一群男人，只有感动苍天了，幸运才会降临。能一个人做完的，她都会让同事们早些下班，谁家没老没小啊，多干点，累不倒。

　　头一回去奶牛场，看见棚舍里一位女工，系着围裙、穿着胶鞋、踩着铁锹。我问，你们场长在吗？她笑笑，不在，外出了。转了半天，工人们齐齐一指，就是她，最不像场长的场长。她的身后，一堵矮墙上，挂着一把磨得光亮的镰刀……

体文兄

有两幅画面，我一发呆，就能看见。一幅在关中。清冷的月光，漂在渭河上，四周没有水草、没有渡口、没有窗亮。百里开外，一只孤独的陶俑，半跪在土里，2000 多年了，仍站不起来。一幅在皖南。仙山深处，一位老农骑在黑牛背上，正摇摇晃晃通过一座明朝的木桥。木桥旁边，凉亭中央，他的小孙子刚刚坐下，一卷唐代诗轴正展到李白杜牧。

与这两份记忆一并铺展的，是体文兄的陪伴。6 年前去关中，一年前去皖南，他都在我身旁，我们一路畅饮，一路高谈，有几次，差点弄乱了黄昏清晨。酒一多，我的故事和文字就会断档。体文兄恰恰相反，酒越烈越浓，他的才情越如蚕丝，越如江水。这两趟归来，没隔几日，他的《关中陶俑》，他的《乐在云山》，就一笔一笔、深深浅浅地画出来了。两张宣纸，不偏不倚，贴在了我文字的空白处。

体文兄是个画家，不张扬、不跟风的画家。应邀为我作画，几个月内，每次见面，必是同样的抱歉——创作中，创作中！而最后一旦出炉，四座必定惊讶，必是同样的赞叹——好，真好！他极少应酬，不擅打牌，无论何时何地，只要遇上了，绕七绕八的话题，绕到末了，总会聚焦一点。除了绘画，除了那些艺术线条，他大概没什么可说的。圈内各种八卦、各种红包、各种杂耍，他习惯远远看着，仿佛都在溪水对岸，一蹼就能过去，但他，从不尝试。

体文兄是徐州男人，典型的北方汉子。大嗓门，国字脸，豪爽性格。可作起画来，却细腻如发，一针一线地忙活。曾在报纸上，看过他的苏北雪景；曾在集子里，看过他的运河长卷；曾在案桌尽头，看过他的四季小品。每一幅，乍一看，以为改行做摄影了，定神一瞧，反复地瞧，才发现种种细节的妙处。这需要功夫，真功夫。

体文兄的功夫全靠琢磨，没日没夜地琢磨。年少时，到处拜师，得了一篓篓真传。稍长，便在扬州老城的街巷里，设堂纳徒，与弟子们一同切磋。他的画室我去过几次，敞厅一间，单屋两排，里头坐满了聚精会神的孩子。孩子们年龄不大，初高中模样，可对艺术的投入，却像硕士博士。教学相长，说的可能就是他这儿。如果换一身装束，在画板缝隙里走来走去时，他那停顿、那微语、那仪态，似极了民国的某位大家。

注重仪式感，是体文兄的一大坚守。这仪式，左手握节，右手捧气，合起来便是人与万物的相处之道。体文兄常说，现代人把日子过得很随意，敬畏丢了、匠心丢了、传承丢了，到终了，人人供奉的是同一部手机。在体文兄的画作里，我能看到一千年，看到五千年，看到庄子和伏羲，看到人世枯荣的悲欢和天地运行的轨迹。他落的墨，每一笔都有视觉之外的意味。再多一点，便满，再少一点，便缺，总那么恰到好处，总那么浑然天成。

有许多饭局，我是本能抗拒的。吹捧，毫无底线；脸色，瞬息万变；赔笑，不情不愿。一切都在烂醉如泥当中，变得浑浑噩噩，变得违心跳梁。体文兄却是例外。他的每一桌宴席，凡邀我的，必到，而且提前到。他敬酒的动作，像六朝名士，开头敬、中间敬、结尾敬，不多一杯，不少一杯，如他画一样，微微醺，刚刚好。

朋友之间，最好的感觉是舒服。哪怕半年未见，一想到，便有笑意。哪怕彻夜长谈，一倒头，便能睡去。体文兄就是这样的朋友，很舒服的朋友。那次在关中，那次在皖南，还有无数次在扬州，他呈现给我的，字画而外，全是古风，全是执念，全是血液里的流淌。

对了，体文兄姓宋，北宋的宋，南宋的宋。

汲 坞

一根长堤，如江南丝巾，在水面上柔柔地弯着。一头连接船坞，一头系向寺院，短短百米，就把尘世间种种庸扰，全丢到禅音里去了。两排灯笼，红红的，一齐点燃。透过冬夜的雨，堤上一个个石桩纷纷跳进了水里，一把又一把想捞起温暖的影子。

一到锦溪，我浑身寒气便消了不少。在小兵的汲坞，窗外有灯笼，室内有火炉，再冷的冬都侵不进来。汲坞是个大名字，茶驿、客栈、酒吧，这一带好几幢老屋门口的木刻招牌上，都能看见这俩字。河的东岸西岸，房主皆有宅子，东为吉屋，西为祥屋，全是上等地产。小兵租下了吉屋，改字不改音，创立了供旅人歇脚的汲坞。汲，取水；坞，船坞；连起来，正合老宅地理，既得生活情趣，又显意境悠远。

小兵是山里人，西南大山里的。他们布依族老家，冬天也很冷。每家每户，进门右边都有一个大火炉。来到江南锦溪，他把老家的习惯也一一带着了。汲坞的每一个厅堂都架设火炉，这些炉子或大或小、或高或矮，一样地暖和。所有炉子里，最别致的，要数餐厅那个。一条长长的铁链，从房梁上垂下来，在末端扣了一只大挂钩，钩子上面吊了一把刚从日本邮来的铁壶。小兵说，这壶，生的，得煮。先烧水，后烧茶，连续不断烧上四五天。壶口喷出的水汽，白白的，映着炉中红红的炭火，格外安静。在炉子边上，小兵还摆了两支蜡烛，同样一白一红，像是水汽和炭火的故交。

小兵深眼窝，光脑袋，乍一见面，以为是个粗线条的人。聊着聊着，他的各种手工，各种装饰，便在我四周快要流动起来了。小灯，用一截竹筒做的；大灯，用几十根树枝做的；茶壶，挤满了盘子，每一把都个性张扬。他一袭长衫，一顶盖耳的帽子，一只类似香袋的挎包，走起路来，真像一位久别千年的高僧。

他的手艺，还与美食有关。炒回锅肉，地道四川味。做土豆饼，又脆又香辣。煮的米饭，专挑蟹田良稻，还悄悄点了些茶叶。难怪他妻子说：厨艺还行，不会令大家失望。从他的饭菜里，能尝出蜂蜜的甜，能听见瀑布的响，能摸到峡谷的深，都是他老家的一草一木。

在他的汲坞，今夜一同饮酒的，没一个锦溪本地人。有成都一所大学的老师，教历史的，头发像爆炸的星球，据说是羌族人。有歌唱得极投入、一弹吉他就要紧闭双眼的茶道高手，据说是土家人。有美得要命，靠江靠海吃遍江鲜海鲜的职业玩家，据说是城里人。还有小兵的两只狗，流浪的母子二狗。大伙弹唱时，它们就在火炉边，安静地站着，前腿一趺，双耳一竖，很懂音乐似的。每一首曲子结束，又前腿一伸，双耳一耷，不急不慢地中场休息。

这汲坞，真若一个时光路口，每一刻，小兵都守在这儿。南边，宋代的皇妃水冢；北边，明朝的众安古桥；西边，飘香的凤鸣斋酒楼；东边，曲折的菱荡湾码头；而居其中的，正是汲坞。第一次来，是要冲。第二次来，便是归宿。寒冬的锦溪，游人寥寥，很多店铺早早就熄了灯。唯这汲坞，越夜越亮，越冷越暖。它的怀里，揣满了五湖四海的情绪。

汲坞的第一批老友，昨日从北京出发。昼夜行车，山东遇雪，江苏遇雨，终在今夜，同我们围炉相拥。他处赶来的，有的拎了螃蟹，有的背了书籍，有的带了故事，全朝汲坞切切地会聚。只半个夜晚，四座的心就打开了，不分长幼，不分贫富，同时举起杯子，干一个，再干一个。

酒后，我没离开。小兵说，留下吧，住汲坞客栈。推开木窗，堤上的灯笼还在，拴绳的石桩还在，只是那寺院的禅音已安寝睡去了。湖中央，有粼粼的光斑，远处，照见了生命的码头，近处，打湿了我漂泊的双眼。

木瓜园

雨在山坳里下了一整天。弯曲的路面像个老式澡堂，被一捆捆浓雾压得喘不过气来。明朝的廊桥，隔着三棵树，模糊不清，离我仿佛后退了几万年。白鹅的叫声软绵绵的，若不掐紧神经，连它一小嗓子，我都很难听见。

这片山野，我相当熟悉，每年来访的次数，远胜过返回家乡。河对岸的山头上有座水塔，高高的，老远就能看到。身后，也有山头，附近村民常提锄挖笋，大大小小，掘了无数个坑。以河为轴，左右本是对称的，现在一高一低，渐渐有了差别。

稻田和水车经过重新彩排，再度聚首。只不过，在寒冬腊月，稻子已被割尽，水车停止转动，它们靠得很近，却离得很远。就像那架铁犁，挨着一辆拖拉机，双双在冷雨中静默，不到开春，全是摆设。唯一活跃的是两把扫帚，它们同时倚向对方，不管风有多大，不管霜有多厚，始终紧紧抱在一起。拥抱的影子拓到了水面上，游鱼不忍打扰，一甩尾，去了远方湖塘。

推开柴门，是一条长长的小径。走到底，有一间茅屋。屋梁上，很随意地挂了几盏铜灯。灯的线条简洁、明快，尺度却非常大胆。蜡烛烧得歪歪扭扭，似乎燃了一夜，似乎在守着谁。

酒香从地窖里飘了过来，它把雕塑的味道，把油画的味道，把陶罐的味道，统统藏在怀里了。一路越过山丘，越过田畴，越过农舍，稳稳地滴进了袖口。我喜欢酒，哪怕一人，也常常痛饮。如是两人，必定豪爽，若过量了，要么回忆故事，要么创造故事。可今天，我突然丢失了气力，举杯的气力。我不能确信，手里的伞挡住的是雨，还是群山的温度。明显觉得冷，特别冷，稍微一动身子，风就钻进了衣领。

从山谷回到集镇，我入住了一家客栈。客栈像个大家庭，共 19 间房。每一间有名有姓，而且各不相同。我的那间叫木瓜园。上次也来过，阳光特别好，坐在园外露台上，我喝了几口茶，还吃了碗撒满青椒的面条。那一刻，我想起了广西木瓜——涠洲岛上的，明仕山水里的，大峡谷四周的，推着小车正在叫卖的。种种木瓜标签纷叠而至，随即，又一闪皆逝。

这次赶到集镇，不问别的，直奔这家客栈，直奔这间木瓜园。白天的情绪被雨淋透了，到了夜晚，盯着窗外，盯着江水，我更加忐忑。我记得，渔舟的光亮里，曾有一件蓑衣，我年年来穿的。可今天热切地寻找，不见蓑衣，不见光亮，也不见渔舟。我记得，过了桥栏，下一个陡坡，便是一座百年酒肆，里头的臭鳜鱼一直令我朝思暮想。可今天走了很长的路，桥栏、陡坡、酒肆都约好似的，不知去了哪里。我还记得，一出街口，便有馄饨，便有烧饼，便有一沓厚厚的宣纸。可今天拐了几条街巷，都是一模一样的店铺，都是千篇一律的寒暄。站在街头，挤在巷尾，拨开铁幕般的雨夜，我四处张望。

路，依旧很多。朝哪个方向，都能通达。只是这雨，跟我较上了劲。它一较劲，我就较真，以至于牵扯到了木瓜园——木瓜园里，到底有没有木瓜？如果硬是买来一只，或画上一只，搁着，挂着，很快就能出现。可印不到心里，一旦离去，便空净无痕。图腾式的木瓜，看来，与木瓜无关。

躺在矮榻上，一闭眼，就是山野、农田、村落，就是河流、竹林、烟岚，就是那些平日很温和、今日忒见外的皖南截片。一场雨，竟让我如此缭乱，这木瓜园里，到底藏了什么？

第二天清晨，温暖的太阳从江岸升起。粼粼水纹，一浪浮一浪，跳到了木瓜园里，跳到了矮榻上。顺着纹路，我看见了一条徽州古道，几百年了，行走的人们依旧成群结队。道上，有廊桥，有米香，有阵阵鸡犬声……

阿黑哥

午后，纳西院落。二三十位姑娘在照壁前围成一圈，听奶奶讲故事，听奶奶弹口弦。阿黑哥的奶奶是村里记性最好的，民族往事和先辈口训，每一件每一句，历历在眼前；也是村里声音最美的，山歌、情歌、祝酒歌，样样拿手。农闲时，全村姑娘齐齐过来，聚拢到一块，学弹学唱，学与心上人远山遥对。

阿黑哥说，奶奶是性情中人，偶尔还有些古怪。外人来到村落，都由奶奶接待，但山里条件差，少饭少菜，更缺荤腥，一到用餐，奶奶便一阵歌声，将姐弟四人撵得老远。等客人和爷爷吃完了，再一阵歌声，把姐弟们召回来，一起猛地上桌，享受残局。

爷爷是老东巴，纳西族的智者，擅中医、懂法术、能解人生哲理，村里大事小事，都靠他主持判定。上学以前，好动的阿黑哥常随无所不能的爷爷爬山过岗。要么搂松树叶子，一筐筐背回家，垫在猪圈下面，为牲畜取暖；要么割草砍柴，一捆捆扎紧了，堆在墙根或木梁底下；要么跟在爷爷后头，放一天的羊，回程时学几句牧羊曲，用歌声数数，用口哨传令。在山里，与奶奶一样，爷爷最爱唱歌了。恐怖的螺旋风来了，他一边脱下棉袄，盖在阿黑哥身上，一边仰天高歌，用意念驱风护犊。山间对歌，本由男女共同完成，他能一个人，既唱男声部，又唱女声部，每一次切换，总能陶醉几片山野。

阿黑哥10岁去读书，读小学。校园在悬崖下3公里，沿途险峻无比，难得回家一趟。住校，没食堂，一日三餐全靠矮小的土灶台，自带干粮，自己生火，半碗米饭、一截腊肉、两勺青菜汤，6年不变的食谱。上完小学，不念了，回到村里继续放羊。五年级时，爷爷意外去世，那些资深的头羊只认爷爷的声音，阿黑哥的牧羊曲失灵了，每天傍晚，再怎么清点，都数不准。

一年后，阿黑哥把驯服的羊群交给了弟弟，自己开启了农耕时代。家里养了一头耕牛，往年，看父亲耕地，又快又轻松，现在轮到自己，这牛，如叛逆的头羊，也耍起了性子。不走直线，双耳紧闭，到处乱跑。为了搞好关系，阿黑哥拼命学唱犁牛调，一遍遍学，一遍遍唱。慢慢地，牛开始适应了，它与阿黑哥彼此越来越满意，愉快地合作了七八年。

23岁，阿黑哥娶了媳妇。这媳妇，牧羊时认识的。阿黑哥在这山头，她在那山头，都用奶奶教的本领，一个劲地对唱。结婚后，不耕地了，改去山上挖药材。顶好的药材大多长在雪山脚下，阿黑哥好几次从悬崖上摔了下来，有两三回，还遇见了狼和熊。原始森林里阴暗潮湿，经常冒出各种奇怪的声响，害怕和恐惧总是一路相随。为了壮胆，阿黑哥颤颤地哼着纳西古调，挖到哪里，就哼到哪里。来之不易的药材，晒干后，装到麻袋里，五六十斤一袋，朝肩上一背，阿黑哥便独自赶往大研古镇。120里路，去程走两天，沉甸甸的。回程换了盐、茶、衣裳，还得走两天，依旧沉甸甸的。一个人的旅途，艰辛、疲惫、寂寞，能够陪伴阿黑哥的，除了影子，唯有自己的歌声了。

八九年前，繁华的丽江城里举办了一场原生态歌唱比赛。卖完药材的阿黑哥，拉二姐一起上台亮了一嗓子。这一亮相，竟得了冠军。从此，不再挖药材了，新奇地住在城里，做一名职业歌手。每天都唱，为游客，为喜欢纳西文化的人。山歌、情歌、祝酒歌，一如当年的奶奶，纳西人能唱的，他每一句都出彩。

今年秋天，阿黑哥刚开了家餐厅。凡客人进门，他皆唱迎宾曲。据说一广东姑娘，听得入神，一头撞到了门板上。还有没留意门槛，扭了脚的。我调侃他，听歌的都是用身体乃至生命在听。他说，那更得带劲唱了，要唱出大山的味道，要唱出民族的故事。真好，阿黑哥，有你在，纳西的院落永远不会冷清。

凌晨 5 点半

吊车和远树，黑黢黢的，一片模糊。仅在堤岸旁边，顺着手电筒微弱的光亮，才能看出一丝丝轮廓来。帆布上堆满的棉袜，脚底下沙沙作响的落叶，还有口中隐隐哈出的白气，这些凌晨景象反复提醒我，秋已深，寒冷的冬天就要到了。

煎饼、馄饨、粉丝，离两三百米就能闻见早点的味道。一辆小货车匆匆开过来，搬下几笼包子，往折叠桌上一放，又匆匆开走了。吃早点的都是附近工人，没路灯，他们便把头灯打开，没凳子，他们便蹲在路牙上。他们从不说早点或早餐，习惯说早饭，而且饭量惊人，自带不锈钢的大碗，有的一转眼便是两三碗。

卖杂货的，除了地摊，用帆布铺出来的地摊，其他形式也有，比如大包小包挂在摩托车的车身上，包里是手套、皮带和护膝，比如大桶小桶挤在三轮车的车斗中，桶内是瓦刀、卷尺和扳手。铺的、挂的、挤的，都挺方便，潮汐一般，随时能涨，随时能退。卖货的大多中年人。一半是男人，他们受过伤，干不了重活。一半是女人，他们的男人就在工地上。买货的大多也是中年人，男人的比例高一些，女人也不在少数。这一卖一买之间，全喜欢用现金，他们觉得手握现金，踏实，愉悦。

工人们的节奏，在凌晨时分是相当快的。他们必须很早起来，再困，再累，也得很早起来。他们必须马上吃饱，无论多烫，也得一口抢着一口，马上咽下去。他们必须按时打卡，按时人脸识别，哪怕晚一小步，也得扣工钱。跟他们一同醒来的，是自由鸣叫的飞鸟，一群群，在树林内或星空中，扑棱着翅膀，互相追逐嬉闹。个把小时以后，垂钓的，打太极的，才缓缓出门。那些垂钓的，盯着水面，一动不动。那些打太极的，虽然一直运动，但在工人们眼中，这蜗牛般的一招一式，要练出浑身毛病来的。

工地北边，有一条很长的河流。河面上，野鸭与黑水鸡正悠闲地拨着水草，而那几只调皮的小鸊鷉，已经来来回回扎了好几个猛子。河面上，一排排杉树和柳树，一片片半枯半绿的莲叶，照镜子似的，朝自己的影子看了又看。工人们每天经过这条河流，早晚都要经过，却从没心思去看一眼倒影。衣服和头发上，多了好几层泥土和白漆，也没照得出来。河流东岸，有几棵高大的桂花树，这个季节，无须借风，香气就能飘得很远。可工人们，总与之擦肩而过，什么金桂，什么银桂，才分辨不清呢。

凌晨 5 点半，薄雾从水面上腾起，把一阵阵凉意吹到了工地上。残缺的月亮挂在吊车后头，它泻下来的清光像冷霜一样，打得人周身发颤。工人们陆续就位，安全帽一戴，开始了一天的忙碌。近旁的摊贩们，做早点的和卖杂货的，只用短短几分钟，便将战场打扫干净，一丁点纸屑和一小滴油渍都没留下。若非亲眼所见，还真难以想象，在这条逼仄的道路上，每天凌晨，都会准时准点地上演一场市井大戏。

半空中，飞来了两只同样赶早的鸟儿，一只小白鹭，姿态优雅，还有只是灰喜鹊，好像落单了，到处乱撞。埋首干活的工人们，偶尔也会抬起头，用胳膊顶一顶帽檐，望着飞鸟划过的这片天空。脚下的楼群快竣工了，听说没几日，这一支建筑大军将要奔赴另一个工地。在那里，应该也有一条小路，也有凌晨 5 点半，也有风雨无阻的工人力量。

人在草木间

　　天刚放亮一会儿，凤凰桥头的石栏上，熙攘人影裹着的辣椒、韭菜、豆角，已热成了一屉蒸笼。周强一身短袖短裤，草绿色的，正风一般，从巷子的最东边疾走而来。他背着长长的画板，奔赴前线似的，兴奋和激昂打浓密的胡须里涔涔地往外翻腾。他一到场，车厢里的躁动，瞬时被清空了。孩子们的江南画卷，黄公望的那轴《富春山居图》，在他的侃侃描绘中，徐徐展开了。

　　带孩子们写生的这位周强，是我邻居，他的画室曾挨着我的书房。那一年，在一个近乎荒废的园区里，我们每晚相遇。他画山水，我写山水，共同的话题，句句围绕江河峰岳，字字不离郊野田畴。他喜欢品茶，什么茶都愿意尝一尝。每一次提笔，蘸的不仅是墨汁，不仅是色彩，还有通过毛孔和嘴角散发出来的点点茶香。他也好酒，但在一幅作品完成前，只端茶杯，不碰酒壶。我见过五六次，画得入神了，真把笔尖涮进了茶里，七上八下涮毛肚一般。而那口茶，后来无一例外，皆在不知不觉中，被他一饮而尽了。

　　给我的印象，周强是一位执拗的画家，融于山水，又不染纤尘。如其名，有周备的理论学养，有强大的艺术张力。可偏偏不屈俗世，常与买家为一笔一画争论，对方甩手远去，他愤愤不送。因而略显清贫，略显瘦弱憔悴。他也不在乎，饭菜简单些，衣着朴素些，无聊的酬请尽量再少些，反正有画相伴，白天黑夜从不孤寂。

　　朋友的事，周强件件上心。别说争论了，向来言听计从，赶紧办，妥妥办。大伙喜欢他的画，随口一句——要是孩子们能学就好了。他跑到古城中央，租了一座院落，摆齐桌凳、颜料和画板，夏天一排西瓜，冬天一地霜雪，手把手指导。学费任意，多可，少可，不给也可。我深夜发信息："乔迁新居，求画一幅。"他连夜起身，构思到了天明。三日后取画，他讲了一个多钟头，讲这幅为什么叫《静水流深》。临行时，又赠我两张小品，陶氏田园里的，说若不满意，重画奉上。

古城有家客栈，规模宏巨，仿佛小故宫。自清朝以来，诗书画盛极，一直是文化名流的大雅之堂。它的回廊、居室、餐厅，挂满了草木真迹。初看眼熟，走近细瞧，居然多是周强的，足足上百幅。我给他连连点赞，他腼腆一笑，摆摆手说，能与300年来的宗师为邻，应给这里的文脉点赞。的确，无论何时何地，周强始终谦卑，像森林里的一根枝条，像茶园中的一片叶子，上对天空和先贤，下对土地和孩子，一样心怀敬意，一样满脸真挚。

去年开春，周强激动地告诉我，昨夜得梦，在城北建了一所书画学校。电话那头，言语澎湃，气息连贯，好像梦境早已化真。我立马约他，前后喝了两次茶，校址、预算、师资，一一论证。他搂着我脖子讲，这事要成了，不泡茶，改喝酒，傍晚开始，倒满一盅盅，直到把天喝亮。我们击掌相定，分头推进。隔了些日子，准备再约茶，朋友圈突然冻住了。美协主席发了条求助，请大家救救周强，说他重病入院，癌症晚期。短短10日，他这个真性情的汉子，便急匆匆地弃我们远去了。他最后的签名，写在捐款簿上，看起来歪歪扭扭，却极认真，当是用尽了全身力气。他的落款，怎样起，怎样收，中间怎样转承，像上下班路线一样，我熟透了。这最后的签名，越看越陌生，如两丛杂乱的草木，斜堆在清冷的角落。

不，不是杂乱，不是斜堆。他的弥留时光，他的全部意念，早就浸在山水里头了。人在草木间，一茶字。饮茶作画，不正是他一辈子孜孜以求的嘛。从何处来，归何处去，看似无力的绝笔，恰恰映照了一生的轨迹。周强兄，那边不孤单吧，那边的笔墨也很丰盈吧？

后庄傻舅舅

庄在堆上。堆长好几里，庄子也就蔓延了好几里。上千口人，各数各的日头，皆安安分分。唯一个傻舅舅，总串东串西，嗡蝇般四处捣乱。

虽称舅舅，却无血缘联系。他那间土墙盖瓦的房子，紧贴外公家，按年龄辈分，顺口便这么叫了。他喜欢人多热闹，凡庄里有事，不请自来。表姐过10岁，他一早就到了。入席时，本没他位子，他毫不客气，一屁股坐了下去，而且是主桌。老太百寿宴，五世同堂，后生浩浩。他是外族外姓，只因谁饭前留了一句，便张大嘴巴，海吃海喝了起来。外公90大典，他主动跑到路口迎宾，别人不睬他，他依旧乐呵呵地继续迎。他自言自语：我高兴！别人反问：你高兴啥？

他喜欢逗孩子，牛魔王一样，追着屋前屋后到处喊。这么一个瘦瘦高高的人，站在孩群当中，旗杆似的，非常扎眼。他从不理会大人们的训斥，怎么赶都不离开，总能牢牢地粘住孩子们。外婆给我压岁钱，10张1角的，崭新崭新，一点折痕都没有。才数了一半，被他一把抢走了。归还的时候，揉成了大圆团，小心剥开来一看，只剩了7张。我们在学车，杠子很高的自行车，生怕有人过来，生怕碰到我们。他偏偏又推又拽，我们一上车就被摔，好几次压到了车底下。我们还叫他老馋猫，手里拿的玉米、花生、山芋，只要他看见了，或是远远地闻着味了，必定遭殃。无论吃什么，我们都要躲着他，躲得越偏僻越好。

他更喜欢做奇怪的事。盛鸡蛋的竹篓子，趁人家不注意，戴到了头上。裤腿一条放下来，另一条卷得老高，走起路来，夸张地一歪一扭。有时也蹑手蹑脚地，悄无声息，突然从后背把你紧紧抱住。左邻右舍一提到他，都指指点点。人们总感叹，好端端的一个人，怎么就傻了？

我也觉得，他是傻子，是个傻舅舅。他整天疯疯癫癫，整天惹是生非，整天装神弄鬼，没一刻是讨喜的人形。直到几年前，有一次回乡，在路边偶然遇见他，我才改变了看法。他一个人坐在堆上，朝堆下的万亩荷田与养鸭水道，目不转睛，使劲地望着。挨他身旁，我坐了下来。没等我开口，他就说话了，语调平稳地说话了。从我记事起，这是他头一次，头一次正常地说话。他告诉我，他以前是老师，方圆几里少有的知识分子，可命运无常，手脚里长了东西，每天都疼，不能继续教学了。回到庄里，不想被大家遗忘，就这么人前人后，装疯卖傻，演了一辈子。现在年过七旬了，疯不动了，也傻不动了，唯一能做的，便是对着泥土发呆。

傻舅舅也许感觉到了什么。他教过的书本里，也许有过"入土为安"的字样。据说我那次走后，他的手疾脚疾突然加重，没几天，就闭目西去了。为他送行的人寥寥无几，甚至隔了小半年，庄里人才都知道。幸好，与外公葬在一处，逝后仍做邻居，贴在一起的邻居。

故乡的标点

看似无关紧要，其实一个也不能少。

——题记

老　屋

这雨，下了个把月。白天还好，时急时缓，一到夜里，噼噼啪啪，像扎堆的冰雹。住在土墙草顶的屋子里，刚过 3 点，奶奶便起身了。火柴湿漉漉的，划了五六根，才把煤油灯点着。一道影子，忽然从地上甩进了木箱。奶奶一哆嗦，又是那条大花蛇，正由缝隙里钻出来，肌肉、肋骨、腹鳞，看得一清二楚。

蜷在床头，奶奶坐等天亮。天一亮，就去杨二爷家，请他们来盖房子，砖墙瓦顶的好房子。已经去过三趟，每一趟，都回同样的话："没法盖，这么多雨，盖了也是倒。"奶奶挺倔，一到饭点便去，发誓要将门槛踏平。他们实在拗不过，召集了七八个大工小工，穿雨衣、戴斗篷、卷裤腿，硬是在风里雨里很不情愿地开建了。

新房没倒，30 多年了，不漏雨，不透风，依旧结实。新房无蛇，的确长舒了一口气，但其他小动物却增添了不少。

一共三间。堂屋居中，亲戚来了，在这摆大桌子吃饭。长辈住东边，除了床，还有衣柜。我与哥哥住西边，除了床，还有粮食。衣柜和粮食最怕老鼠。兴许在我家待惯了，这些老鼠，从土屋到瓦房，非但没有减少，还滋生了更多。别名耗子，果然不假，因它们在，家里的损耗与日俱增。

盖房时，还特地设了机关，每一间嵌 4 个大玻璃瓶，瓶口与地面相齐，老鼠一旦掉进去，定爬不上来。可这些家伙，昼匿夜出，机警老练，对地形万分熟悉，若干年来无一中招。

养猫，唯一的办法。它是不错的家庭护卫，狸身虎面，柔毛利齿，天生的捕鼠能手。文化人的书房，小商店的仓库，馓子铺的竹筐，都仰仗它。在新房里，后半夜，这鼠猫之间常爆发战争，前逃后追，撕心狂叫。起初一两年，我被吵醒了很多次，后来老鼠锐减，猫也就懒了，猫一懒，为了节省口粮，奶奶便不再家养了。猫进鼠退，猫退鼠进，这样的更替，我记得有三四个回合。

一直和睦相处，不扰人、人不扰的是燕子。它始终住堂屋里头，一嘴一嘴衔来泥土，贴着横梁筑巢。这些巢，即使完好无损，每年也都会翻新。奶奶说，燕子是天女，能兴波祈雨，打不得，赶不得。堂屋里，最多时有 3 个巢，担心晚归的进不了门，我和哥哥常一只一只数着，确定飞齐了，才肯睡去。有一次，忘了留门，它们用翅膀不停地扑扇，如孩子向父母求救一般。

燕子细长优雅，惹人喜爱，所以能进屋。而麻雀和蝙蝠，只能缩在檐瓦间。麻雀虽小，偷吃粮食的本领却很大。每当晒稻谷，一见麻雀，大人孩子都要去赶，这情形，与对待燕子截然相反。蝙蝠很奇特，乡下人说，它是吃了盐的老鼠，是日伏夜行的天鼠。一提到鼠，我们就害怕，总会一遍遍地问奶奶："那有天猫吗？"她说将来一定会有。果真。

最近几年，这些屋里屋外的小生灵越来越少了。当年的土屋早已倾圮，当年的新房也成了老屋。突然安静下来，怪不习惯，很怀念先前的热热闹闹，哪怕充满紧张，哪怕充满胆怯。

棚　舍

奶奶的娘家养过两头驴。邻近五六个村子，没一匹马，这驴，算最体面的了。逢年过节，集市上，从东到西，从西到东，最多两辆驴车，全是他们家的。平日里，坐在门口，若听见赶车的吆喝声，也一定是他们家的。据说，驴的棚舍比人住的还好。以防被偷被毒，值守的男丁每夜都不敢大意。奶奶嫁过来，穿了一身红丝绸，拉车的驴脖子上也系了红丝绸，地位跟新娘一模一样。

驴的耐力极强，驮物再重，路程再远，依旧埋首向前。有一年雪天，跟大人去送年货，凌晨出发，子夜归来，它几乎一步未停，每一脚皆刺骨的冷。摸它耳朵，从上到下，摸了半天，一点脾气没有。学它叫声，又喘又哑，走一路，学一路，还是一点脾气没有。我的童年记忆里，这驴真是好哥们。而牛却不同。牛气能冲天，尤其那对角，尖尖的，像两支弯曲的长矛，隔几丈仍让人浑身发抖。舅舅家有一个小牛棚，我从未进去过。那头大水牛，除了犊子，对谁都瞪眼撂蹄。要不是能耕几亩地，舅舅才不会忍受那鼻音，才不会每天劳心劳力伺候着呢。

奶奶个子小，养不了驴，也养不了牛，猪和羊折腾过几年。

猪圈原先是木板围的，后来改成砖砌的。圈口有一石槽，和好的猪食从那里倒进去。喂猪是辛苦活，一日三顿，一顿不能少，稍微迟点，马上哼哼唧唧。奶奶养猪，每年两头，一头卖掉，一头家用。杀猪在腊月里，一等一的大事，左邻右舍能帮忙的都会聚拢过来。最费时的环节是剔猪毛，这猪啊，一孔生三毛，要想吃到干净的猪皮，真得下足了功夫。

养羊简单了。在竹竿上扣一根绳子，把羊群带到河岸的草地上，左边甩甩，右边甩甩，早晚各一次，便完事了。乡下人什么都缺，唯一不缺的是时间。奶奶说，只要会走路，谁家都能养，十几二十只，笃定能行。课余，我也替奶奶放羊，沿着河，寻找太阳升起的地方，或追逐云彩，追逐流云散去的瞬间。走不动了，骑到羊背上，像骑着马要快乐奔腾，好几条羊腿就这么被压断了。

把羊放在火上，便是羔。瞧，下面4个点，那是燃烧的火苗。烤全羊，多用小羊。可奶奶舍不得，一看它们温顺喜人的样子，就心软，别说羔子了，连成年的也舍不得。每年养的，要么卖，要么送，我们在家一口没吃过。

偶尔吃的与鸡鸭鹅有关。每年春天，奶奶都要翻盖鸡窝，这时，我的建筑梦想也会陡然膨胀。鸡窝内部类似干栏式，上层栖息，下层漏粪，还有一个专门的生蛋区。一到傍晚，我便挽起袖子，伸手去掏鸡蛋，有时几个，有时扑空。鸭子仅养过一回，它喜欢潜到水里，喜欢撩鱼，可我家四周缺河少塘，缺少它们玩乐的舞台。养鹅也是一回。奶奶说，空中的大雁落到地上便是鹅。别看它走路慢悠悠的，一遇见生人，就会情绪失控，就会张嘴攻击。串门的日渐稀疏，奶奶只好一狠心，将它们一锅炖了。

养畜养禽最怕疫病。奶奶不懂行，加之年事已高，这些四条腿两只脚的陆陆续续跑到别处去了。现今家里剩的，唯有空荡荡的猪圈，没门没锁，里头摆满了杂物。

田　垄

瓦房后面有块自留地。奶奶每天必去，青菜、韭菜、萝卜、白瓜都生长在这里。自留地东北角，常年堆的是两人高的大草垛。童时捉迷藏，草垛最合宜，刨个洞，钻进去，再脸朝外，把洞口堵严实了。一天午后，觉得大腿下面扎人，以为是麦秆尖儿，手一拨，一团针刺，魂吓飞了，赶紧喊奶奶。拿了把铁叉，奶奶抄底一兜，把它挑到了菜地里。这奇怪的小东西，头嘴像老鼠，刺毛像豪猪，缩起来以后，身子像板栗。奶奶说，它叫刺猬，总爱小偷小摸，瓜上的牙印多半是它咬的。

老家的农田全是一条一条的，长二三百米，宽二三十米，近沟或临河，方便浇灌。农田比自留地大多了，而且成片成片，是刺猬的乐土。每年挖花生和收西瓜，在浓叶或草丛里头最易碰到了。它见人就跑，跑不动便打滚，藏面腹下，曲成刺球。我吃过亏，不追它，也不惹它，任由来去。

性格异常残暴的是黄鼠狼。靠近村庄的田垄，黄鼠狼尤多。有次放学，我从田埂上回家，突然听到一声凄叫，杨妈提着裤子，从玉米堆后头慌慌张张地奔了出来。杨妈不高，但很胖，屁股白白的尽是肉。我看傻了，四下也没人啊。杨妈一边穿裤子，一边大吼："黄鼠狼！快，快，黄鼠狼！"她刚准备小解，发现屁股旁边有动静，扭头一看，黄鼠狼正斗蛇呢。这些黄鼠狼住田垄洞穴，食蛇食鼠，能爬树，能放臭气，还会趁着夜色闯进鸡窝里。奶奶回忆过，养鸡的那些年，被它叼走的或咬断脖子的，不下十七八只。

田野里，同样令我畏惧的还有蜈蚣。它在潮湿的地面上蠕行，发出蓝莹莹的光，像雷鸣时的闪电。农村的暑天，大人吓唬孩子，总说有雷劈。凡见闪电，一个个跟逃命似的，纷纷躲到门后。这蜈蚣，不仅样子可怕，还蜇人，听说比蜜蜂要坏多了。它的天敌是蜘蛛。奶奶讲，有蜘蛛的地方，蜈蚣定不敢撒野。隔壁杨二爹擅做风筝，两三米口径和十几米长度，一对冤家飞上高空鏖战。村里人都为蜘蛛鼓掌，没一个向着蜈蚣的。

田垄中的害物最不起眼的数蜗牛。雨后润土上，常爬来许多，我们用小树枝逗它的角。奶奶不准我们碰它，说庄稼的叶子和嫩芽被它啃光了。当时不信，觉得这么点儿能有什么危害。后来才知道，它的牙齿竟达两万多颗。天哪，明明是螺，何必上岸，回到水里，回到你的故乡去吧！

能让我们舒心的，也只有蛐蛐了。它善鸣、善跳、善斗，每一个特点如琴弦，一拨，孩子们立马就兴奋了。年年夏天，奶奶都会编竹笼子，巴掌大，上面系根布条，由小棍拎着。蛐蛐是上等宠物，待在竹笼子里，到潘家、到戴家、到吴家，孩子们拿它互相比拼，听颤音、较力量、看霸气。赢了，喂井水和菜叶。输了，放回田垄，重觅新的。

可田垄在我老家越发稀少了。随耕地一起远去的，除了童真，还有另一个世界。那里，很多事情唯靠想象了。

飞　天

喜鹊叫，客人到。奶奶说，喜鹊有灵，能报喜，是良善的鸟。它立的地方，一定湿气最少，一定干爽洁净。它营的巢，每年一个，从不取坠枝，根根都是树上的活梢。巢高，今年可能大水。巢低，也许今年遇旱。仿佛堪舆宗师，懂水文、知物候、辨风向。观它的巢，便观了未来。

八哥很懒，不善营巢，总爱占喜鹊的便宜。进不了喜鹊窝的，到处飞，找树穴，找屋脊，像包裹一样，随便哪里，能寄存就行。叫声却很动听，如自己的名字，从天空掠过，一路上撒满了清脆。翅膀一张，两边各有一块大白斑，从下面看，别说，还真似一个八字。

工于心计的首推乌鸦。奶奶讨厌它，我也讨厌它，整个村子里，大概仅有郭婶不在乎。郭婶打小又聋又瞎，没听过那粗粝嘶哑，没看过那恐怖黑煞。这乌鸦，混群游荡，一来就是一个集团，柿子、番茄、小麦、幼蚕什么都啄。怪不得讲乌合之众，它们走后，注定一片狼藉。拿它们，奶奶也没办法，刚汲的水，刚洗的菜，它们一个俯冲飞过来，凌乱争抢。挪到粮仓后面，不出几分钟，一准又被发现了。一阵哇哇直叫，黑压压的同伙全赶到了，战场上支援前线一般。

如何抓捕乌鸦，在我们乡下成了一门必修课。泄愤的办法是用弹弓，狠狠地抽，但精度不够，使了二三十颗泥丸子，一只也没打中。斗智的办法是改装老鼠夹，以鸡皮和稻谷作诱饵，引它们进入伏击圈。可这些黑鸟反侦察能力简直出神入化。当年的捕鸟队员，而今皆入中年，回想起来，战绩辉煌的寥寥无几。

倒是捕蝉，个个有话说。农村孩子不懂"蝉噪林逾静"，没那么多诗意，一闻群响，便要凑近了，便要去看看热闹。树干上贴了很多，枝头和叶子上也有，密密麻麻，一动不动。一只鸣，所有的跟着鸣。某一秒，又约好似的，戛然而止了。常为谁是领头的，我们蹲在树下争论不休。这蝉的智商跟乌鸦比，不及万分之一。捕它，只需两样东西，一是够长的竹棍，二是够黏的面筋。把面筋裹在竹棍上，一粘一只，小半天就一大捧。

蝴蝶静止时，双翅竖在背上，手一捏就能抓住。但奶奶不允许，说有粉，痒，对皮肤不好。我偷偷试了几次，一擦脸或膀子，确实不自在。可它们飞在空中像一朵朵漂浮的花儿，五颜六色，缤纷绚烂。我不愿离开，想同处一片云下，想跟它们一块纵情翱翔。办法来了，用肥皂泡，它是我的翅膀，一吹一长串，也是五颜六色，也是缤纷绚烂。围着蝴蝶，在澄净的午后，大家要一道起舞了。

夜晚的天空更加美丽。头顶上是一闪一闪的繁星，偶尔，还有快速划过的心愿。房前屋后，乘凉的木床、寂静的菜园、屏息的烟囱，每一处也都有一闪一闪的黄光绿光，它们是家养的星星，是孩子们的童话。每天晚上，提着小玻璃瓶，聚到最暗的地方，看谁的最多，看谁的最亮。一盏盏小灯，像一双双眼睛，孩子通过它们，去发现外面的世界，而它们通过孩子，去守住这夏日的乡土。

捉来的萤火虫，当晚定要放归的。奶奶说，天地有别，属于天上的，就应自由飞翔。是的，我们的手不能太长。长了，容易被折断。

水　网

白鹭风采优雅，嘴长、颈长、腿长，朝浅水里一站，如木桩，如坐标。到三姨家，要经过水田与荷荡，早晨去时，它们站在那里，傍晚返回，大部分还站在那里。我问奶奶："这白鹭，怎不爱走动？"奶奶一笑："它们不会捕鱼，傻站着，等鱼呢。"凝立水际，成日不挪，原是另一个版本的守株待兔。表面清高，心里边有说不出的苦。

我们乡下，大河两岸，必居渔民。渔民家里有船有网，过半数的还有鸬鹚。这鸬鹚，比白鹭强，特别能捕鱼，而且将捕鱼视为职业。二舅爹家养了五六只，他们叫鱼鹰，鹰在空中，鱼鹰在水里，皆弯嘴，皆善捕。它酷爱扎猛子，一头栽下去，小鱼大鱼全锁住。脖子上被勒了根细绳，小的自己吞下，大的献给主人。因了这些帮手，渔舟的画面灵动了许多。

不过，有三种鱼鸬鹚也难对付。一是黄鳝，二是泥鳅，三是鲇鱼。身上没有鳞，尽是黏液，抓它们，一不留神就会落空。渔人得亲自出马，竹编长长的圆筒，里面暗设倒刺，一排排架在水流交汇的隘口。撞进去的，逃生本事再大也拔不出来。有一年，淮河流域涨水，农田被淹透了，爷爷在田埂一晚上下了十几个竹筒。第二天清早，每筒都很饱满，加起来足足一麻袋。也有不速之客，诸如刺鳅和水蛇，村里人不吃它们，送上门了也不要。

遭遇螃蟹，赶紧松手。小时候，常去河边掏洞里的鸭蛋。鸭子生蛋随处丢，临水的地方看到窟窿眼，十掏八准。好几次，被什么猛地一夹，我不知何物，惊出了一身冷汗。有一天很不服气，回家扛来铁锹，掘地三尺，非要报仇雪恨。村里人多半没吃过螃蟹，以为泥水里的怪虫子兴许会喷毒，大人孩子都不愿接近。如今涅槃了，地位陡升，成了餐桌上的硬货。可惜，河流见底了，它的家不晓得搬去了哪里。

虾无尾鳍，它游泳靠小尾巴和两排小脚。每只脚都是一根桨，划起来像潜水的龙舟。乡下遍布河沟潭塘，运气好时，拿一筛子，能捞小半桶。活的，青色，一旦下锅，瞬间变红。虾以前写作虾，汉字当中，带段的，如霞瑕椵煆，与红色多少有些关联。造字者看来精通厨事，简单的偏旁大有学问。这些虾，可以油炸，配花生米，提提酒兴。也可以水煮，当顿吃新鲜的，或晒干了，日后搭百菜。

捞虾摸鱼，在我们村里不分男孩女孩，凡出门的，都将欢喜而归。那年月，树多，草多，下的雨全涵入了根系，没一滴能跑掉。低洼处，无论旱季雨季，定是汪汪一片。个高的，去河里，个矮的，到沟里，只要想吃鱼虾，没有空手而返的。可三年前回乡，曾经攀过的老树，曾经踩过的草地，田边的、村口的、河岸的，似乎一夜之间，手牵着手，逃跑溜光了。鱼虾的家园被挪了地方，从水里挪到了墙上，挪到了栏杆上。原本活蹦乱跳的，现在用水泥和涂料一刀刀雕完，一动也不敢动了。

少时挺自豪，说我们村庄是浮在水里的。东有大海，南有大河，往西往北有万亩莲塘。而这几年冬天，土地异常干裂，像奶奶最先的老屋，生出了许多缝隙。但我相信，水网依旧在，只不过打了个盹，很快就要醒来。

村口老牛家

　　刚上床，一阵敲门声急急地砸了过来。是潘爷。跑得气喘吁吁，朝条桌旁，手一指："这车，借我几天。"父亲把外套一披，赶忙去收拾。一筐馒头，两袋山芋干，全搬地上。好久没用，仨轮子瘪透了。父亲捏紧气嘴，潘爷弯着腰，打了五六分钟，个个鼓足了劲。

　　天还没亮，潘爷就蹬上车了，一圈圈地绕村庄转悠。车斗里架了个大喇叭。喇叭后面，那件新棉袄将怕冷的电瓶裹得严严实实。潘爷蹬一路，扯开嗓门喊了一路："不要出门！不要办酒！要戴口罩！"音量拨到了最大，枝头的麻雀都听一清二楚了。可这提醒惹祸了。越是卖力，村口老牛家越是冒火。

　　老牛家是大户，40 年来，村里没人敢得罪。生产队分田，抓一捧石灰埋地底下，上头立一木桩。这是界。左边你的，右边我的，种花生点豆子，各不干扰。可这老牛家，把石灰刨了，把木桩砍了，硬要挪一尺一米，自己的田非得多出一大块。村部有辆自行车，集体的，只要闲着，人人可骑。二叔得了阑尾炎，要去趟乡里，要住院开刀。老牛家的三儿子在村里当官，说不能借，说阑尾炎传染，一借便是祸害。那车，除了老牛家，谁也没胆碰。计划生育正紧的年月，这老牛家有六七个壮丁，同一天，加入了联防队。他们不防小偷，不抗旱，也不排涝，专盯那些生二胎三胎的。称心的，嘴上一抹油，好办好办。没达目的的，用大横梁撞人家房子，四周撞满了窟窿。

　　也有村民不服气，拿镰刀铁叉要去拼命。但老牛家人多，壮实的男人多，单门独户的斗不过。

近些年，留守村里的都是老人，他们大多行动困难，种不了田，赶不了集，只能在堂前屋后理理菜园子。这老牛家有生意经，把房子一改造，开了一个大大的杂货铺，吃的用的摆满了。但贵，随便卖什么，翻倍的价钱，甚至更高。村里人不愿买，偷偷地从别处一袋盐、一箱奶、一斤肉，趁夜带回家。他们就天天巡查，儿子媳妇轮流出来，看杨家抽什么烟，看戴家用什么油，看李家的味精是什么牌子。老人们嫌烦，每隔三五天，挂一根拐杖，去他家店里，有需要没需要意思一下。

最直接的是做乡厨。祝寿、乔迁、结婚，无论几桌，他家一手操办。隔壁村，一桌400元，他们收700元。多少桌，一旦订好了，不能减，临时退的费用照算。

奶奶今年90岁，父亲准备在春节，亲朋最齐的时候，办一顿酒。红地毯、锣鼓队、贺寿词，能想到的，一样一样，全谋定了。可日子临近，娘家人却打了退堂鼓。十几个侄儿，十几个侄女，原本个个要来的，这两天，所有人一起消失了。疫情的蔓延比风还快，路上几乎看不到行人。父亲决定取消宴席。老牛家火了，一拍桌子，取消可以，钱一分不少。父亲说，行，一道道烧好了，端过来。他家厨房一根葱还没备呢。

疫情的变化迅猛无常。老牛家大大小小，每一天每一秒抱着手机一个劲地刷屏。他家在村口，来了外人，或是返乡的，或是邻居买烟买酒的，谁有毛病，真没准。老牛想，在村里几十年，大孽没有，小恶不断，背后肯定遭了一堆骂。论死，吃喝够了，自己不怕，可孙子才两岁，他要有个闪失，牛家就灭了香火了。若是中招，必头一户，率先被拉走。越想越悬，越想越颤抖。老牛坐不住了，跟父亲讲，这次没办成，下次。又去找了潘爷，说蹬三轮，得一人半天。

父亲的三轮车仍架着喇叭。每日清晨从村口出发，家家上灯了才回去。老牛和潘爷不对眼，打打闹闹吵了一辈子。而这几天交班，见面都问平安，都会主动地道一声珍重。

云梯关下

"过了，过了，到前面掉头！"母亲大声提醒我的时候，一定在想，怎么连回家的路都不认识了？当然认识，云梯关向南，顺着大道往东开，第二个岔口右拐。童年的岔口，平坦、宽阔、整洁，离老远就能看见。而眼前的，两旁长满了蒿草，足足半人高，若不是凑近了，还真以为是一条枯瘦的田埂。

送母亲返乡，一出门她便开始念叨，担心中午来不及做饭，担心中午我们吃得不够好。坐了一上午的车，她打了一上午的电话，所有邻居都联系遍了，最后兴奋地告诉我们："到大爷家吃，大姑、二爷、四婶他们全去。"

大爷摇着蒲扇，一脚站在菜园里，一脚站在路牙上，正伸长脖子焦急地等待我们。隔一两百米呢，我毫不费力地就望见了他的白头发与白胡子。70多岁的人了，早该有白头发与白胡子，可在我的印象中，他是一位温和的小学校长，皮肤一直白皙，脸色一直红润，身子一直微微发胖。夏日的菜园实在太绿了，暴晒阳光底下，似乎要冒出油来。经菜园这么一反衬，他的头发与胡子显得更加苍白了，他的身板也颤巍巍的，如一根冬天里的干柴了。

大爷领我们走向堂屋，进门时，反复谦让，非要我们先跨步子。堂屋中央的八仙桌上，密匝匝地摆满了乡间土味，有水煮河虾、萝卜炖肉、冬瓜排骨汤、千层炒蒜苗、大白菜烧牛肉，还有一条长长的鲤鱼，鲤鱼头故意朝向我，鲤鱼籽已经给我夹好了几大块。大爷有一手出色的厨艺，我年少时常享他的口福。如此丰盛的一大桌，我回忆上一次应是20年前了，那时仍在读书，每逢寒暑假仍会返乡居住。菜的做法跟当年一样，丝毫没有变化，唯一的差异是大爷需要弯着腰，需要花双倍精力去忙碌。

同席共餐的还有大姑、二爷、四婶。大姑以前是圆脸，这次见面，变长脸了，又瘦又长，好像两侧一下子丢了许多肉。她不太会做饭，却在我高中的时候，那年正月初三，邀请邻居们去家里喝酒，她一个人用尽全身本事，整了十几道菜。二爷有两儿两女，他是个勤奋的人，要么帮忙开粥铺，要么帮忙送物流，要么帮忙做家务，所有时间都留给了儿女们。近几年回乡始终没有遇到他，这次坐我旁边，突然发现，他手上的骨头和青筋能看得一清二楚。四婶很坚强，丈夫癌症去世那一年孩子们刚上小学，她没说过一句抱怨的话，只顾日日夜夜打理田园。她端着碗，半天才夹一口菜，中年时要卖力气，饭量挺大，现在老了，浑身毛病，能不吃的尽量不动筷子了。大姑、二爷、四婶，我记事起，就这么叫，虽无亲戚关系，但常年相处在一块，处着处着，那感觉比亲戚还要亲戚了。这顿午餐，我吃出了乡邻团聚和阔别重逢的味道。

吃到一半，舅舅忽然推门而入。他满头大汗，是骑着三轮车一路尘土飞扬赶来的。大爷连忙起身，给他搬凳子，扶到吊扇下面凉快凉快。听说我到家了，他把手头事情一扔，带上那桶鲜榨的花生油，顶着大太阳，急匆匆过来了。舅舅是个名闻乡里的瓦木匠，重建云梯关的大殿和高塔，修复孝子坊的桥梁和台基，他都参与其中，出了不少力。但最近几年，也苍老了许多，不能再扛着砖块石头爬高爬低了。成日闲居的他，最大的愿望，是在外的晚辈们能常回来走动走动。外甥马上就要返程了，当舅舅的没别的好送，一桶花生油要亲手摆到后备厢里。

临行前，母亲给我拎了好几袋青椒、豆角、黄瓜，说是父亲种的。父亲是名英语老师，因为满嘴听不懂的洋文，在村子里曾是个异类。退休以后，他乐于农耕，精治菜园，一辈子不沾泥土的人，现在竟与邻居们一样，成了一个果蔬行家。车轮要轧过父亲的小菜园，起码几百根韭菜得遭殃了。母亲说："大胆往前开，看到云梯关的塔，记得拐弯。"不会走错的，云梯关下长大的孩子，一切都记得清清楚楚。

关内关外

　　这关，不是山海关，不是嘉峪关，而是云梯关。在平坦的苏北大地上，出现这样一座关隘，乍一听，让人有点匪夷所思。山海关好理解，据山控海，嘉峪关也好理解，在嘉峪山的危谷里，而这云梯关，由字面解释，莫非是要连到天上去？我问奶奶，问关名的来历，她说不清楚，只晓得，关内关外有不同的讲究。

　　奶奶的娘家在关外，去关20多里。那儿地势低洼，河流与水潭特别多，每家堂前屋后不出百米，定有一个浣衣洗菜的小码头。码头的营建常用木质材料，小木块铺路面，大木板架平台，圆圆的木桩从岸上一直钉到水中，将路面和平台扶得稳稳的。码头边上，常挂一只鱼篓子，用竹篾编的，一两尺高，撒网捕来的鱼虾全放里头。家家户户必备这样的鱼篓子，到了夜晚也不拎回去，一年四季摆那一动不动。关外的餐桌于是很丰盛，再艰难的岁月，活蹦乱跳的河鲜从没间断过。

　　嫁到关内，吃鱼剥虾的日子明显少了许多。爷爷买过渔网，也织过渔网，跑到中山河边，一次次向河中央甩去。每一趟的结局毫无悬念，都充满了遗憾。这中山河，水流湍急，运送沙石的机帆船曾在上面来回穿梭，是一条宽阔的黄河故道，要想在这里甩网捕鱼，那真需要大本事。关内的土地以云梯关为界，陡然抬升，土质变得干燥松脆，地形变得平滑规整。这样的土地，不像关外，能种水稻，能种荷藕，它擅长的是花生，是玉米，是红薯。爷爷的本领在旱田里足足地显现出来了。他打理的那几亩庄稼，每一年，都有很好的收成。

　　奶奶的娘家是一个名门望户。几乎大半个村子，都姓荀，荀子的荀。

奶奶最小，排行老九，在她前头，有兄姊8人。四姐也嫁到了关内，就在云梯关的东边，距关中高塔顶多几百米。除了四姐和自己，其他人一辈子都生活在关外。腿脚利索的时候，每隔几个月，奶奶便要回娘家一趟。她不会骑车，全靠步行，一步一步走回去，去看她的大哥、二哥、三哥，去看她的侄儿们和侄女们。每次回去，她都要住一宿，都要挨家挨户地问东问西。到了晚年，走不动了，就让小辈们来接，接过去以后，要住很多天，少则一周，多则月余。

近几年来，奶奶不愿意回关外了。关外的兄长们一个接一个离世了，她若回去，看到的只能是坟茔，只能是衰草，只能是冷冰冰的墓碑。以前，在一起吃鱼虾，在一起拉家常，在一起互相扶持，现在，连一句话，哪怕年少时争吵过的那一句话，也找不到可以叫喊的人了。关外，成了一个断了线的故乡，那里的记忆，那里的喜怒哀乐，越来越模糊了。奶奶的全部心思转移到了关内。关内，有携手一生的夫君，虽已远逝7年，但骨灰仍在，画像仍在。关内，还有儿孙，还有重孙，还有一大家子。奶奶的思维日益混沌，常忘事，常想不起对方的名字，但自己的后人，离老远，从脚步声里就能切切地听出来。

今年春节，奶奶的身体愈发虚弱了。连续几天，不进食，不喝水，就在那里静静地躺着。她的眼角，偶尔会颤动一下，她的嘴边，应有一些想说却没力气说的话。她或许正念叨："我送走了所有兄长，谁送我呢?"她或许还差一个答复。孙子问云梯关的来历，刚才先人托梦，讲了一长串。关内和关外，在这弥留之际，有什么故事，有什么异同，早就不重要了。晚辈陪在身边，时刻陪着，时刻握着手，那才是最幸福的。年过九旬，子孙满堂，来这世上走一遭，了无牵挂了。

奶奶出殡那日，已经立春。天还没亮，挣扎的唢呐、忙碌的乡厨、送葬的队伍，像一把把锋利的锄头，将村庄的夜空掘开了一道又一道口子。我离家二三十年了，久未回乡，很多亲戚和邻居一眼辨不清是谁了。但无论关内的还是关外的，乡音依旧，乡情依旧，只要多聊几句，滚烫的童年往事，就如擀面条一样，越擀越长。

漂移的村庄

灯光像两把剑，两把上古的剑，从车头出鞘，瞬间，插进了路口的白杨。天刚刚黑下来，村子里，木门嘎吱的声音已消去好一会儿。路两旁，全是树叶，腐烂了几个月的，全趴在一起。这是我近三年头一次回乡，差点没敢去认，以为开到了一个风干的电影古堡。

舅舅很想念我，说虽然搬家了，我当年送的酒，瓶子还在，盖子也在。读高中的时候，读大学的时候，工作以后，结婚以后，我几乎年年都去看望舅舅，不管有钱没钱，都会买酒，都会与他喝上几口。酒时好时丑，但堂屋里的谈笑一直是放松的，门槛、板凳、八仙桌一直是熟悉的。可这一回返乡，夜色中我没能找到门槛、板凳、八仙桌，甚至连堂屋、菜地、稻草堆，我转了一圈，又转了一圈，都没发现。

舅舅家成了一片废墟，一片黑暗的废墟。母亲告诉我，中秋那天还好好的，后来说拆就拆，几十年慢慢垒起的房子，一个早晨便推倒了。在村里，舅舅是位能手。养过数千只鸭，可河塘的水一年年变少，最后干透了，鸭子失去了家。种过几十亩藕田，可县里要修路，一下子填了大半边，荷花失去了家。盖过上百栋房子，包括那些大殿高塔，都是他主持建的，可万万没想到，一个颇有名声的瓦木匠，自己竟失去了家。

在小镇边上，公路拐弯的地方，舅舅买了新居。听说我要回去，他提前两三个小时跑到路口，一个劲地张望。新房子很大，上下两层，闹中取静。我问舅舅，挺满意吧？他脱口而出——不习惯！他说，没地方栽树，没地方养鸡养猪，最要命的是，一辈子亲戚一辈子邻居都找不到他了。不仅仅夜晚，连白天都很孤单。房子大了，生活小了，总觉得空荡荡的，没人来串门，没人来送饺子，没人来借一碗面。几十年的乡风，一朝之间，被割得丝毫不剩。

舅舅的厨艺，我是羡慕的。他做的藕夹和肉圆子，又脆又嫩，一嚼一嘴油香。每次喝酒前，必是两三块藕夹，必是七八个肉圆子，这样肚子不空，喝酒不醉。可今天，舅舅说，吃不到了，永远吃不到了。得用大锅灶，得用田野的柴火，镇上这厨房，看起来先进很多，但味道丢了大半。舅舅带我去了繁华地段，去了一家远近闻名的餐馆。他不停地点，点了一桌海鲜，一桌名贵的菜。我没怎么吃，也没怎么说话。餐馆走廊里挂满了风雅，从王羲之到宋徽宗，从齐白石到黄宾虹，可我看到的，无关艺术，全是印刷。

饭后，在陌生街头，我准备开车回家。舅舅拉着我的手说，如果公司不忙，多住几晚吧，一开春，你家也要拆了。我突然愣住了，下次返乡，我们村子在哪儿？那些叔婶们，那些蹒跚的老人们，他们又将搬去哪里？尤其我奶奶，马上90了，一离家就失眠，就吃不下饭，她也得背起行囊？

车轮压在冬天的泥土上，格外脆响。母亲坐我旁边，一声不吭。顺着灯光，她看见了几十年的回忆，沟渠、田埂、谷场，桑园、瓜地、杨树，还有小学围墙和排排瓦房。我也一声不吭，像个蹑手蹑脚的孩子，就怕吵醒村庄，吵醒鸟窝里的一大家子。唯有车灯，唯有两束强光，正肆无忌惮地划破寒夜……

秋夜的柿子树

那棵，一准柿子树。准没错。

村里的高大乔木，老少皆喜的有 4 种。躲在杂货铺西边的水杉，齐整整地列了八九十行。每次经过，我都会朝它们好奇地张望，名字叫水杉，怎么一棵棵，全站在土岗上呢？田边路旁，一字排开的是白杨。村里人用它们做标记，树根往南，归我，树根往北，归你，顺着树荫往东或往西，只要道路够宽，定能出村，掉个头，又能回到村中来。每一户人家屋后栽植的多是泡桐。这种树木，在我童年的记忆里，是高大英俊的象征，烟囱里的浓烟或轻烟，冒了小半天，还够不着它的树冠哩！它一伸手，定然要把云彩揽进怀里了。除了水杉、白杨、泡桐，村里最常见的是柿子树。柿子树的地位那可了得，它们不用躲在杂货铺的西边，不用守在田边路旁，也不用毕恭毕敬地跟在屋子后面，它们向来大大方方，就长在堂屋门口，就长在宽敞的院子里，哪儿醒目，就占据哪儿。

那一夜，寻着鼎沸人响，穿过两条长满蒿草的旱沟，我所抵达的应是于太爷家的前院。于太爷家的院落本来很大，可挤进的人多了，一下子，竟显得十分狭小。人群是刚刚聚拢过来的，大家同我一样，都是寻声狂奔，都是打算来出一口恶气的。

于太爷家的院落，比春节还要热闹。四处赶来的，有的打着手电，有的举着火把，还有的牵着汪汪直叫的黑狗。我个头矮小，从长辈们的缝隙里，很轻巧地钻到了人群的最前面。我看见了那棵树。树的枝杈又多、又低、又粗，与水杉、白杨、泡桐有极大差别。那棵树的形状，还有在光影下时隐时现的色泽，跟我家院子里的几乎一模一样。

我最终的判断，源于一只柿子。绑在树上的人被抽了很多鞭子，一些咬牙切齿的邻居还冲上前去，扇几巴掌，或狠踹几脚。大家用力过猛，将这棵平时健壮结实的老树，弄得有点颤颤巍巍，上面的枝条不停地摇摆，以至于"嘭"的一声，一只柿子掉了下来，正好砸中被绑的那个人。柿子还没熟透，黄里带青，稳稳当当砸在他脑门上，他头一歪，似乎晕了过去。

　　被绑者是一个贼人。他的同伙循着白杨树朝村外突击的时候，与爷爷迎头相撞。这个同伙胆子真大，竟敢放慢脚步，竟敢向爷爷问路。爷爷一时没反应过来，只是觉得奇怪，这人满口讲的怎是河东腔调？落单的另一个贼人丢了魂魄，自首似的直奔于家大院。在我们村，于家男丁最多，而且个个强壮，他们家族是全村的力量所在。贼人自投罗网，其后果，比想象的还要悲惨。迅速被绑了起来，用麻绳绑的。麻绳粗糙，为了给贼人记性，大家纷纷喊话，要求把他的裤子和上衣脱了，只留一条皱巴巴的平角内衩，麻绳一紧，勒在皮肤上，疼得那贼人撕心裂肺，一阵阵高声喊叫。又有人出主意，要拿臭袜子来，要堵住他的嘴。胖胖的三婶更是二话没说，随手捡起装尿素的蛇皮口袋，很敏捷地将贼人的脑袋严严套了起来。贼人身边的网兜里，趴着两只鸡，一只公鸡，一只母鸡，它们跟贼人一样，吓得浑身直哆嗦。这鸡，许是贼人的赃物。

　　据说那一夜，贼人被折腾得不轻。天快亮时，村里人要将他放回去，可他两腿酸麻，已经很难站稳了。别看练起拳脚来，村里人好像凶神恶煞，个个恨不得要吃了这家伙，等怨气消尽以后，眼瞅贼人这副可怜相，大家又舍不得，又纷纷动了恻隐之心。那个早晨，我一路快跑，准备去于太爷家再看看热闹。进院以后，我发现贼人还在柿子树下，他倚靠树干，身子斜躺，手里正捧着一碗热乎乎的山芋粥。他的近旁，不见公鸡和母鸡，掉满地的全是夜里的柿子。柿子大大小小，有几十只，都被踩成了稀烂的糨糊。

　　我家院子里也长柿子树，从门口延伸到百米外的路边。树与树之间，有干草堆，有沼气池，有小菜园，最重要的是，有两层鸡窝和三栏猪圈。那个年代，在偏远乡村，夜间偷盗的事并不新鲜。各路贼人，本事大的，偷猪，本事弱的，抓鸡。家家户户没什么值钱的物件，拿得出手的也就鸡鸭猪犬了。若是夏日，爷爷会用两条长凳和几块木板，外加一顶蚊帐，搭成一张移动的凉床，通夜守在院子里，鸡窝和猪圈的动静无论大小，他都能立刻听见。若是其他季节，他会睡在屋内靠窗的位置，每一夜都要照着电筒，去鸡窝和猪圈瞧上一眼。瞧完之后，他的呼噜声才显得匀称，显得自然。

我将柿子树的故事讲给孩子们听，孩子们一脸迷茫。为什么要偷东西呢？手机扫一扫，可以送上门啊！为什么要打人呢？可以报警，可以找警察叔叔啊！那个年代的中国农村，物资匮乏，生活简单，深夜偷盗的贼人，义愤填膺的村民，他们之间的争斗，是对生存权利的暴力夺取和暴力守护，虽言行过激，但情有可原。如今的村子里，柿子树和那些记忆中的院落早已被彻底改造。我们每一家都搬到了数公里外，都住进了联排别墅。干了一辈子农活的老人们，不再养鸡养猪，不再种植和打理柿子树了。

又到深秋。当年那棵柿子树所在的地方，听说修建了一个缤纷的花圃。白日里，花圃当中相当热闹，拍照和写生的络绎不绝。一旦入夜，深秋的夜，我在异乡遥想，这新兴的游憩之地，也一定会归于平静，一定会重返寂然吧。那些经历过秋霜的柿子，砸在头顶的或烂在地面的，它们在这样的时刻，也一定会朝夜空微笑，一定能闻见满圃的馨香吧。

秋夜的柿子树，于老太爷家的那一棵，永远看不到了。也罢。

锣儿响

每逢 5 日，邮局跟前的街道，天不亮就忙碌起来了。附近村民，人人往乡里赶。路面上，热闹非凡，一大半步行，一小半骑车，还有三三两两的牵着毛驴和骡子。盼这样的旬集，如盼中秋除夕，大人们开心，孩子们更开心。用一只麻布口袋，将家中多余或闲置的妥妥装好，集市上售罄后，购入其他所需，仍装在口袋里，仍是满满的背回家。大人们赶集，为了完成交易。孩子们赶集，则借机旅行一趟，碰上好运气，还能讨要点糖果或小玩意。

旬集后来改成周集，每周二、四、六逢集。但各村各户，还是觉得麻烦。一去一回，起码半天。遇见亲戚或熟人，客套一句"到我家吃饭"，十有八九，这些亲戚或熟人真去。那得买菜，那得忙饭，买菜要破费，忙饭要花很大工夫。即使头一扭，假装谁都没看见，那风雨天，那霜雪天，一路重物压身，也是相当难熬的。村里人，尤其上了年纪的老人，于是学会了"偷懒"，他们不愿意再跑来跑去，他们就想坐在家门口，就想守着那一棒棒或悠长或急促的铜锣声。

邻村老张头每次打东边来，离我家还隔着好几块田呢，奶奶就察觉到了。无论在菜地里，或是在厨房中，奶奶总是大喊一声："拿瓷钵子，老张头来了！"老张头挑担，前后各一只筐，竹篾编的，很精细的那种。筐身很粗，直径超过一米，筐口很窄，也就一尺左右。这筐大肚小口，能盛不少东西，关键还透气，食物放在里面能持续保鲜。一只筐装馓子，另一只装豆腐。哪一样卖得少，哪一样就换到身后，似乎有明确分工，前筐带路，后筐带劲。碗碟大小的铜锣，包括敲锣的木棒，系在前筐的扁担下方，抓筐绳的手不仅要顾及绳子，还得时不时地摆弄木棒。铜锣声一响，奶奶听得精准，这是走过来的，挑着大筐缓缓走过来的，定是老张头。老张头做生意有固定的村庄和固定的路线，每隔五六天，必经我家门口。他每次来，奶奶都买豆腐，四四方方切好的，买两块。一块烧汤，跟青菜烧素汤，或跟鱼虾烧荤汤。还有一块，慢慢剁成小丁，作为馅料，用来包饺子。老张头的馓子，奶奶也会凑过去看看，但个把月才买一回，不像豆腐，每次是必不可少的。

　　卖果蔬的中年人不习惯挑担子。果蔬比豆腐馓子沉多了，动辄上百斤，全程靠肩膀去挑，那是要累出人命来的。能够售卖果蔬的地方，在我们乡只有最北边的那两三个村庄。那里河流纵横，水面辽阔，留给农人们的旱地可怜透了，顶多巴掌大，连脚都插不进去。缺少果林和菜园，那里的人们想吃丰富一些，只能依赖输入，依赖走村串户的果蔬贩子。母亲40岁上下时，曾做过这样的贩子。前一天夜里，将果蔬事先分好，洋葱、大蒜一袋，青椒、黄瓜一袋，包菜、药芹一袋。当天凌晨，用很粗的麻绳将这三个袋子牢牢绑在自行车的后座上。为防止仰翻，在把手前的铁篮子里，要摆些打秤的东西，比如一桶提前烧好的温开水，比如坠着小石块的雨衣和油布。最不能遗忘的是铜锣和木棒，沿途销售，全凭它们去使劲"吆喝"呢。自行车上本有铃铛，可那声音太小，斗不过鸟叫蝉鸣，屋里人根本听不见。而且铃铛常响，不像铜锣，一听就知道是叫卖的。

　　卖果蔬的活母亲只干了一两年。起早贪黑不说，这一路上坡下坡、一路陷泥潭、过水塘、冒风雨，着实透支体力，就是换个身强力壮的小伙子，也经不起如此消耗。挂在龙头上的那只小铜锣，后来的归宿好像是转到了另一位妇女手中。她也打算走村串户，也打算去卖果蔬，母亲一阵同情，连锣带棒不要钱，统统白送了。

　　也有一类人，平时敲碗，特别的时候才敲锣。他们通常在饭点出现，来了直接进屋，直接躬身贴到桌子近旁，你吃什么，他们就盯着什么，目不转睛，直勾勾盯着。一边紧盯，还一边敲打碗口。你要是不耐烦，嫌他们太吵闹，或是家中有客人，急于想维持场面，那就得依着他们，赶忙让他们把碗伸过来，盛一勺饭，添几筷菜。他们识趣得很，有饭有菜，立马提碗走人。在我印象当中，一年四季见到最多的，是那位穿着粗布蓝衣的高个子，他一手抓碗筷，一手抓竹竿，竹竿后面时刻牵着一位妇人，双目失明的妇人，大概是他的老婆子。他们在附近村里乞讨，若是撞上红白之事，便很熟练地从包里取出铜锣，用力演奏一番。还别说，敲得有模有样，像支动人的曲子。主家听着舒心，不仅给他们盛满饭菜，有时还异常热情，额外送些肉圆或米面。

沿路敲打不停的也就李如彩一人。名中带"彩"，好像天生满脸笑，实际上，他骨瘦如柴，少言寡语，是个冷峻的中年汉子。他的营生是回收废铜烂铁，回收那些遗弃的啤酒瓶子。铜铁之中不全是废旧杂烂，偶尔也能淘到宝贝，有清朝的刀与剑，有民国的壶与钵，但这些文物古董，皆是李如彩压价时斜着眼睛说的，我们从未见到过。啤酒瓶子是玻璃的，起初1块钱20个，后来翻倍，1块钱10个。小孩子不敢喝啤酒，也不喜欢喝，那味道，跟刷锅剩下的卤水几乎一个配方。但小孩子喜欢大人们喝，酒喝完了，那些空瓶子叮叮当当，可以跟李如彩换钱。李如彩家有两儿一女，他们都很争气，都考上了不错的学校。为了供儿女读书，李如彩的铜锣敲得格外响，仿佛这响声当中蕴藏着整个家庭的希望。

积劳成疾的李如彩后来早早死去了。他为了美好生活，拼命敲锣的那份执念，被许许多多不相干的人完整传承了下来。我现在所居住的城市，明清码头那一片，每天也能听到锣儿响，从三轮车上传来的，不紧不慢，悠悠扬扬，一直传到街巷的尽头。这些锣儿只要一敲，我记忆的闸门瞬间就会被打开。从乡村到城市，从老一辈到新生代，这锣儿一声声敲响的，不仅是交易和买卖，还有寄托和向往，还有市井中的人情和岁月里的轻唱。

半斤八两

捏在指尖的小玻璃杯子，像台风下的云层，每一次倒满，每一次清空，皆席卷万物，皆肆虐千里。它稳重极了，半斤以前，不晃、不飘、不乱，如一滴滴潭水。一旦过了半斤，将要抵达八两时，便急匆匆甩掉盔甲，开始疯狂裸奔了。摇摆、夸张、承诺，在不断重复的旁白里，小玻璃杯子被捏得紧透了，生怕叫桌子抢去。

我的酒事，雨林深处藤蔓一般，不分昼夜，竭力生长。一顿未了，另一顿已匆匆上路。状态再不济，情绪再低落，朋友们小玻璃杯子一碰，瞬间便亢奋如初了。半斤之内，仍完整模样，说的吹的有据可查。半斤开外，六两、七两、八两，每增加一点点，原本明澈的魂魄就会褪色一小截，由睿智而拙讷，由斯文而粗鄙，由谨敛而奔放，最终演变成一头按压不住的异域狂狮。

父亲退休后，在小本子上工工整整地记了许多数字。乍一看，像电台密码，像科学家的手稿。那晚喝酒，他随口冒了一句："钱提不出来了。"酒倒至一半，大红的瓶子在空中僵住了。"提钱？一辈子没管过钱，提什么钱？""存了一笔理财的，上周就到期了，平台说系统故障……"父亲的回答低沉、胆怯。"多少？""5万。"为几块钱话费，他跟客服要较真半天呢，这节约了几十年，怎么嘴里一蹦，便是个5万？我抿了一口酒。"多少？""8万。"我又抿了一口酒。"多少？""12万。"我干了满满一壶，问他："确定是理财？""也有博彩……"酒精从肠胃直接冲到了头皮，我抓起新买的杯子，朝电视柜狠狠砸了过去。父亲坐我对面，浑身不停地颤抖。

对父亲，我鲜有脾气。若半斤以内，那只杯子是我酒桌上的知己，定不忍摔得稀碎。八两而外，每一根神经变得异常脆弱，仿佛冬柴，一点便着。八两的世界，混沌，迷糊，没了方向。一周之后，我出差归来，父亲的眼神依旧躲闪。我重新买了杯子，一模一样的，给他斟满。他猛地站了起来，举过头顶，对大家说："这口酒，我梦里都在等，喝完还是父子。"他的手腕用力一歪，连同眼角的泪光，痛饮而尽。那晚，当着我们的面，他将小本子撕得稀碎。

半斤的我，在此岸平原，有书生的儒雅，有学者的洞察。酒位一升，到了八两，便落进了彼岸丘壑，全是浮夸的允诺，全是游荡的暴躁。半斤到八两，很简单，扯开嗓子喊——再来一杯！喝之前，我在桃花潭畔讲李白，讲唐朝的诗意；喝之后，将厚厚一沓钞票，废纸似的撒向天空。喝之前，我对着四望亭，谈太平天国和扬州古城；喝之后，躺在花坛的长凳上，蜷成一团，睡到了雨夜。喝之前，我给读者签名，还一笔一画写了赠言；喝之后，朝自己脸上涂了一只大大的乌龟。半斤知我，八两忘我。两个我，一个在清朗的平原，一个在迷乱的丘壑。

半斤以内的，大多匆忙，或初遇，或公差。而好友之间，光阴满格，警惕为零，酒杯一端相见欢。我的八两经历，几乎百分百与熟人有关。每咂一口，那些无法排遣的孤独，那些难以言说的压力，那些从未停歇的脚步，会顺着酒气一路消散开去。多出来的几两，往桌子上一摆，能从理性照到感性，照见一个活生生的自我。像极了清障车，荡平一切心理阻碍，让爱恨更浓烈，让怒骂更彻底，让灵魂更放松。连续多次半斤以后，必想喝个八两，求醉，与朋友们相拥而醉。

半斤也好，八两也罢，是一日二日的剂量。若中午连晚上，晚上追夜里，便成耗命的毒药了。人届40，体力渐衰，断片的次数愈来愈多。年少时身子硬，坚信酒后诗百篇，现在笃定那是神话，酒后状态唯有沙发最明了。近些天，两岁的儿子常爬到桌上，酒杯、酒壶、酒瓶，一阵叮叮当当乱抓。不晓得我退休后，与他每一次对饮，耳边能听见的，是欢唱之音呢，还是摔砸之声？

一只寄居蟹

犁出的水路，越颠簸，越遥远。这斯米兰群岛，许是忘了我们。岛礁周围那一簇簇海龟，真有可能全躲起来，全去产卵孵蛋了。同女儿坐在船尾，我一边想，何时才能靠岸，一边又想，岸上的沙子是否依旧一片连一片。

一提沙子，女儿便手舞足蹈，便要兴奋得大跳起来。在青岛、在舟山、在芭堤雅，她都是沙滩上的精灵，一会堆城堡、一会捡贝壳、一会把自己埋起来，能耍整整半天。就连各地博物馆，就连那些虚拟的考古沙坑，也能一遍遍地开挖、填满，再开挖、再填满。她的童年时光里，最重要的事情，没错，玩沙。

斯米兰有极美的沙，女儿一踩上去，就激动失控了。她一捧一捧地要献给身边人，还一把一把地捏出各种造型。她与沙子天生亲近，像一对感情甚笃的老友。可在一块岩石旁边，她突然停下了，不捧也不捏，静静地、静静地听着什么。有声响，脆脆的，在石缝里。她继续听，脸上明显紧张、胆怯、害怕、逃离，因这奇怪的声音，差点要舍弃这片沙滩了。是寄居蟹！是寄居蟹！最后一刻，站在原地，她朝我连连大叫。

女儿不敢碰它，只蹲在边上，反复地看。寄居蟹也不敢乱跑，把螯全收进了壳里，一动不动。就这样，阵前对垒似的，他们全神戒备，互相酝酿着一场结果未知的战斗。午后的太阳很烈，午后的岩石炙烫。女儿满头大汗、嘴唇发干，而这寄居蟹早适应了热带气候，淡定自若。女儿先伸手了，触下壳，没反应，又触下壳，螯收得更紧了。似乎并不可怕，没还击，也没溃逃，蜷成更小的一团罢了。

女儿信心倍增，要尝试将它夹出来。可刚离开岩石，所有螯一齐张开了，像很多把利刃，同时发起了进攻。女儿手一抖，将它丢了回去。夹出来、丢回去，夹出来、丢回去，同样的动作做了五六次。也是有规律的，这寄居蟹以防御为主，不擅主动袭击。女儿说，干脆快一点，将它搬到沙滩上去。一旦到了沙滩，就是她的地盘了，她就能占据主导了。

果然是一个完美的想法。在沙滩上，她玩沙的本领被发挥到了极致。这只寄居蟹享受了很多超级待遇，住宫殿、沐沙浴、跑赛道，简直就是被宠坏的安达曼王子。对女儿的戒心也慢慢放下了，每次碰触，不再迅疾伸螯抵抗。女儿趴在它身旁，又开始静静地、静静地听着什么。听它说话，听它是哭是笑，还是听它唱某首海的歌曲呢？原本敌对双方，原本巨大的人类和渺小的寄居蟹，因为温情，因为信赖，竟成了伙伴。

我喊她去浮潜，去游泳，她都摆摆手，果断拒绝了。她说，要多陪陪寄居蟹，这蟹带不到家，半路上肯定就死了。是啊，相处的时光只能在这片沙滩上。

回程时，海上起了风浪，还遇见了倒下来的暴雨。船是半敞的，所有风和雨都打了进来，整艘船摇摇晃晃，像一片嫩叶，在茫茫的大海里踉跄。这一刻，一船人要么惊叫，要么憋气，都担忧下一秒的倾覆。而我女儿却不在乎船，却一再问：寄居蟹怕风怕雨吗？它也会像我们一样，现在很冷吗？

一别过后，一生惦念。这只寄居蟹已化作斯米兰的一个逗号，不偏不倚地写在了女儿的童年书页里。背着房子，它面对成群的海龟，一边晒着太阳，一边继续流浪。

峁梁上的月亮

一道沟壑，齐整整地打开了时光缝隙。它在峁梁底下，一直蹲着，所有表情恭敬而谦卑。一座窑洞，像沟壑的肚脐，正朝峁梁上的月亮掀动白帘。我和父亲倚门对月，石磨般静默无声。

这是我头一次陪父亲远行，从苏北到陕北，每天晚上都抬眼望月，都肩并肩挨着。父亲有两个身份，教师和农民。以前学校里，每逢春秋，皆有农忙假。走下讲台，父亲便急匆匆地赶向田地，种豆子、栽山芋、收花生，总是天不亮就起身，衣服后背常常湿到晚。乡下没路灯，来来回回田埂之间，哪儿上坡，哪儿跨坎，全靠月光，全靠累年的记性。对父亲来说，月亮是一盏灯，有了它，才能照见农忙的路。可这灯，情绪多变，阴天不亮，雨天不亮，每个月还有长长的假期。从平原到高原，对着一路金月，父亲看得入神，似乎那一饼清光，映见了他几十年的辛劳。

父亲的月亮，我童时没遇过。帮大人干活都在白天，起早贪黑的事，父亲不让我做。为这不公不平，我曾大哭大闹了好几次。直到工作以后，才慢慢领悟，父亲的一早一晚，不是浪漫，不是癖爱，那月色笼罩的是生活，是无法逃避。

每次旅行，只要碰见月亮，现在都会本能地想到父亲。在珠穆朗玛峰，月亮挂得更高。月色下，有一座安静的寺庙，有数不清的连绵雪山。那个秋夜，我想到了父亲，虽然他个子矮小，可我瞬间觉得，他向来高大。在泰国南部的一片海域，月亮像一只大气球，飘着飘着，跌到了海水里。那一刻，我想到了父亲，虽然五年级时被他狠狠地揍过，但之后，他一连心疼了好几天。在阳关和玉门关之间，月亮成了一个道具，是李白和王维的，是王昌龄和王之涣的。那次驾车夜行，伴着路旁的茫茫戈壁，伴着零落的城墙烽燧，我也想到了父亲，想到了渐渐老去的苏北汉子。

父亲很羡慕我的工作，能够游历天涯，能够边走边写。我说你也可以啊，早退休了，有大把时间。他说不行，怕被骗。那是 20 多年前的事，他天天记着。去外地游玩，住了一家黑旅店，被连环下套，不到一个小时，骗得身无分文。那个晚上，他没吃没睡，硬是顶着月亮，在异乡街头熬了一夜。我宽慰他，有我在，无须担心。他说也不行，怕你母亲不同意。母亲每次就一句话，腿脚不好。其实我明白着呢，去过云南、去过山东、去过广西，能爬山、能下海、能划船，什么毛病都没有。他们真正怕的是花钱，是给子女添加负担。

这样的心口不一，得替他们用劲改改了。月亮永远都在，它增一千岁，或减一千岁，容颜依旧。而我的父亲，短短这几年，听力下降了，肠胃变差了，有的时候还容易忘事。想想那一回，坐在陕北窑洞前，一起望着月亮，我还坚定地认为，父亲就是峁梁，就是黄土高坡，就是整个家族的力量。而现在，毫无准备地，我成了新的峁梁。接棒后，紧要做的，必须是陪父亲去看月亮，看全世界的月亮。

枣林湾的风

　　唐诗里的扬州，一半在城郭，一半在乡野。城郭当中，有长街、有酒肆、有红袖，是碧云下的东方乐土。乡野僻处，牧牛甩尾、翠鸟临泽、青蛙戏荷，每一片或大或小的动静，轻轻一拔，能划开一地诗意。千年以来，城郭不断生长，早已失去了原先的模样。而乡野，仍守在丘陵和水网之间，默默地等待着。

　　要等一阵海风，一阵跨越时空的海风。把耳朵竖得高高的，屏住气，等张若虚的波涛，乘水面上的月光铿锵而来。第一波等到的，竟与扬州无关，竟是闽南的鼓浪屿、曾厝垵、云水谣，同样文艺，却柔和了许多。第二波是青岛的，满眼礁石、黑松、贝壳，满眼无限延展的电影胶片，历史在斑驳的缝隙里不停地闪烁。第三波是韩国顺天湾的，可爱的候鸟跟潮汐在打太极，你进我退，你退我进，始终提防着，始终缠绵着。最后一波是非洲吉布提的，海风中夹杂着沙粒，像喝惯鲜奶的人，突然尝到了果粒橙。乡野静静地听着，它没感到诧异，反而把张若虚丢在了一边。它双目微闭，享受小提琴演奏一般，要随弦音一同起伏了。

　　海浪尚在跃动，来自西方的高原风，已缓缓刮了过来。这是平日里的乡野，很难遇见的。西方偏北是黄土高原，塞上人家的窑洞、榆树、碾盘被风一吹，骑着高亢的陕北民歌，一路摇摇晃晃，飘到了跟前。西方偏南是青藏高原，那些红白相间的藏式建筑，那些结实的边玛墙和阿嘎土，一旦成了邻居，成了朝暮守望的伙伴，每天的寻常呼吸也就变得神圣了几分。沐着高原风，这乡野的眼界，似乎一转身，便群山耸峙，便长河落日了。

　　与乡野共处最久的是古典风。扬州城内城外，林立的古寺、古塔、古宅，还有代代流传的古诗、古曲、古画，都是它的忘年之交。而远方的古城，与它打过交道的也成排成列。一支牵着骆驼的西域商队，从长安来，个个五官饱满、大鼻子大胡子。刚卸下行囊的三五名徽商，从庐州来，他们身后有好几串浅浅的马蹄印。装载北货的商船，从郑州来，由黄河转运河，船舱里氤氲着乌桕、皂角和月季花的香味。木头做的晋祠牌坊，从太原来，那鲜艳的柱子和斗栱，那精美的雕刻和彩绘，让人轻瞄一眼，就不忍离开。这些古典风，老友重逢似的，与乡野面对面，日复一日地作揖、寒暄、撩动衣衫。

乡野的姿态，是恬淡和归隐，即使高高在上的皇权，也丝毫看不到它的卑微和屈从。北京的御舟、花舫、九龙吐水，盛京的红墙、黄瓦、石制雄狮，圣彼得堡的油画、歌舞、时装走秀，在它眼里，虽样样出彩，但只能平视，不能仰视。可以悠然做到的是，摇着芭蕉扇，左一扇，自己的百姓之风，右一扇，帝都的宫廷之风。

乡野不代表土气，陶渊明和孟浩然，还有王维，他们的文字都愿意切切地作证。还有郑板桥，用兰花和竹子，还有凡·高，用麦田、磨坊、鸢尾花、向日葵，还有深圳湾，用黑脸琵鹭的鸣叫和大鹏半岛的晨昏，他们以各自独有的方式，一遍又一遍，反复加持乡野的迷人气质。这乡野的风，怎么吹，都是一幅画境。

乡野之风，有时候轻盈如丝，有时候凝固若石。轻盈的状态，来自上海，从泡泡花园和绿思森林中吹来的；来自嘉兴，从江南水乡和游船埠头中吹来的；来自香港，从城市和郊野，从灌木和草坪，从五座起伏的山丘中，徐徐吹来的。凝固的状态，要广博得多，可以是曼谷的庙宇，可以是韩国的酱缸，可以是意大利的回廊，可以是巴拿马的草帽房子，甚至可以是哈尔滨的木刻楞雪屋。轻盈的像小夜曲，凝固的像交响曲，都是经久回荡的美妙乐章。

这乡野的名字，叫枣林湾。农历辛丑年，世界园艺博览会于此缤纷绽放。继唐诗之后，这是它又一次在扬州拥抱盛世清风。风中有夕岚、有斗酒、有相思，更有它精心储藏起来的下一个等待。

城市以外

离得越远，距另一个地方便越近。

——题记

贝加尔湖畔

这里是源头，西伯利亚寒流的源头。但在俄罗斯，却属南方，比别处要和煦得多。沃土与草原，像天空一样，辽阔无边。司机开车，一会迎坡，一会下坎，似乎轮子到哪儿，路就延伸到哪儿。我们上的这座岛，是贝加尔湖里最大的一座，算面积，抵 20 个澳门，而全部居民，老少在内，仅千把人。

这几日，大半个中国，仍吊带短袖，仍是蛙与蝉的天下。可眼前的贝加尔湖，性急得很，没等我们反应过来，已越过金秋，直接跳进了冬季。雪慢慢落下，遮住了窗台，遮住了夕阳，遮住了风中的每一句对话。我们分成两组，一半宽路，一半窄路，去寻餐馆，寻吃的。

不懂俄语，花花绿绿的招牌谁也看不明白。只能通过陈设，判断是民居、旅馆，还是果品店、奶茶店。营业的餐厅在山丘后面碰到了一家，全热菜，可从厨房端过来，没几步，便成了凉碟。凉碟加冰啤，下不了刀叉，举不起杯子。换烈酒。标 40 度，喝到嘴里，像汽水。换其他菜。炖胡萝卜，炒西红柿，一尝，感觉还生的，又硬又淡。那就烤鱼。虽然太小，每人还不够一块，但总比饿肚子强。这鱼，真香，刚要动手，挤进了一群猛犬，个个伸长舌头，吓得我们绊倒了凳子，跌跌撞撞，赶紧跑。

岛上，户户养犬，其数量远大于人。每一只都藏獒一样，隔了好几百米，依旧令人胆战心惊。红嘴鸥却不怕。在沙滩上，常来捉弄，常来调戏。它们故意落单，晃悠悠散步，等犬快要逼近了，一扇翅膀，飞向天空，飞到悬崖顶上。犬狂吠狂追，就是够不着。两三分钟以后，重回视线，歇到沙滩的另一头。犬又开始狂吠狂追，逼近了，又一扇翅膀，还是够不着。不过，对鸬鹚，它们极友好。袖珍的狮子岛上，每一片岩石，甚至每一截树枝，它们都贴着鸬鹚，肩并肩站着。一个又白又胖，脖子短短的，一个又黑又瘦，脖子长长的，你叫一声，我和一声，情侣似的，在局促的家园里共沐湖光。

红嘴鸥喜欢旅行。落到草原上，与乌鸦为伴。远远望去，像棋盘，很多黑子，很多白子。飞到沙地里，跟在奶牛后面，自顾自，发出一阵阵轻快的啼鸣，而奶牛们同样自顾自，不断举首，不断长哞。屋顶从不孤单，每天要被光临好几次，约会、消食、发愣，都选在那高高的向阳处。

屋顶的色彩绚烂透了，纯红、纯蓝、纯绿、纯黄，大坡度，简洁明了。从高冈俯瞰，这一栋栋彩屋，积木似的卯榫严合，错落有致，平铺在谷地的光影里。房子皆木头做的，几公里外便是森林，广茂浓密的森林。伐木、运木、锯木、垒木，各种木工活，岛上人人在行。就连栅栏，每一家每一户，我观察了半天，也没瞧见一处雷同的。任何一座房子，均像一枚琥珀，它们蘸着贝加尔湖的水，在阳光底下，怎么看都温暖发亮。

木屋最大的缺点是畏火。通往山顶的路上，左边那家被烧成了黑炭，几根残柱皱巴巴地裸着。山顶也有柱子，裹满彩旗的图腾柱，高的 13 根，矮的 4 根。柱子旁边，一位萨满，穿羊皮，戴白羽，正双膝跪地，使劲敲着手鼓。他的女伴，浑身装束亦是飞禽走兽，应着节拍，在忘我舞蹈。

图腾柱的影子，吻到了沙滩上。这里的沙滩，比滨海的更加峭厉，风紧浪吼，刮脸刺骨。可在我眼前，一对父女竟外套一脱，下水游泳去了。女孩最多五六岁，游得比父亲还快。简直难以相信，贝加尔湖原来如此灵动，一点儿也不刻板。湖畔，本以为只生寒流，没想到待久了，无论对谁，皆和善客气，皆暖流奔涌。

从崩密列出发

过了桥，一尊蛇头正斜躺在杂乱的草丛里。半人高，精美绝伦，已有

900多岁。与身子断开了，相离几十米，没人去扶，也没人编号。在崩密列，类似的文物满地都是。随便一踩，远古王朝的经络，就根根浮现了出来。

森林腹地，老树遮天蔽日，根须、主干、枝条和门窗、围墙、屋脊长到了一块。在他处，有道路，有台阶，而这里，庙宇倒得横七竖八，前一脚大梁，后一脚殿顶。苔藓铺严了石基，像一叠叠绿糕，又浓又厚。藤蔓从四周垂下来，仿佛裙摆，拖到了尚未完工的浮雕上。雾气时聚时消，如人影，昨晚的或那个王朝的。幽暗、湿滑、神秘，或许还遍藏诅咒。稍微缺点勇气，不管谁，下一步定不敢再迈出去。

崩密列有个孪生兄弟，叫吴哥窟。它们的布局、规模、风格大致相似。不同的是，崩密列隐居茂林，打小便是个弃婴，而吴哥窟炫耀人间，是通往天堂的入口。那架天梯，在吴哥窟里仍稳稳地立着，极陡极窄，连当年的国王也自己爬上爬下。天梯尽头是天堂，周围任何建筑都不能高过它。

吴哥窟，通常称作小吴哥，是庙宇。附近还有大吴哥，是城池。论面积，小的大，大的小，这大大小小，在柬埔寨，还真玄奥。大吴哥虽不大，可门不能走错，有的供百官，有的供百姓，有的送葬，有的砍头，方向感不强的人，得格外当心了。

相比大小吴哥，女王宫的雕刻要精致多了。乍看，以为木雕，贴近一瞧，全是朱色砂岩。流畅、圆润、柔美，加上岁月的沧桑、厚重、刚健，惹得一群群游客，特别是姑娘和少妇们，或坐、或倚、或躺，非要拍出时光的声响来。圣剑寺也一样，甬道、石门、长廊，每一处蹲满了镜头。甚至本地僧侣，天天来的仍似初遇。

有座佛寺，建到了水中央。据说那片水域遍植药草，能治百病。佛寺每天迎送病患，俨然成了大型医院。可一到雨季，在它周围，在整个暹粒省，民众的生活瞬间就淹进了水里。村庄浮农田上，农田与河流连为一体，浮白鹭倒影上。沟通村里村外，要搭许多桥。几块木板，几根细细的木桩，架也方便，拆也方便。桥底下，原先兴许是河，兴许是路，而此刻，尽是蹭蹭上涨的雨水。

田里的水稻临近收割了，仍旧偏矮偏稀，像韭菜，像杂草。沿途的水牛，白的、黄的、黑的，身材全一样，一根根肋骨紧绷着。蹚水玩耍的孩子们，我碰见的这一户，据说有十几个兄妹，抓到螃蟹，便是一餐，抓不到，饿着。瘦，我睁大眼睛，看哪里都是这个字。

洞里萨湖要好些。湖上居民勤快点的，不缺鱼虾，不少荤腥，日子总过得去。我乘独木舟，访了一圈，别说，他们的生活有滋有味。七八岁小男孩，一边卖着力气，一边吹着口哨，将船划得飞快，将水蛇抛向了空中。年轻的妈妈怀抱婴儿，一点不回避生人，上衣一掀，就在船尾扶着乳房当众喂奶。还有个黝黑的老汉，半搭船舷，身体从头到脚涂满了白色泡沫，大中午的，正用湖水洗澡。

湖上人家，住船屋。大风大浪过来，摇摇晃晃，像个秋千。而在岸上，凡能系绳子的地方，那些吊床也摇摇晃晃，也像个秋千。这里的人们悠闲、爽朗、寡欲，很容易满足。看似封闭，可眼界又挺开阔。他们崇拜巴肯山，常一口气登上去，披挂夕色，喃喃念着什么。每一抹余晖，在他们血液里都对应一种符号，比如崩密列，比如吴哥王朝。

一路向西

院子旁门一开，便是码头。并排只能走俩人，若有第三个，要跟在后面。上了船，每一排亦是俩人，若有第三个，往后坐。这些船，纤长灵巧，样子像秋刀鱼，在丹嫩沙多，每家都有。

曼谷往西80公里，即丹嫩沙多。150年前的运河，在这儿没淤塞，没衰老，反而更加兴盛。每天清晨直到午后，戴斗笠的妇女们各自摇着船，来来回回大声吆喝。两岸是吊脚楼，是热带树木，是各种新奇的目光，小船游弋当中，一条就是一个商铺。

吃过饭，陆陆续续收市。绳子朝码头上一拴，整个下午，坐椰树林里，可以慢悠悠地喝茶聊天了。只有周末去附近的安帕瓦，下午的大把时光才不会闲着。那儿，也是个水上市集，贻贝、咖啡、糖果，贩卖的也是日常所需。

不一样的，在夜功府。或说霸道，将流动的摊位摆到了铁轨上。或说紧张，卖根葱也得耳朵竖直了，留意远方的鸣笛。养家糊口，谁都不容易。火车进进出出，一天8趟，摊位和棚子跟着拉进拉出，一天同样8趟。要不是这夜功府多河多溪，濒临海湾，就近能批发水果水产，愿如此折腾的大概没几个。椰子、槟榔、荔枝、芒果、柚子、山竹，还有龙虾、鱿鱼、牡蛎，美味背后，藏着无数人的起早贪黑。

当地人，走惯了芭蕉林，似乎每一棵都是路标。而我一进去，才几步，便晕头转向了。本想采一篮，加个餐，这南北一乱，东西一懵，浓浓的兴致陡然全无了。在桂河，还要窘迫。终点明明在身旁，可打转的皮划艇越划越淘气，最后被一个急流猛地一甩，卷入了漩涡。使不动桨，掉不了头，像一片孤叶，随波沉浮。听说，水里边有长长的鳄鱼，有更长的蟒蛇。我一个人在热带，居然打了寒战。救援很及时，上岸一看，三四百米宽，哪是河，简直滚滚大江。

河上有桥，桂河大桥。二战中的几千俘虏，在日本人的皮鞭下修了这桥。起初是木头建的，遭轮番轰炸，已毁坏殆尽，只有水浅的时候，才冒出点儿残迹。如今改成铁桥，一身黑，相当壮实。桥头聚集了大批生意人，乐器、陶瓷、铜瓶、纸伞、棉布、泰丝，北碧府的好东西，一样不少。过桥以后是另一种风格，叫卖的全外国工艺。

一直往前，向西走，能通缅甸。土地的性格忽然变了，山峰峭立，森林绵延，瞬间换了副面孔。现代车船，在丛林里仅是个摆设，省力有效的办法首选骑大象。小伙子光着脚，膝盖一弯，托我上去，可大象不走，树桩一般，死死地抓紧地面。他用尖尖的铁锤，狠戳大象脑袋，一连六七下，大象依然不走，依然树桩一般。曾经，大象很听话，驮人、载物、奔赴战场，指哪到哪。那时候，家族成员里，大象也算一位。而今，高高在上的主人只把它当作动物，赚钱取乐的动物。我赶忙跳下来。小伙子难为情，脸一红，要拔根象毛，做戒指送我。我手一摆，比他脸还红。

自己走吧，路再远，只要不停歇，定能走完。前头，一拐弯，没准又一个水上市集，酸辣汤、木瓜丝、虎牌啤酒乃至装满小船的榴梿，尽有，管够。

石堰坪的夜晚

岔口右拐，顶多5分钟，将看见一座风雨桥。上下桥的石板，每一块仍最初模样，稳稳当当，坚固牢靠。木制的梁柱，几十根横的，几十根竖的，任由年月更替，依旧各守本分，依旧纹丝未动。桥下，涓涓流淌的是马头溪。顺着溪水径直往里走，哼一两支小曲，便到了古村石堰坪。

一路上，若是夜晚，据说，会断断续续地传出幼婴的啼哭声。不必慌张，那是娃娃鱼在歌唱，这小精灵，四足、长尾、能爬树，是山溪中的宝贝。而我这次彻夜听到的，笃信无疑，只有蛙鸣，稻田里一阵压一阵的蛙鸣。声音离我很近，可确切地来自哪个角落，来自多大个儿的，我一进村便糊涂了。

土家人不烦这些。夕阳还挂着呢，腊肉、豆腐、萝卜已经一盘盘切好，等火下炖了。如果亲朋也在，定会热情地添料，白菜、香菇、竹笋垒成一堆堆小丘。不加汤，不加水，全程干烧。说来也怪，不糊不焦，一夹筷子，还有股乡野的清芳。饭后，人人搬凳子，朝星空下一坐，聊一天的喜乐。有的上山了，砍柴、放牛、牧羊；有的下地了，锄秧草、挖莲藕、抓泥鳅；有的就在村口，浣衣、榨油，或晒黄豆、烤烟叶，都是祖辈们一直干的活儿，却从不生厌，每日铆足了劲。

更兴奋的是跳舞，跳茅古斯舞。白天劳作，到了晚上，一身枯草与树皮，二三十个人不停地抖动肩膀，抖动腰和臀，发出窸窸声响。高高低低的呐喊全是古音，每吐一句，都能听见莽莽茂林的风尖，听见布满荆棘的角逐。渔猎、农耕、祭祀、嫁娶，那些史前先民的画面，好几千年的，从他们一蹦一跳的影子里，瞬时被点睛激活了。

还有扬叉舞。一叉一叉，扬至半空，仿佛大人逗孩子，将手一松，扔到天上去。还有层篓舞。细长的小竹篓，搭在女人后背，或挑在扁担两头，模拟早晨登山，或是傍晚下山。还有打夯舞。男人们围成一圈，筑塘、筑渠、筑坝，使尽浑身力气，每一锤都是山民的意志，都是大地的心跳。

除了飙舞，石堰坪的夜晚，最热烈的当属对歌了。山歌、树歌、喜歌、太平歌，不论什么，张口便来。男人们，头缠青丝帕，身穿琵琶襟，在东边跃跃欲试。女人们，大褂、罗裙、筒裤，发髻间佩金戴银，手拉手，在西边斗志昂扬。我处中间，被浪打一样。男人们唱了，往西倒，女人们唱了，往东倒，男人女人们齐声唱了，那阵势，快要把我拱到星星上了。

举根火把，我悄悄地跟随村民，一起探洞去了。洞深400多米，在水塘边上，没路、没灯。里面砌了硝池，一个挨一个，长长一大串。村民说，是宋代人，他们在这捣鼓炸药。洞外有箱子眼，如一扇扇窗户，凿在崖壁，极高，人攀不上去，连飞鸟也没落脚的地方。许是墓葬，石堰坪先辈们的。我问村民："还宋代的？"他们互相看看，摇了摇头。

回到村里，对歌已结束，但人群依然在水田旁，安静地拢着。男女老少正坐一块儿，听村长讲一件庄重的事——吊脚楼的维修。天一亮，锣鼓开工，选木、上梁、祭鲁班，各领各的活儿。风雨桥也得加固，确保再过几百年仍旧好身板。话音刚落，四处青蛙击掌一般大声呱呱了起来。它们的喜悦与村民一样浓烈，在夜色中，裹着万分澎湃，飘进了磨房，飘进了牛棚，飘进了潺湲的马头溪。

奔赴和别离

老李嗜酒。闲日，中午连晚上，甚至延到夜里，一顿接一顿。酒后，话题亘古不变：去远方。并非胡侃，右手还端着酒杯，左手已订了机票。这些年，湖南、甘肃、青海、新疆、泰国，皆酒桌上的一时兴起。

又在酣饮。说向往西藏。众人劝他，西宁的高反都把床睡歪了，别提入藏了。他拗了起来，阿里高，林芝低，林芝总可以吧。没直达，那重庆转机。第二天上午，他在朋友圈里发了一张牦牛广场的照片，定位林芝八一镇。

他去了比日神山。在山崖下，看见了镀金的小佛像和几堆贡品；在树杈上，看见了白色哈达和刻有藏文的羊头；在寺庙里，看见了一圈转经筒和几十只鲜艳肥硕的公鸡。他去了巴松措。斜倚栏杆，穿过眼前的村落，与雪山湖泊遥遥相视；坐在白塔的光影里，煨桑炉慢慢散开的烟雾，从鼻子底下飘到了经幡顶；由观景台远远望去，粼粼水波上的湖心岛，慵懒得像个婴儿。他还去了秀巴古堡。一埋首，钻进了古堡肚子里，不为别的，只想听听历史的回响；脚一踩，是兵营的石片和城墙的残垣，屏息细闻，好像听见了将帅的号令和士卒的呐喊；寂寥与荒芜中，他一个人站在土地的记忆里，站在生命的断层里。

老李这浪漫和高效，叫人跪拜。老李说，浪漫全是自己的，高效嘛，有他人相助。他人指刘师傅，30出头的四川男人，胖胖的，叼着烟，寡言少语。以前在老家开车，出了事，便背井离乡，一路来到了林芝。还是川牌轿车，底盘很低，与满大街的越野格格不入。挡风玻璃裂了一米多，没换，说要等下一个保险期。老李打车遇见了刘师傅，一个为了游历，一个为了养家，两人各取所需，成了临时搭档。

八一镇的暮色来得要晚一些。内地6点就黑透了，这里直到8点，不借路灯，尚能看清酒馆招牌。老李的餐桌上是离不开酒的。青稞酒上了，石锅鸡上了，松茸菌菇也上了。酒后的高原，睡眠极其饱满，连一场轰轰烈烈的暴雨老李都没察觉。清晨，太阳初升，刘师傅早早停到了门口，把车里车外整理了一番，蹲在路牙上静候老李。老李还呼着呢，刘师傅也不着急，八一镇人稀活少，碰见个大户，等多久都得等。

老李出门了，刘师傅箭步笑迎，一只小背包也伸手去提。"今天到大峡谷吧，我想看看雅鲁藏布江。"老李坐在后排说。刘师傅一句"好嘞"，油门一加，把车开进了山间的流云。云很低，闪着清光，像一簇簇盛开的昙花，有的差点要亲吻地面，有的落到了牦牛的脊背和尾巴上。老李看着窗外，尽是新鲜风景。有佛掌沙丘。大量沙子从周围吹过来，贴山临江，越积越多，越垒越大，成了一块巨型玉佩，别在喜马拉雅山的腰上。有玛尼堆。山间、路口、湖畔、江边，到处都是，藏民不断往上面叠石子，虔诚地用额头碰触它们。有快速生长的沙洲。或是光秃秃的，白白净净，任由沙石飞走落下；或是黑森森的，茂密的树林和成片的灌木铺满了所有肌肤。可这些，在刘师傅眼中算不得风景。公路挂在悬崖上，感受不到最高是多高，也感受不到最低是多低，在这全世界最深的峡谷里，他唯一能做的是认真开车、安全开车。

回到八一镇，老李第二次提出要去措木及日。昨天来晚了，票房正准备下班。此刻光照炽烈，附近的午宴还没散场，却也不能游览，说人凑不齐，开不了景交车。老李破口狂喧："冰点的人气，罕见的凋零！"刘师傅倒心平如水，轻轻地问了句："下面去哪儿？"老李长叹一声："回酒店。"

又下了一整夜的雨，一整夜。老李起得很早，朝后排一坐，"米堆冰川，住察隅"。这7个字，干脆。脸上的表情，一夜过来，似乎完全修复了。刘师傅乐呵呵地一句"好嘞"，直奔海拔4720米的色季拉山口。这是老李平生翻过最高的山口，因为时间短，也没多大反应。下了山，便是鲁朗。栅栏、牛群、田畴、民居、山冈、树木、白塔、吊桥，一切都映在湖里，水面上下清晰对称。老李喜欢这情趣，不停拍照，不停录像，满身兴奋，四处乱跑。

抵达米堆之前，还经历了通麦天险和排龙天险，还亲自目睹了4个大拐弯。老李更加兴奋了，百度以后，主动跟刘师傅聊，聊当年的艰辛，聊窗外的奇峻，聊自己的见识。刘师傅偶尔"嗯"一下，眼睛直直地盯着前方。

午后，天气极好，米堆冰川的每一个细节，都向老李纵情开放。奔跑了三四个小时，回到车上，老李兴奋到了顶点，没说过话似的，一个劲地跟刘师傅聊。他说，看米堆冰川，得看五道。一是人道，两旁有300多株300多年的古杨树，黄色的叶子背后是白色的冰川，那色彩对比，强烈；二是水道，河流穿行在杨树林里，性情急，流量大，那震天的声响，隔老远依旧真真切切；三是马道，由乱石铺成，上头积了厚厚一层干粪，风一吹，山谷里都是清新的草木味；四是牧道，一条最清幽的山道，不宽敞，没形状，却是牧民和牦牛们每天必须打卡的；五是冰道，落差800多米，自上而下，超级垂直，凝固的瀑布一样悬在冰川的胸口。每说完一道，刘师傅都礼貌地"嗯"一下，不过老李好像也没听见，只顾自己的满足了。

由米堆前往察隅，一路逆流相伴的是帕隆藏布江。江水撞击石崖、撞击树根、撞击铁桥，每一次撞击，浊浪都翻得很高。江源在然乌湖，这湖反而文静，不咆哮，没脾气，安安稳稳地躺在几座雪山脚下。湖岸，是不加修饰的田园风光。一块块方格里，麦子已经成熟，藏民们正在收割，麦秆被堆在高高悬起的木架子上。这里的屋顶，有蓝的，有红的，齐齐整整地镶嵌在更加齐齐整整的黄色麦田里，像极了童话书里的插页。

过了然乌湖，开始翻山。海拔渐高，人烟渐稀，呼吸也觉得困难了。从3000米迅速攀升到4900米，因为前后没有光亮、没有村庄、没有声响，经过德姆拉山口时，老李表现出了异常的恐惧。他说，不要赶到察隅了，100多公里，还要3个小时呢，碰见村镇，立即投店。老李对住宿向来考究，可在恐惧面前，大概一间破旧的小旅馆，他也能欣然接受了。刘师傅没吭声，想抽支烟，换了3个打火机都没点着。车内车外，氧气骤减了许多。

老李的烦躁分秒激增。也难怪，无人区太长了，下坡路和上坡路也太长了。不停地有坑坑洼洼，得刹车。不停地有滚石落石，得加速。在山间盘旋，一会升顶，一会跌谷，老李真怕自己摔到悬崖底下去。他一句接一句地唠叨，埋怨这，埋怨那。而刘师傅依然不吭声，只管开车。

进察隅县城已是子夜。本计划明日继续往前，去看珞巴族，看他们的寨子。可这么一折腾，老李突然失去了方向。电话响了，几天没动静的电话在下半夜响了。吴超打来的。"老李，看你朋友圈，到察隅啦。我在丙中洛，正好跟你在丙察察的两头，来我这。"吴超的电话像一场及时雨，把老李的浪漫和激情又浇灌出来了。"丙察察是经典的自驾线路，丙中洛是人神共居的地方，从丙中洛到丽江只要两三个小时。"吴超补充的每一句，都击中了老李。"体验，值得体验；向往，值得向往；出发，一早就出发。"老李自言自语，兴奋了一夜。

刘师傅却不乐意了："这车底盘低，不能跑，再说了，出门也没带换洗衣服。""加钱，加多少，现在就加。"老李早已迫不及待。一听加钱，刘师傅愣了下，与老婆视频后，立即改口："跑！上车！"反向穿越丙察察，就这么开始了。

说是公路，其实只有路基。老李和刘师傅将要共同面对的是转圈，持续的转圈；是翻越，持续的翻越；是颠簸，持续的颠簸。前六七十公里，一直在原始森林里打转。半山腰朝下看，是清冽蜿蜒的溪河，是黄绿交错的田野，是火柴盒一样的屋舍。朝头顶看，古木遮天蔽日，枝条上缠满了白色蔓衣，像老树的胡须，像山色的胎记。老李打了个盹，海拔就抬至4706米。森林的高度到不了这里，它们的家园只能在脚下很矮的地方。一圈圈绕下去，出现了牧民和村庄，出现了牦牛和草原。可刚到谷底，又抬至4498米，人牛草木又都消失了。下了垭口，再一次，森林渐密，村舍渐稠。还没缓过神，第三次抬升已在眼前，左拐、左拐、右拐、右拐，方向盘转得更加频繁了。大部分路段缺少栏杆，离轮子一两米就是千丈深崖。偶尔有栏杆的，也被巨石砸得稀烂。从这4636米向下，一路都是灾难片，台风、海啸、地震，这世上最凶险的灾害都像昨日刚刚来过。峻极的山终于翻完了，刘师傅凄怆的底盘仍在嚎叫，大声嚎叫。老李淡定地看着窗外，看目若村的圆木房子，看让舍曲的翡翠水流，看怒江边的落单孤马。刘师傅却满腹哀叹，一句接一句："车废了！车废了！车废了！"

晚9点多，过滇藏界。吴超在小镇上，把火锅安排妥了，白酒啤酒排满了桌子。老李见到吴超，见到这位再熟悉不过的朋友，居然久别重逢似的，在丙中洛的夜色中，深情拥抱了起来。几日劳顿，几日起伏，于这一刻熬到了尽头。他们快意吃肉，他们用碗喝酒，还时不时地敬一下刘师傅。可刘师傅愁容难掩，一脸心事，从头到尾连筷子都没拿。

刘师傅问哪里能加油，吴超说丙中洛没加油站，唯一一个是军用的，民用得去县城，40公里外。刘师傅问哪里能修车，轮胎漏气了，底盘划破了，方向盘不灵了，吴超说这么多毛病，那得去县城。刘师傅问回林芝哪条路最近，吴超说要么从四川绕，要么原路折返。刘师傅张了张口，似乎还有问题，却没敢说出来。老李早喝多了，"人神共居"重复了十几遍，桌上的对话他一句都没听见。

第二天凌晨，星斗闪烁，刘师傅设好导航，一个人上路了。而老李，鼾声如钟，美美地睡到了11点。下午半天，吴超开了辆越野，带老李畅游丙中洛。去了怒族的翁里村，去了江中的桃花岛，去了山上的普化寺，老李孩子一般，又扭又跳，各种自拍。晚宴很热闹，吴超在丙中洛的朋友都来了，大家纷纷向老李敬酒，老李特开心，说明天中午到丽江接着喝。"丽江？明天中午到丽江？"桌上忽然安静了下来。"这里没法到丽江，包辆车，也得十几个小时。"老李傻了："不两三个小时吗？"吴超半开玩笑地说："不这么讲，你会来？"

吴超的公司在江苏，效益不错。这两年，他常驻丙中洛，正做一个项目，扶贫的。丙中洛的确偏远，通往外界没一条像样的路，更不用说水运、铁轨、机场了，到最近的州市，也得十几二十个小时。老李本想抱怨几句，可看到吴超的匆忙和坚毅，看到他长长的络腮胡、满袖的烂泥巴、一屋的施工图，所有怨气统统咽了回去。

新的霞光，系上了怒江大桥。老李坐着车，摇摇晃晃，正赶往丽江。刘师傅开着车，过了省界，正要入藏。而吴超，仍在丙中洛的工地上，与设计师一起测绘、讨论、修改。他们奔赴和别离的都是异乡，又都是家乡。

旅途的偏旁

缺了它们，便不再完整。

——题记

从陇西到郎木寺

陇西，陇山以西。像只药篓子，拴在黄土高原的尾巴上。如果朝南，轻轻一跃，就能摆脱干旱，就能投奔另一座高原。可它一动不动，非要守着李广李渊，守着李氏祖宅，还要扎根沟壑峁梁，守着党参和黄芪。

大地，早凝固了。一道道暗纹，皱巴巴的，种不了小麦，种不了水稻。那想别的办法，每年翻一翻，点些玉米，点些土豆。瞧，一位老翁正坐田埂上，目光炯炯地望着磨盘，望着秋收。白胡子挂到了胸口，身旁的锄头跟他腰板一样，刚健、挺直。这陇西，这陇西人，看来都犟，铆钉似的，谁也拔不走。

一出陇西，山花和绿叶便急匆匆地满坡铺开了。富裕的洮河，袖子一甩，要水给水，要木给木。梯田里，温润、活泼，露珠从这片山峦滚到了那片山峦。妇人们裹着头巾，在流云底下，割草、施肥、放牛，与时光有说有笑。

到了腊子口，峡谷倏地一下挤成了线，像被利剑劈开的，原先横的世界，现在竖起来了，脖子仰酸了，也看不到天。无论什么耕地，旱的，湿的，全吓跑了。峭壁上，长不得庄稼，牧不得羊，村落和集镇越来越少。走了很久，等这紧绷的峡谷松了松手，才又淡淡地闻见了烟火。房屋不多，没地方盖，只能靠近悬崖垒个矮矮的。怕牛羊掉下去，沿着崖边筑了一圈圈土围墙，高低蜿蜒，如北方长城。

群山开始登台，比尖、比险、比奇，每一座都很要强。迭部境内，成了盛大的擂场，山神哨子一吹，冰斗、角峰、刃脊个个争先恐后，各寻各的主。扎尕那的邻居们坐不住了，你追我赶，拼命抢夺，要冰斗，要角峰，要刃脊，要做天下至雄的山。鹿茸、麝香、熊胆这些药材，也纷纷呐喊，为自己的家园拍手鼓劲。而恬美的扎尕那闲卧当中，只管羚羊吃草，只管雪豹奔腾，其余的，一眨眼，由它们去吧。

扎尕那往前，山峰渐渐消退，愈加浓烈的是藏族民居，是格鲁派庙宇。煨桑炉的香气，磕长头的牧民，屋脊上的法轮和金鹿，都在高原的庇佑下，安享佛界悠然。就连天葬台，也随着一声声诵念，将人间魂魄，将凡世的辛苦与悲伤，度进了极乐。满山秃鹫，搬运的是，一半生死，一半超脱。

在小镇郎木寺，孪生的庙宇有两座。这边的，隶甘肃。对面的，属四川。中间隔的河，虽一俯身能轻松跳过去，但它的名字不将就，叫白龙江。龙腾大江，多磅礴有力啊！确实，人家来头不小，想合，东岸和西岸，饭菜、衣帽、碉房整一模一样；想分，左手一个省，右手一个省，各走各的路。看它颤巍巍的，连根拐杖都没有，我真担心，不出三五里地，就要干涸见底了。可也神乎，它一乡野小妹，跌跌撞撞上千里，不但搂了嘉陵江，最后还脸贴脸吻了长江。

一动一静，玄奥极了。白龙江入川，由青藏高原嫁给了长江文明。陇西守着黄土地，哪儿也没去，照样丰腴了黄河文明。由陇西到郎木寺，一路都姓甘，但不同的山川，这简单的甘字却有不同的写法。

喀什古堡

内敛的吐曼河一路向南，流到古堡这儿，猛一回身，作了一个 90 度的揖。古堡在老城东边，像一把钥匙，一转，西方商队，罗马的、大食的、波斯的，纷纷从喀什的门缝里，叮叮当当走了出来。

由河滩望去，古堡犹如一位遗世的小少爷，坐在高崖顶上，不紧不慢地弹着 200 年前的曲子。而隔壁老城，随便一拉弦，那音韵能嗖地一下，穿透两三千年。少爷和老城，差了很多辈。

进入古堡的巷子，不宽，但很长。打河岸往里走，一弯一绕，比迷宫还要晕头。汉人建筑，讲究对称，讲究横竖有序。而在西域，这巷道仿佛一棵大树的枝枝条条，随性极了，任意舒展。地势或陡或缓，高高矮矮的房子，管它什么朝向呢，土一夯，盖起来就行。雨水少，无须用脊，家家一样，平层平顶。风沙多，要用力挡一挡，门小，窗更小。气候干燥，为保温保湿，每一堵墙，不停地加坯加草，泥得像堡垒。山墙之间，你托一把，我撑一下，互相帮扶，互相倚靠。地面有路，空中也有路，堡里的人一遛腿，能抵达任何一座院子。

外人进来，摸不准方向，每条岔路一样的曲折、一样的幽深。有头小毛驴，拉着车，嘎吱嘎吱地响。离我很近，至多三五十米，可跑了小半天，连影子也没看见。这条巷子，这户人家，似乎刚来过，就在上一秒，一定来过。廊柱、挑檐、楼梯、梁枋、壁龛、天棚，还有那些三角图案，那些石榴雕纹，那些横空木架，个个眼熟。但小毛驴呢，依旧在耳边，依旧找不到。

陶窑的声音，案板上敲敲打打的，无意中被我撞见了。20出头的小伙子正跟随父亲，将一小碟芦花碾碎了，拌进黄胶泥。他们身后摆了许多陶坯，诸如灯盏、提壶、碗罐，都没着釉，都没焙烧，但已经挂上了牌子，一只只有了主人。我问小伙子："这一排，大小几个，多久能出窑？"他数了数，食指一伸。"一周？""不，是一天。"果然制陶世家，一瞬间，我记住了他的名字，吾麦尔·艾力。

他家门外热闹得像集市。一群孩子，在斜坡拐角，分两组，大战玻璃球。别看人小球小，那技术顶呱呱的。要知道，在经济发达的中原，这玻璃还算个皇宫珍品时，喀什的孩子们已经玩了几百年。五六个妇人围成一圈，一边晒着太阳，一边飞针走线。他们手里面有花裙子，有花枕头，有花腰巾，把蝴蝶、樱桃、茶杯，把日常所见，全绣上了。送货的大爷定是饿急了，连小花帽戴歪了也没心思去管，捧着馕，三顿并一顿。他是挑担来的，刚卸下柴火，又捆紧了地毯。

与大爷一左一右，我们朝河滩并排往外走。路过一片天台时，他放下担子，毛巾一拧，满脸擦汗。虽累，但看得出来，他很快乐。是啊，大爷说，在喀什，佩过昆仑玉，饮过天山水，还吹过帕米尔的风，有什么不知足呢？脚下的古堡系在水边，像一艘渡船，想去哪儿，一划桨就能到。

真是个有趣的大爷。没等聊几句，他一掸灰尘，笑呵呵地赶路去了。

骑行阳朔

西街在城里头，浑身上下抹了厚厚的粉。而东街，在郊外，在漓江边，水一拨，全是野草香。东街两旁，笑脸相迎的仍是泡桐花，仍是芭蕉叶，仍是风雨桥，几十年了，依旧老样子。我特地去东街，租了辆车，朝阳朔乡村龙头一拐，蹬蹬出发了。

大榕树向前没多远，有座山峰，挺高，七八百个台阶，爬上去得费些力气。可一轮明月正挂着呢，不管白天黑夜都在峰顶，稳稳地挂着呢。我把车一支，爬，既然来了，必须爬。山道弯弯扭扭，像醉汉，走一路，将枯叶撒了一路。经过好几个岔口，是向左还是向右，连个打听的人，连块小牌子，也没遇见。等太阳照进了悬崖，我才哼哼地扶着腰，赶到了月宫。这一天然溶洞，比球场还要大，整座山被它侵蚀一空了。由底下看，真似个月亮，人一动，它也跟着动。新月、半月、满月、残月，想怎么圆，想怎么缺，挪两步，随意使唤。

小腿抖抖地骑车上，仍旧一蹦一跳。速度，明显慢了许多，尤其爬坡，差点被拽了回来。将要寻的桥远离公路，在一片农田里。它又矮又黑，若非靠近了，还以为是个涵洞。问了好几拨人，都摆摆手。他们只晓得古代，不晓得宋代，只晓得石头桥，不晓得仙桂桥。也难怪，老农路过，盯紧的是水牛和稻穗；鸭子路过，直勾勾注视的是鱼虾和嫩草。没有谁会成日闲着，会在意这单孔小桥。

另一座桥，也是单孔，也是石头砌的，却要风光得多。它个子极高，跨在遇龙河上，像一道水门。隔着村庄和田畴，我远远地一眼就瞧见了。两岸各有一棵古树。古树旁边，搭了一些新枝，枝头长满了金橘。倚着桥栏，我耳朵一贴，仿佛听到了 500 年前的回响。响声里面，浣衣的、筑坝的、撑篙的，乃至犁地的、插秧的、对歌的，应有尽有。

两桥之间，那些城墙更古老。据说是唐代初期的。断断续续的夯土，四周一围，方方正正，像截了腿的八仙桌。桌面上，县衙、文庙、道观，被擦净了，仅剩的是一口老井，一片果林，一条盛满水的沟渠。倒是附近有个村子，飞檐翘角下面藏了几十栋古民居。我停下车，三步并两步，进了黎家祠堂。砖雕、泥塑、土灶台全在，可没人，前前后后转遍了，的确没人。我悻悻地出来，一连几次扭头凝视。

车轮的影子在夕阳下被拉得很长，犹如一双大手，伸到甘蔗林里，一路调皮，一路拨弄。甘蔗有两三人高，细细的，像瘦竹。路边砍了好几堆，我问价钱，他们头一摇，说这品种不生吃，用来榨糖的。我渴坏了，有些小失望。

快到县城时，眼前一闪，塔尖的灯亮了。塔后的西郎山仍在那儿，仍屏风一般，孤独地拱手而立。它的目光不长不短，正好 10 公里，正好落在江的另一岸。所望的是东郎山，嫡亲的哥哥。它们自打生下来，没当面见过，只能这么天天遥望，默默相守。

过了西郎山，拐三个大弯，便是东街。7 点半，街面上，那一串串烤肠，那一排排凳子，已经回屋酣睡了。而此刻的西街，故事，热闹的故事，才刚刚上演。

鲁国的背影

寻根问祖，傍个名人，这习惯，百姓有，君王也有。李世民说，老子姓李，我是他孙孙。朱元璋说，朱熹姓朱，我是他孙孙。最敢讲的，宋真宗赵恒，说黄帝姓赵，我是黄帝的孙孙。顺带，还强调了一句，黄帝的家乡在寿丘，在鲁国。这事闹大了，平淡无奇的土坡，3000 年后，突然成了圣地，成了龙脉，无数车辇滚滚而来。

本分的寿丘一下子被抬到了天上。少昊陵墓在这儿，虞舜作坊在这儿，而今又多了个黄帝，说他的故里也在这儿。寿丘慌了，一撸袖子，赶紧全面开工。石碑，全国最大的，竖了四通。宫观，简直小皇城，盖了 1000 多间。还有雕像，纯玉的，经络和衣褶刻得栩栩如生。可来得快，去得更快。明朝的书童，清朝的官吏，一路小跑，追到这儿，除了两块残碑，除了几只乌鸦，什么也没碰见。

宋真宗留下的唯有周公庙。大殿、牌楼、石坊，神龛、匾额、铭文，重新登场的，全是他的作品。他在一片废墟上，一砖一瓦将这鲁国祖庙，将这礼乐记忆，隔了 1000 多年后，再一次立了起来。他想打捞的是经天纬地，是明德勤政，是故乡的辉煌与荣耀。可庙里冷冷清清，没几个跪拜的。

槐树、柏树、楷树，这些老树，一棵棵茫然地站着，比游人还多。

都说，周礼在鲁。可鲁国，北宋之前的鲁国，在哪儿呢？是有座故城，封国以来，像藤蔓一样不断生长。传言，那城墙起初2米高、7米厚，营建了900多年，最终10米高、50米厚。可城墙又在哪儿呢？我能看到的只有公路，只有厂房，只有密匝匝的新楼。故城被掩埋了。宫殿、阙台、门道，连同釜钵、方鼎、车马，一并被掩埋了。日日夜夜，与它们相邻的尽是墓葬，数不完的深浅墓葬。

地下的，无法起来，那就继续睡吧！可地面之上，依旧精神抖擞的，也遭人为干预，一个个被哄骗睡着了。黄帝、唐尧、大禹、夏桀，他们的画像在历史课本里印了几十年。但画像源头，这片祠堂，这片被迫睡去的祠堂，却没人搭理。凌乱、阴暗、逼仄，比监牢还要糟糕，关了一大批不该关的难民。当中，有伏羲、孔子，有西王母、东王公，有比翼鸟、比肩兽。或被铁栏杆锁着，或被玻璃罩压着，甚至不少在屋檐下杂沓堆着，在祭台旁脱光了裸着。都是汉碑，都是汉画像，哪怕摆到故宫里，也得一块一块分开来，给个单间。

曾子孝母，这一方石刻也有。在潮湿的角落，陪蜘蛛一起蹲着呢。而它老家曾庙，出祠堂向南，没几步便到了。庙门口聚集了一大群人，他们正吵吵闹闹，兴奋地玩着纸牌。庙里边，那些螭吻、石柱、藻井，一点儿声响也没有，似乎在午休，从早到晚一直在午休。我看见了三省堂，吾日三省吾身，看见了慎独门，君子必慎其独，好像随便哪儿，都是一部传世经典。到主殿，一弯腰，我拜了曾子。他双手执圭，一言不发。两旁陪祀的，一个孔伋，一个孟子，同样是一言不发。偌大的曾庙，静得可怕，我每走一步，都要小心翼翼，都不敢用力。

到北宋之前的鲁国，想面对面说几句知心话，真不容易。瞧来瞧去，无论旷野，还是庙堂，只写了两个字：背影。那位胆大的皇帝，要是你还活着，敢再吹牛一次？

阴山下

像一巨人，走到中国北方，突然东西一躺，鼾鼾地就地打盹了。头枕贺兰山，脚踩滦河谷，左手一提，隆起了高原，右手一摆，划出了平原。

它动下身子，大片的胡杨便要碾成碎渣，南边的黄河便要断流，便要泛滥。幸好，它这个盹，够久，还没醒来。

它叫阴山，牧民们居住的阴山。山间，有许多峡谷，或宽或窄，能通南达北。先是匈奴，后来鲜卑，后来突厥，他们的骑兵都是经这些峡谷，直奔汉唐的。霍去病的战车，王昭君的嫁妆，唐太宗的刺史，也是经这些峡谷赶赴塞外的。当年算危谷，是边关，是咽喉，是暗藏凶险的禁地。而今天，我坐马磊车上，油门一加，很轻松，呜地就过去了。

马磊的草场在山北，跨了好几个山坡，有7500亩。最近少雨，周围的草全稀疏见土了，只有他这里的又高又密。马磊说，别的牧户，2万亩、5万亩、10万亩，他是最小的，不求多大，肥沃即上等。

草原上串门，若是没马，哪怕走半天，也不会碰见几个人。马磊说，骑马得打小练，摔趴下了，父母一揪，继续。要是骨折了，也别灰心，等绷带一拆，依旧是条铮铮的汉子。他牵来一匹老马，常吃夜草。我在那拉提，在科尔沁，有些骑马经历，看这匹挺俊的，一把接过缰绳，飞奔了起来。或是散养惯了，它带我到处兜圈，跑了两个小山冈，才慢悠悠往回走。头顶的云彩突然一根根上下直立，像带穗的窗帘，将草原分成了一格一格。长长的羊群也在突然间，由几百只拧成了一小团。老马就是老马，能看云识天气，沙场冲锋似的，背着我一阵疾蹄。刚进屋，暴雨就到了。马磊说，旱了半年，该有场雨了。我理了理衣裳，点头一笑。

草场边上有座王爷府。曾经殿堂云集，曾经恢宏气派。而现在，孤零零蜷缩荒野，仅剩下前厅和白塔。厅里没了王爷，绕塔诵经的喇嘛也没了踪影。这广袤的草原，不再是领地，不再是特权。普通老百姓随时能来，随时能走，为自己扬鞭，为自己放牧。

鼎盛如初的是希拉木伦庙。马磊他们称之为大庙，这一带最大的庙。神殿、寝宫、庙仓，那规模，在整个草原数一数二。柱毯、挂画、供灯，每一件都是几代真传的手艺。活佛家，参拜的人最多，时时刻刻要排长队。每天上午下午，信徒和民众们手捧哈达，去寻求各种答案。有生病的，有失恋的，有遇到难处的，他们相信活佛，认为活佛的方子能医病，认为活佛的指点会打破迷津。

大庙往北，一峰独起的是敖包山。一位蒙古族老汉，坐在经幡的光影里，不起身，不叫卖，只顾一支支抽烟。许是待久了，掐灭的烟头一小截一小截，装了大半瓶。他跟前摆了几捆香，还有些木条和石块。从山脚爬上来的，尽管取，给不给钱不重要。

马磊说，这样的老人跟敖包一样，是草原永恒的坐标。他们还喜欢拉琴，拉马头琴。夜空下，一曲《鸿雁》，能将觅食嬉戏，能将苍远辽阔，一波波带到帷帐里。那琴声，飘在阴山下，狩猎的岩画、赵国的长城、高高的云杉林，都清清楚楚地听进心里面了。

边关无边

永和九年，微醺的王羲之在江南袖口一挽，旋起了兰亭风。而此刻，6000里外，一座不知名的石窟正搭着脚手架，准备动工。这石窟，攀在大漠高处，人称莫高。其户籍，没有任何悬念，大印一盖，归沙州。它的枕边是库木塔格，枕边的枕边是塔克拉玛干，都是顶级沙漠。睡不安稳了，就怕哪天醒来，一探头，成了流沙的口粮。

沙州的沙，不但快，还嗡嗡作响。老百姓简单，要是问路，手一指，去往鸣沙的。北周皇帝一听，甚妥，又形象，又好记，改鸣沙县得了。县城南面，直到今天，那起伏的大丘，仍叫鸣沙山。山两边，皆有石窟，莫高算年轻的，西千佛洞的辈分要长些。

在中国，地渗河流由南向北的只一条。它胆子不大，像个小面人，撞到鸣沙山时，肩膀一挡，瞬间被挤变形了。临壑腾空，高危峭立，一片新的陡崖，在左岸就这么意外诞生了。崖壁上，一窟窟凿的便是西千佛洞。我看了好几尊泥塑，要么雕了一半，要么丢了头颅，肚子里的草梗，像内脏一样拖了一地。壁画下方，供养人的信息倒是很显眼。那些捐资的商贾，过了1000多年，仍在丝路上活着。

往西南顺道直走，便是阳关。在当初，关里关外一片绿洲。刘彻的天马从这里上贡的。远行的商队，去鄯善、去于阗、去安息，从这里检票出发的。两汉的钱币、箭头、石磨，隋唐的陶盅、瓦当、铁砖，来一阵风，在墩台附近，能呼呼地刮出一大堆。葡萄、杨柳、清泉，眼下的景象那时更盛，将卒和使臣看见了，文人和僧侣也看见了。

玄奘东归，入的是阳关。而之前西行，出的是玉门关。汉代、唐代、宋代，这玉门关好像一位思乡的游子，朝中原不停地奔跑。最初在敦煌西北，可一出关，尽是黄沙，尽是长碛，看哪儿都一样，稍不留神，就要原地打转了。路标，不是垭口，不是江滩，而是人骸、畜骨、马粪。玄奘时，已向东边挪了200多里。但戈壁与荒漠仍望不到头，一批批商旅，走着走着，忽然陷风沙中，连人带货一起消失了。跟随疆界，继续向东，再挪200多里。这新址，差一点儿要碰上明朝的嘉峪关了。今人竖牌子，懵了，好几处都是。只能算祖籍了，最初那个敦煌西北的。

这最老的玉门关，有些家当。城墙、驿路、烽燧绵延了几十里，身子骨大多硬朗。关外的雅丹更有血性，虽然掉进了罗布泊，虽然被风剥得七零八落，但守边的决心还是那么坚毅如铁。残丘、塔柱、垄岗一排排站着，像阵前的戈戟、军旗、战鼓，只等主帅一声令下，随时出发迎敌。

边关的后花园是西湖，沙漠中的一块湿地。祁连山与阿尔金山年年联手，为它送上汩汩雪水，红鹬、沙狐、鹅喉羚在空中和地上，为它殷殷献舞，刺柳、胡杨、黑枸杞陪着野马野骆驼，为它捏腿捶背。它的确切身份是一名健壮的卫兵，一身绿装立在沙州门口，既防荒漠偷袭，亦阻戈壁犯境。有它在，埋不了石窟，摧不了边关。有它在，那些壮丽的唐代诗篇，就能冲破一道道藩篱，大摇大摆地牵着孩子们，走向无边的远方。

河下街

北河下

河下街，扬州有三条，呈南北走向的仅北河下一条。南河下与中河下，一个跑在前头，一个跟在后面，皆东西走向的。陪古运河一起拐弯，这堤下的街便是河下街。三街当中，北河下最具性格，看上去大大咧咧，骨子里却内敛无比。

在水运鼎盛的年代，北河下南边系着华美的盐宗庙，北河下北边连着喧闹的东关街，它的样子像一根长长的扁担。盐宗庙原先气势恢宏，有照壁、门楼、大殿，有船厅、戏台、厢房，是一个体面的建筑群落。大殿正中，端坐三位盐业始祖，煮海为盐的夙沙氏、盐商的鼻祖胶鬲、食盐专营的创始人管仲，全是精致的汉白玉雕像。每一年，富有的扬州盐商们，都会相约在庙里，恭恭敬敬地举行隆重的祭拜仪式。而今的盐宗庙，一路三进，只剩下门楼、照厅和大殿，面积虽小了很多，可一跨出门槛，依旧能听见古运河昼夜不停的呼吸声。东关的繁忙，在扬州城里，那是远近闻名的，由码头到集市，由主街到支巷，由店铺到作坊，向来步履匆匆，摩肩接踵。装货的，一箱箱抬到船上，卸货的，一袋袋扛到岸上。这一装一卸，让东关的每一个清晨与黄昏，都是在吆喝中醒来，在吆喝中睡去。然而，南边的祠庙和北边的东关，无论多光鲜，无论多沸腾，在北河下的眼里，也就是扁担挑起的两只普通箩筐，筐好筐坏，没什么分别。

北河下在意的是扁担本身，是嘈杂中的幽处，是金钱外的沉淀，是乱世里的仁义。扬州没有哪一条街能够像它一样，双臂一伸，满手繁华，而内心之中，丝毫不见丁点欲望，比古运河的水流还要纯净淡定。清同治年间，法籍传教士来到北河下，兴建了一座天主堂。那奇怪的哥特式建筑，屋尖的铜十字架、室内的彩色地坪、两侧的矢形窗户，让周围看惯了传统民居的百姓大开眼界。在这座天主堂里，诞生了江苏省第一所教会小学。1937年12月14日扬州沦陷后，这里陆续收容了600多位难民。同样在北河下，同样与法国有关，清光绪十四年，附近又兴建了一座圣母院。除了传教布道，圣母院里还设立了女子中学和博爱诊所，既注重精神，也注重肉体。天主堂和圣母院的出现，北河下看得很清楚，东方的码头、街巷、祠庙它不排斥，西方的教堂、学校、诊所它也不反对。在中西融合的这条街上，北河下的胸襟与气度，一百几十年后，仍在古运河畔自信地传承着。

与天主堂一墙之隔，有一道升降的卷帘门。门内，有一片空地和三层小楼。几年前，我曾在小楼里办公，每天上午，准时准点，都能听见清晰的敲钟声。几年过去了，一想起河下街，便会念叨北河下，便会念叨它的外向与沉稳。

南河下

一过柳叶桥，古运河就调皮起来了。本是南流，现在西去，这90度的大弯拐得猛然，拐得毫无先兆。弯道像一只臂膀，把河堤下的街巷，把街巷里的人们，全搂到了怀里。一弯，惊了魂，一搂，又还了魂。南河下的官民们，因这古运河的一摆手，茶余饭后连续聊了几百年。

码头的旗杆上，挂着一个大大的盐字。靠岸的人们循各自轨迹，迅速散开了。有的去了自己的宅第，张家、贾家、周家、廖家、徐家、方家，都是大户。悠长的火巷，高耸的外墙，汉白玉的碑石，大总统的匾额，处处显富显贵。有的去了觥筹的会馆，岭南的、湖南的、湖北的、浙绍的、场盐的，门楼个个气派，入内的人也个个气派。有的去了四岸公所，前呼后拥，威风凛凛。坐在楠木厅里，他们随便一句话，哪怕声音再小，也能响彻商业版图，也能震动盐业江山。这些身影，常在南河下，常在扬州老城的东南方位。明清时代，这每一道影子都无比巨大，一旦立起来，分分钟遮蔽几座城。

热闹的地方还有引市街。很多大盐商，每天蹲守于此，他们明的暗的交易各种盐引。他们的买卖遥控器一样，能操纵几个省。一张小条子，影响几千里；一次小谈判，影响累月数年；一场小聚会，影响金山银山的流向。财富上的极度自信，使他们成了国字里最重要的那个点。闲暇时候，他们不数银票、不进库房、不看地契，他们有了更高雅的爱好。请工匠来，建造园林；请名士来，写字画画；请大厨来，创新菜品；请戏班来，唱念做打。经济上的引擎发动之后，成了文化上的推力。

这南河下，地不广，街不宽，可每次进去，总觉得身边有许多人。有李白。李官人巷的李，居士巷的居士，讲的都是他。他不仅在此逗留过，我的一位学者朋友还曾考证，说《静夜思》有可能就在这一带写的。有魏源。新仓巷絜园是他旧居，园中古藤书屋诞生了《海国图志》，园中秋实轩见证了龚自珍的一段糗事。有曾国藩。他的湘军将士退役后，不少在扬州行销淮盐，为了感恩献媚，想送他的一座庭院。厚礼虽拒，门楣上由他题的字，听说还在。

古城扬州，遍布历史街区，南河下最最饱满。纵横的街巷，跟数百年前一样，还是那个肌理，还是那个脉络。无论哪一天，无论早晨，无论黄昏，踏步进来，都能听到寺庙的梵音，听到门环的叮当，听到井水的提动。这里没有高楼，没有门票，没有红绿灯，有的是几代为邻的街坊，是名门之后的低调，是古风遗韵的坚守。

巷子口生出了一锅饭香，顺着风，飘到了古运河上。河上有船，载着香气，要么北上，要么南下。每一艘船，一如当年，都要驶经大拐弯。只不过，左拐或右拐，有了精准导航，有了坦然准备。

扬州北望

深秋的第一缕阳光爬上蜀冈后，才跑了一小截，便停顿了下来。以为累瘫了，以为是气喘吁吁，是直不起腰了。可它精神抖擞，正朝那条水杉大道，裹足了露珠和红晕，它的全身在片刻之后，将要腾空猛扑了。

这一缕阳光，从扬州老城出发，越过陡然抬升的丘陵，一路向北。它的口袋里鼓鼓地，装满了秋的诱惑。走到五湖村口，刚准备进入水杉大道，它眼前一晃，脚底一滑，摔了个大跟头。乡村路面再怎么坚硬，都是柔软的，摔跟头不怕，怕的是口袋里的秋色，要噼噼啪啪撒落一地了。是的，噼噼啪啪，这秋色，自带声响，情绪激昂，非要在这五湖村口，涂上一些不同寻常的画境。水杉大道赶忙迎了过来，入秋至今，它一直为新装发愁呢，此刻，毫不费力上千米 T 台，竟无一件重复。细细一闻，这画境里，这 T 台上，一浪接一浪，满是翠鸟搅动过的泥土香。

水杉大道那一头，有一座斑斓的农场。农场中央是一片开阔的水塘，塘面上平铺着绿色的光影，深绿色，一点折痕都没有。围绕水塘，北边聚集的鹅群，一会朝左，一会朝右，它们张开翅膀，悠哉地奔跑，那白白敦敦的样子，既灵动，又憨厚；西边柿树林里，那些通红的柿子，一树比一树多，它们焦急万分，这挂在枝头的日子实在太难熬了；南边和东边是桃园的天下，桃子很安静，无论大小，无论青粉，反正过季了，反正要安度晚年了。黄色或黑色的土鸡却兴奋得很，它们在园里刨食，偶尔还飞叫起来，撞得桃树颤颤巍巍。

打老城来的阳光，哪见过如此绚烂的色彩，它脖子一伸，还没探进农场呢，便慌慌张张地缩了回去。它要到别处转转，最好是简约的，最好是黑白基调，只有这样，它的七彩光芒才能寻得安慰。在长塘村的怀抱中，那一组徽派建筑勾起了它的兴趣。瞧，白墙，黑瓦，线条简洁，色调朴素，一看就是从山里来的。可是，若再瞧细瞧，若再看细看，慢慢地，就要心生虚气了。在白墙黑瓦之间，有砖雕、有石雕、有木雕，上下五千年，全雕进去了，刀刀精美。而在白墙黑瓦之外，还有拱桥、还有牌坊、还有水榭，每一座都是凝固的艺术。阳光，这一缕曾经自信满腹的阳光，好像透出了一丝丝沮丧。

毕竟见过世面，阳光要去双山村，要去那里的土堆上，痛快地走一走。真会选，在扬州北郊，那可是响当当的汉墓群啊！铜镜、铜壶、铜鼎，陶罐、陶楼、陶炉，漆碗、漆盘、漆砚，不管多么久远，多么珍贵，每一样都深埋地下，都接触不了这世间的明亮。阳光有些得意，洋洋得意，仿佛它的所有细胞都要沸腾起来了，都要在这里的每一寸草木上，放肆地照耀一回。可牛灯出土了，灯座、灯盏、烟道，光泽如新，尤其那头伫立的黄牛，威武雄健，双目圆睁，逼得它不敢直视。广陵王玺也出土了，纯金铸造，精巧玲珑，那光灿的模样比牛灯还要压人。阳光顶不住了，它开始收敛，它不再膨胀，它内心的谦卑和肃意涓涓地流淌了出来。

这一缕阳光，待惯了老城深巷，本想携手晨风清露，过冈往北，自豪地秋游一番。没想到，所经之处，丢了一地昂首，捡了一堆意外。扬州北望，望的是多彩的生命，是甘洌的泉水，更是那一片深邃的土地。

若尔盖的土拨鼠

时光像一群孩子，在草原上不停地奔跑。没有铁门，没有围墙，没有路灯，它们可以自由地从这个山坡跨到另一个山坡。不问开始，不问归途，它们带着流云，带着彩虹，带着土拨鼠，千百年来，就这样一直奔跑。

土拨鼠，在这地方比人多。公路两侧，只要抬眼望去，总能不断看见它们。有的正坐在太阳底下，陪自己的影子挥霍岁月。有的趴着一动不动，正朝对面的雪山一个劲地发呆。有的钻到了草丛里面，正愉快地寻觅吃食。还有的，听见了长长的鹰叫，猛然伫立，昂起了头。它们身旁，有风干发亮的牦牛骨架，有不急不缓的清澈水流，有或白或黄的细小花朵。这若尔盖大草原，成了土拨鼠的天堂。

土拨鼠的情感是欢快奔放的。我遇见过两只，一雄一雌的两只，后腿挺立撑直，前腿拥抱对方，还时不时地透过大大的门牙，亲吻几口。它们始终在转圈，像某种世袭的舞蹈，而一旦停顿下来，就会狠狠地再亲上一番。土拨鼠的情感也有可能是深沉郁结的。一只成年大鼠，闯进了公路，汽车不小心，从它身上辗了过去。当场鲜血直流，当场尖叫而亡。一只幼年小鼠，从草原上飞奔了过来。它伏在大鼠身旁，伏在公路中央，任凭多少喇叭声，就是不肯，不肯离去。

土拨鼠的世界，温馨是一面，凶险是另一面。它们善于掘土，善于挖洞，四通八达的地道，能挡住洪水、挡住野火、挡住温差，能监听可怕的捕食者，能给自己和婴儿一个美美的睡眠。可对马，这地洞简直是噩梦。每一个洞口，只要奔跑的马蹄踩进去，必然会被折断。有意无意地，这些土拨鼠欺负了马。倒是狐狸，在马的背后，隔三岔五地给了点颜色。草原上狐狸也挺多，它们一出现，土拨鼠便吓得四处躲藏。相生相克，相反相成，生物链上，一切爱，都有爱的理由，一切恨，都有恨的意义。这若尔盖的动物平衡，悲悲喜喜的土拨鼠们，于功于过，都算个角儿。

若尔盖的土拨鼠，身世很矛盾。它们特别能吃，寿命也长，总与马牛羊争食牧草，牧民眼中十足的害物。它们却又憨厚可爱，呆呆傻傻的样子，像个小萌宠。早在北魏，最尊崇的皇族姓氏就已经赐给了它们。土拨，拓跋的异写。

学者们的态度要中肯得多。不过嘲，也不过誉，是一说一，是二说二，不上升到伦理，不涉及到主义。李时珍只谈药材，只谈医病，他发现土拨鼠的头骨，"小儿夜卧不宁，悬之枕边，即安"。植物学家只关心施肥，只关心营养，他们发现土拨鼠能不断地修剪草原，能增加草的蛋白质含量。研究语言的动物学家，只专注发音，只专注词汇，他们发现土拨鼠的基因排序里，有一种相当成熟的信息交流系统。

穿行若尔盖，我连续几天与土拨鼠相伴。它们的邻居，有高高大大的牦牛，有成群结队的黑颈鹤，有深不可测的沼泽地。尤其那沼泽地，看上去平静温柔，水底下却波涛暗涌。一不小心，脚一崴的土拨鼠，会瞬间被吸没。

对人类的造访，若尔盖的土拨鼠还有些畏惧。而一旦挣脱人声，挣脱人影，它们就会满山坡，就会整个草原，不限速地奔跑起来。看它们的模样，黄色小兔子一般，确实惹人。但愿每一天，但愿它们每一只，都能自由地一路奔跑，跑到未来。

海南的背面

五指山像一堵墙，一堵偏心的墙。它面朝东南，给眼前几百里洒满了阳光与温情。而背后，茫茫大西北，除了阴冷，全是空寂。在它的血统里，短袖、沙滩、墨镜，这些才是嫡传。什么西海岸，什么大角小角，一听名字，就觉得与北部湾，与琼州海峡那头的北部湾，有扯不清的暧昧联系。

大陆人习惯了五指山的脸色。每去海南，要么文昌、琼海，要么三亚、万宁，齐整整地直奔东海岸，从不扭头朝西，哪怕瞄一眼。西海岸于是更加落寞了。一座火山口，岩浆冷却了千万年，在它的观景台上，我颤抖站着，迎面吹来的风，像来自雪山。附近的村民，无论磨咖啡的，还是卖香蕉的，都裹着厚厚的羽绒服。我开始怀疑，怀疑脚下的坐标，这一片地域，确信在海南？遥望五指山，遥望它的后背，我的判断凉飕飕的，怎么也热不起来。

苏轼的年代，更冷。在他之前，还有之后，历朝流放海南的臣子，并不是都去了崖州，都去了度假天堂。他们中的许多人，包括苏轼，一个接一个被带到了儋州。这儋州，蜷在五指山的背面，像一个野孩子，脸上尽是凄苦与绝望。而崖州，躺在五指山的摇篮里，一年四季都有温度。

流放的人，不管犯了大案，还是小罪，骨子里都是棱角分明的。他们不信邪，不愿活在别人的情节里。没桥，架桥；没路，修路；没井，挖井；没盐，晒盐。再人迹罕至，再荒芜贫瘠，再流沙如雨，他们都能一天碾着一天，划出一道道艳丽的彩虹来。于是，西海岸绽放了很多斗志，那一股股豪情凝在一起，比任何一处浪涛都要动听。

早晨，隔着窗帘，以为下起了暴雨。帘布一拉，居然晴空万里。是调皮的森林，风急一阵，风缓一阵，远远近近地都落到了阳台上。夜晚，走过棕榈树，惊醒了一行翠鸟，草根里的小虫子也趁机仰天狂乱。月亮真想眯一会儿，又被赶来的云彩弄得满天翻滚。在西海岸，我逗留了好几日，没做任何事，就陪着日月星辰，陪着一颗失重的心，随意流浪。

这里礁石很多。它们刚劲、阳气，不像东海岸的沙滩，那么柔媚，那么煽情。每一块都无比耿直，一千年、两千年，裸露的性格依旧老样子。这里雨林也很多。人类的脚步才抵达一小截，而云豹、长臂猿、孔雀雉，它们每天都在一个神奇未知的世界里自由跳跃。相比东海岸，这里的雨林仍村姑一个，没用过化妆品，也不想去打扮。

在西海岸，我住过好几个地方。每到一处，最大的变化不是风景，不是口音，而是饭桌上的菜品。食材几乎相近，做法却千差万别。很多文化基因和民俗习惯，已被岁月磨得干干净净，唯一能保留下来的，能反观原貌的，也许只有筷子，只有轻轻一夹的那缕味道了。

在黄河岸边，或是长江岸边，通过城郭、陶器、字画，记忆被历历呈现了出来。而在这海南背面，在时光岸边，最珍贵的文物永远看不到，也触碰不到。只能静静地坐着，把目光系到天地万物里，慢慢勾勒，慢慢复制。无须铜鼎、无须墓室、无须碑塔，只要一颗溯源的心，明代、宋代、唐代，再远的过往，瞬间都能被拉回来。

如果可以，我希望五指山，在某些时候能转个身。转身以后，仍是一堵墙，一堵偏心的墙。

北京的吻痕

太阳像一只透明的天鸟，翅膀一张，裹住了祈年殿的金顶和栏杆。我背着包，在光线里行走，和当年来此叩头的君臣们一样，一步一分敬意。

我想俯下身去，把脸贴在砖面上，与大地一起，亲吻岁月。可6月的北京，尤其正午时分，炽烈的太阳把城市炼成了一炉温火，走到哪儿，都像暑季的江南，我没力气弯腰，也没胆量亲吻。倒是天空大方得很，明晃晃地送了我两道吻痕。这是北京的热情，是历史的回光，它们怕我转身会淡忘这里，所以急忙在我膀子上，晒出了长长的忧伤。

与太阳拥抱，是一种乐观的幸福。男人是不怕黑的，越晒越精贵。人的身体，从上到下，最私密最缠绵的地方，都与黑色有关。多一些自然的色泽，就可以多一些浪漫与纯真。一个城市的气质和积淀，如果透过皮肤能渗进我们的修为，那将是一个天赐的喜讯。建筑的规模、宗教的性灵、皇家的风范，在半天走不出去的宫门里，我看见了北京的持重与度量，也看见了光影里的中国往事。

继续往前走，仿佛一个寻经的僧人，无论脚有多沉，我都坚持下一步跋涉。去八大处登高，比香山、比景山、比万寿山要艰辛得多。道路藏在峡谷里，由碎旧的石头拼接而成，似乎几百年没人走过。我的双膝像一对针鼻，任由山风从当中穿来穿去。关节里面，满满地积贮着酸痛。每抬一次腿，生疼。每落一次腿，更疼。背负十几斤的行李和硕大的相机，我走走停停，只为攀上那座最高的山峰，只为站在那里，俯瞰京西的郊野。

树木挡住了阳光，把我和流年隔在了两个世界。眼前的8座名刹，钟鼓一响，整个山岳都为之静穆、为之安然了。这些梵音随风一起，净化了我的膝盖。它们像古代飘来的佛缘，要么不交心，一旦交了，就深入骨髓。所以，疼就疼吧，每一步都贴上了佛门胎记，都沸腾了北京浓浓的依恋。

当吻痕刻进了骨头，旅行就由黑白变成了多彩，变成了案上最绚烂的书页。因了这次艰难的攀登，我走进了北京的内里，北京也走进了我的文字。很多轻浅的感动，从此像摩崖石刻一样，千百年不会磨灭。很多久远的故事，也在转瞬之间褪去了历史的沧桑，鲜活如初。

半个月过去了，膀子上，膝盖里，吻痕还是那么生动。我记得，从永定门到正阳门，再到天安门、午门、神武门，我走北京中轴线，太阳也跟着中规中矩笔直前行。从卢沟桥到雍和宫，再一弯一拐跑进南锣鼓巷和烟袋斜街，无论我怎么穿梭，太阳都不厌其烦，跟着一路游弋。就这样，我在地上，它在天上，吻得像一对情侣。从太庙到孔庙，从先农坛到社稷坛，从白云观到碧云寺，从辽代的舍利塔到明清的紫禁城，古人用1000多年才完成的路径，我几天就圈点了一遍。先辈敬畏自然、礼遇圣贤、崇尚耕读，他们用毕生的辛劳和财富实践了固有的信仰，他们宁可慢一些，也绝不冲出轨道。我行走在他们的余晖里，越走路越长，以致双膝失去了知觉。于是，吻痕从皮肤上和骨髓里，长到了心间。入了心的东西，会伴随自己直到终了，即使皮肤松皱，即使骨髓老化，心仍在跳动。

如果哪一天，我能变成一只透明的天鸟，我一定要飞到北京上空，一定要张开翅膀，把心间的吻痕投射给每一个人。这样，历史和自然的光芒便能经久耀世，北京与我便可水乳交融，不再区分彼此了。

平潭的刚与柔

昨夜之前，我一直认为，平潭是个硬邦邦的海岛。

走到哪儿，看那高低不平的民居，没有一幢是木头搭的或砖头砌的，全由石头垒成一个又一个方块。花岗岩和玄武岩盖的房子，铁一样冷酷，从任何角度接近它，都不苟言笑，像一位风干已久的远古士兵。在平潭，有村落的地方就有石头房子。远离主岛的渔限村，星星点点的石屋依山而建，那些棱角分明的墙壁，仿佛一张张巨大的渔网，上面横七竖八挂满了静止与沧桑。东庠岛的屋顶稍微柔和些，波浪形的，可压浪的小石头，如同一根根坚硬的钉子，被按得密密匝匝，生怕屋顶叫海风吹去。君山下的那片老宅，正淹没在若隐若现的雾气中，它们倔强得很，不管雾气怎样缥缥渺渺，始终穿紧那身青墨色的外衣，半粒扣子也不愿解开。

岛上庙宇很多，而且色彩极其鲜艳。那种鲜艳，除了敦煌壁画，我从未见到过。南方草木茂盛，本不缺色调，反而是一些枯黄的北方，需要在建筑上雕梁画栋。闲逛了一整天，圣帝宫的脊兽与焚帛炉，五福庙的戏台与城隍殿，还有猴研岛附近那弧形的翘角与红色的出檐，都令我诧异万分。在灼热的阳光底下，这么晃眼的刺激，分分钟，就要将我融化了。我所期待的是细浪，是凉风，是温柔的海语，是午后的鸥声，这样的大红大紫，似乎有点夸张过头了。平潭的庙宇用如此华美和如此浓烈，展示出了比一排排民居更加坚强的力量，强到不怕阳光，不怕台风，不怕成群上岸的倭寇。

平潭岛上最古老的人类遗址，位于平原乡南垄村，它背风向阳，紧邻大海，可考的历史超过了 7000 年。遗址当中，有 100 多个圆形或椭圆形的柱洞，洞内填满了各种贝壳。比这些贝壳还要久远的，是王爷山南麓的海蚀地貌，海蚀崖、海蚀洞、海蚀穴、海蚀平台、海蚀阶地，亿万年来，它们时刻与海浪作斗争，无论多么汹涌澎湃，绝不退缩一步。贝壳是刚硬的，海蚀地貌是刚硬的，连同后来的民居和庙宇，整个平潭岛都是刚硬的。

可昨天晚上，一向硬邦邦的平潭岛，突然松软了下来。我喝了七八两白酒，正在龙凤头踏浪吹风，鼎沸的人群里面不知谁喊了一句"追泪去"。趁着酒劲，我立马包了一辆车，邀老朱和小橙子他们一同前往。这泪，是大海的眼泪，蓝莹莹的，据说在夜色下异常美丽。我问司机："今晚能否追到？"他回答我："看运气。"酒后的人说话总是重重叠叠，我不断问"能否追到"，他就不断回答"看运气"。到了模镜村，在水边捞了半天，裤子和鞋袜早湿透了，那些朦胧的微光，加起来也不过二三十点。司机告诉我，蓝眼泪大多是夜光藻，如果遇上恰到好处的潮流与风速，海洋底层的营养物质被带到表层，它就会大量繁殖。如果再遇上恰到好处的盐度与温度，它就会迎风聚集，在海浪拍打时发出蓝色的光芒。我酒精上头，没耐心听喋喋不休的科普，放大嗓门，急迫地问他："说句痛快话，今晚还能不能追到？"他笑嘻嘻地应我："能，一定能，去长江澳。"长江澳以大风车著称，白天去的时候，乌云密布，暴雨将倾，期许中的童话场景并没有感受到。晚间，却给我们带来了惊喜，还没下车，一道道蓝眼泪就已经在窗外流动了。果然是老司机，他给我们一人准备了一只水瓢，瓢起水落，泼到哪里，蓝光便闪到哪里。一字形、三角形、正方形，想要什么形状，眼快些，手快些，马上便会梦幻呈现。我们临走时，甚至不用泼水了，海面上的所有蓝光猛然汇成了浩瀚一片。初来乍到的，还以为穿越到了外太空呢。

蓝眼泪是一名稀客，它偶尔才来，一旦离开大海，最多存活 10 秒钟。它对平潭岛的青睐，是想以柔克刚，还是想给铮铮硬汉送来一只贴心的抱枕？这么多人在平潭追泪，所追的也许不仅是短暂的浪漫，他们生活中的风雨和肩膀上的担子，还有看似坚强的咧嘴一笑，都需要找到一条舒适的解压通道。平潭，至刚的背后，是至柔。昨夜以来，一闭上眼，我就能看到另一幅画面。

雪山脚下

清晨，一道金光从竹梢打到了玻璃上。窗外，雪山尖儿正闪闪发亮。

头还晕着，抬一下都没力气。但老蒋，再疲惫，也得起床了。牙刷上沾满了酒味，撕裂的干咳声整栋楼全听见了。会议9点开始，来不及早餐，来不及梳理提纲，呲呲刮几下胡子，羽绒服一披，便匆匆出门了。

这几天出奇的冷。老蒋收了收拉链，把帽子也戴紧了。上午和下午，皆总结会，分享经验，剖析得失。老蒋做了精心准备，从订单下降到成本增加，从产品老化到垫资严重，足足写了几页纸。可坐前排的，约好似的，把这一条条展开说了个透。轮到老蒋，憋了半天，也没新的补充，他脸一红："讲讲题外的吧。还有20天过年，孩子要办生日宴，车辆要续交强险，老婆要买学区房。"会场顿时骚动了起来，左顾右盼，前倾后仰。主持人扯高嗓门，重复了好几遍安静。会议又如先前，一个挨一个发言，只不过，成绩被放大了，面子被放大了，人们约好似的，刻意避开了痛处。

会开了一天，老蒋的神情跟着绷了一天。晚宴上，作为老前辈，他被簇拥着，推到了主桌。说老也不老，才三十五六，可相对20出头的，确实算古董了。联盟的轮值主席向来不胜酒力，今日却第一个提起杯子，满场走动。到老蒋左边："这上海的，落户了，又新买200多平；这陕西的，突飞猛进，当地头牌；这南京的，横跨苏皖市场，持续大佬。"到老蒋右边："这河南的，巾帼英雄，傲视中原；这北京的，皇城就是皇城，出手不凡；这四川的，人美嘴甜，客户排成长龙。"每介绍一位，坐中间的老蒋，都举杯道贺，对方也不谦虚，个个眉飞色舞，很享受如此真真假假的恭维。

吹捧过后，宴会厅里只剩两个人，一个老蒋，一个服务生。老蒋拉着服务生的手，语无伦次，一遍遍追忆当年的辉煌，说到动情处，竟泪流满面。服务生吓蒙了，实习头一天，哪见过这场景，他不知如何安慰，急到最后，一把搂住老蒋，两人相拥而泣，大声痛哭了起来。

小刘没忘记老蒋。他醉醺醺地叫了辆车，要请老蒋去古城喝酒。此刻的古城最是热闹时分，天南海北的人，各有各的放纵，各有各的寻觅。酒吧里的氛围被点燃一样，熟悉的人变得陌生，陌生的人变得熟悉，仿佛错乱了光阴。老蒋和小刘，这师徒二人选最偏僻的角落坐下了。点了几瓶啤酒，风花雪月啤酒，两人端起杯子，用力撞了一下，却没听见声响。周围太嘈杂了，气球爆炸、手机摔碎、歌手嘶吼，老蒋觉得刺耳，觉得胸闷难忍，而一旁的小刘却乐在其中。小刘离开桌子，随声起舞，还在忽明忽暗的光影中，与刚见面的拥抱、敬酒、对歌。老蒋始终坐着，不微笑，不皱眉，任由大尺度的宣泄和亲昵自由发挥。

没等到 11 点半，没等到酒吧打烊，老蒋就起身远去了。他在一条宁静的巷子里找了家小酒馆，一个人点了些菜，点了瓶二锅头。晚宴没吃饱，肚子里空空的，现在独坐古城，独坐小酒馆，反而感到很充实，感到世界触手可及。

厨师一边看新闻，一边守着老蒋。凌晨 1 点多了，老蒋过意不去，76块，给了 100 整。酒还有半斤，老蒋拎在手里，没打车，跌跌撞撞，徒步走向酒店。路上，只要轻轻一抬头，就能看见圆圆的月亮。月亮底下，是安静矗立的雪山，是人们心中的浪漫远方。可老蒋喝多了，他无力抬头，眼前一片模糊。

第二天清晨，又一道金光打到了玻璃上。小刘还没回来，而老蒋，一骨碌起了身，尽管头还晕着。

上昆仑

过了红山山口，昆仑便在眼前了。

就这一带，山是红的，通红通红，像涂了漆的雕塑。那炫目和纯然，比甘肃张掖，比广西八角寨，比安徽齐云山，都要尽兴；却又很凉爽，不像火焰山，在吐鲁番盆地一直燃烧着。

红山脚下，有一条宽阔的河床。放牧的人闲时会跑进河床里，低着头，一路翻动。石头之间，藏了很多美玉，从这里一直藏到了和田。牧人还喜欢采药，徒步山中，在绝壁，在深涧，采雪菊和玛卡，采一筐筐高原名贵。采回来的，自己喝茶，自己食用，多余的，去邮局卖掉。

邮局只有一个，本用来寄信寄物的。柯尔克孜人，一辈连一辈，深隐昆仑山中，外界没什么亲戚，也没什么朋友。这邮局便改了行，代购代售，成了药材中心。牧民隔三岔五都会过来，要么卸下背篓，要么带走报酬。

经邮局，一路向上是昆仑古道。这条道，崎岖了千年，西域商队和大唐和尚都走过。走到头，是帕米尔高原，是巴基斯坦。再来几步，便是佛教发源地了。千年过后，山洪和泥石流仍旧频发。到处坑坑洼洼，到处乱石飞溅，我们走走又停停，看一座接一座大山，不由心生胆怯。

道路两侧，偶尔会有白杨，就几棵，直直地朝天生长。树枝紧紧抱在一起，树叶又细又小，像一个在冬季抄手的汉子。若处江南，无论山地还是平原，白杨的枝条都尽情舒展，叶子也宽宽大大的，似一群甩袖舞女。

有树，如果再有草，再有河流，就可能出现人家。但一路上，树木和草场是极难见到的，稀稀疏疏的人家因而也终日难寻。在这片没有句号的大山里，任何一户生命都是渺小的，又都是伟大的。他们的房子盖在斜坡上，或是河谷里，都是石头垒成的。石头不是河床里捡的，而是从山上一块一块凿下来的，这样和上泥，似乎更牢固，更挡风。房子对面是雪山、冰川、太阳。近处，有牦牛、骆驼、山羊。

牛羊的乐土，只在一堵墙里。河流腹地，或是河流肩膀上，像生长灵芝一样，也会长出一两块绿地。柯尔克孜人总会欣喜若狂，沿着绿地外围修一道石墙。墙外，依旧不毛之地，而墙内，则是生活的希望。

除了河流，山中也有湖泊。在湖泊边上，牛羊的童趣就能纵横驰骋了。我见过白沙湖，也见过喀拉库勒湖，它们北面是公格尔峰，南面是慕士塔格峰。两座高峰，两片湖，像昆仑山的左右臂膀和左右眼睛，呈现力量，表达思想。牛羊们在行走中觅食，每一步都包含力量，每一次抬头都充满思想。

坐在山峰脚下，朝向湖泊，我喝了一碗羊汤。汤很鲜美，一点膻味也没有。就着汤的是一块馕。馕很硬，用力才能掰开。可一旦泡进汤里，浓浓的青草香就会漫溢开来。我问柯族人，这香气是如何而来的？他们笑笑，手往牛粪堆一指，又看了看烤炉。

山里起了风，刺冷，要不是一碗热汤，还真扛不住。抵近河谷，风小了些。因为贴着身，这盖孜河的形成我看得很清楚。雪水从山上淌下来，每隔几公里，就顺一条沟汇入了河流。越往下走，河面越宽，到了红山山口，就像模像样地涅槃成一条大河了。河岸，有玉米，有西瓜，还有一串串葡萄。

天黑了，赶紧穿过山口，赶紧回到村镇。这昆仑，就让它稳稳地留在身后吧。

白沙滩

落日下的锡布延，成了皮影舞台。红帆、蓝帆、白帆，都披了淡黄外套，在海天幕布上，左拉右拽。船体像鲨鱼，又瘦又长，尾巴连着风帆的绳子，能灵活摆动。为保持平衡，船两边还绑了竹竿，一摇一晃，像极了螃蟹。该是一个多伟大的艺人，让帆布变色，让鲨鱼和螃蟹一直浮于水面，作为观众，作为白沙滩上的观众，我的血脉在偾张。

沙滩上，有许多孩子，菲律宾当地的孩子。他们皮肤黝黑，身型娇小，可一旦运动起来，个个都是顶尖能手。排球、足球、飞碟，男生、女生、男女生混合，他们纵情呐喊，极速奔跑，似乎每一个细胞都在释放活力，都在倾泻快乐。没有书包，没有记分牌，没有围观拍照的家长，这些孩子们赤着脚，满脸专注，大把大把的汗珠滴到了沙子里。

这是一座小岛，孤悬海外，南北不过 7 公里。岛上的路狭窄、崎岖、坑坑洼洼。随处可见配枪的警察，可没一个在疏导交通。三轮车、面包车，甚至南来北往的行人，常常堵成巨龙。去码头、去餐馆、去便利店，不耽误时间的走法，是借道沙滩。沙滩上流畅无阻，还能听听浪涛，踩踩海水。在岛上住了几日，这沙滩是我最喜欢的路。

地图上，这片沙滩叫白沙滩。我说像面粉，老刘补了一句，像奶粉，婴儿的奶粉。细到看不见颗粒，帽子、泳裤、手机，处处给盯上了，真是无孔不入的小精灵。磨碎后的珊瑚被冲到了岸上，比沙子更小，肉眼很难察觉，但皮肤能感知到，即使炎热的午后，每一个脚印都渗出丝丝清凉。这样的沙滩，又细又凉的沙滩，只在西海岸有。过了南北尽头，沙子突然变黄变粗，还夹杂大小贝壳，不用说光脚去踩了，就是穿鞋，也硌得生疼。

与沙滩并肩的是礁石。沙滩纯白，礁石灰黑。沙滩有边界，是一条柔美的线，礁石千奇百态，完全不守规则。它们在一起，一个妩媚，一个雄健，仿佛一开始就设好了性别。沙滩很包容，不谈政治，不涉宗教，全世界的游客尽管来，尽管去。礁石却信仰天主，无论独立的岩块，还是山下的门洞，都供奉圣母，都摆满鲜花。涨潮和退潮时，沙滩上会响起有节奏的潮音，而礁石上那些嘭嘭的重击，像一句句祷告。

虽说已经 12 月，沙滩上的太阳依旧粗暴。幸好有椰树林。椰树大多直直地挺向天空，也有 45 度和十几度倾斜的，岛民怕它们砸到沙滩，常在树干下面撑起一排排木棍。躲太阳，可以钻到椰树林里。被太阳晒伤了，一抹椰子油，很快就能恢复。世间万物，相克相生，就在眼前，就这么容易。

滩长，雨却不长。雨很频繁，可一杯茶的缝隙，便天开云散了。每日，我都能遇见几场，起初各种担忧，后来渐渐习惯了。看那茅草的屋顶，看当地人那淡定的眼神，我知道，雨在这里就像宠物一样，时不时地要到主人面前走上几圈。下雨，常伴风。海上来的风，能把热带吹成温带，能把焦躁不安吹成怡然自得。一壶酒，一桌菜，在这风雨之中，朋友间随意举杯，随意聊天，都浸染了舒适，都酿足了浪漫。

沙滩上，有无尽想象。女儿 5 周岁，每次回来，能画好几个小伙伴，全是虚拟形象，马术、小怕、萨屋，她口述，我写字。几天以后，翻动那些画作，我一一问她姓名，居然一字不错。隔了一个月，依然如此。孩子与沙滩、与大海之间，也许天生藏有密码。借这密码，他们能交流出某种神奇的事件，成人永远无法明白的事件。

女儿还迷上了桨板冲浪。一块光板，加一木桨，朝上面一站，四处游逛。落日下，人和板呈 90 度，一竖一横，两个简单笔画，构成了一幅纯粹剪影。她的身旁是风帆，几百面风帆。夕阳隐去，女儿和风帆们也要归巢了。巢在沙滩上，这片不紧不慢的白沙滩上。

温暖的雪乡

冬日，五常。人们对黑土地的情感，在阳光底下，被照耀得格外浓烈。水稻和玉米早已收完，田间料理仍在继续。稻草和玉米秆压得严严实实，成卷筒，像寿司，成条块，像发糕，小雪落在它们身旁，像星星点点的碎盐。一眼望去，广袤无际，似极了百里长桌宴。

从五常到雪乡，守在田头的庄稼人多居瓦房。他们一出门，能闻稻花香，能看见菌菇和野鸡，能遇上一大片高耸的白桦林。房前屋后，有栅栏，有木棚，跟哈萨克人毡房左右的颇相像。只不过，栅栏和木棚里没牛羊，没马匹，堆的全是玉米，一捆一捆，一袋一袋，小山包模样。

一进山，便入仙界。路边土坡上，河流堤岸上，远处峰顶上，能见着树的地方，都晶莹剔透。外表什么样，内心就什么样，雾凇的表里如一，我太欣赏了，挂在枝头，它们的眼神拒绝一切口是心非。它们简洁轻盈，不臃肿、不累赘、不扎堆，每一根枝条上的，都肥瘦相近，选过美似的。它们乖巧识趣，条件成熟了就来，条件消失了就走，不会始终霸占山林，不会赖着要人去撵。几年前，初到雪乡，一路颠簸，在满心期待的透明世界里盘桓了数日，也没邂逅。这一回，运气蘸饱了，一抵达，成片成片的雾凇便全裸出镜。

比雾凇更美的是雪乡的肤色。傍晚进村，一只灯笼，一排灯笼，不断从屋檐下跳出来。天黑尽以后，红色开始蔓延，由一只一排，由一点一线，弥散到几栋房子和整座村落。好像所有人都聚到了木柴旁边，都在有说有笑地烤火。室外，从屋顶到门楣，从围栏到石磨，全是蓝的，童话里的蓝。而纸糊的窗户、竹编的粮仓，还有挂在墙上的一串串玉米，皆是黄的，大地秋收的黄。雪乡的夜，气温越来越低，因了这些灯光下的色彩，人们的情绪越来越高涨。

天一放亮，雪乡村民和外来旅客个个活络了起来。要爬大秃顶子山，哪怕一脚踩到腰，也乐呵呵地爬。在这里撒欢，扔出去一把雪，能找回来一段童年。要玩神龙摆尾。两串轮胎，拴成长龙，系在雪地车后面，车一开，坐在轮胎里的大人孩子，跟着一道摇摇晃晃。还要体验激情滑雪。刹车、上坡、左拐、右拐、加速、减速，身体的平衡藏在每一个微妙的举动里。有了冰雪娱乐，冬天便不再寒冷。雪狼、狍子、梅花鹿，这些林间小兽，也会随互不相识的人们，一起奔跑，一起温暖。

在雪乡运动，极耗体能。中午和晚上，离饭点两小时，便饿得浑身疲软了。小鸡炖蘑菇，很香；酸菜配猪肉，很香；青椒炒木耳，很香；甚至，半边窝窝头，一碗白米饭，也很香。更不用提羊肉牛肉了，外面下着雪，屋内烤着串，鼻子一凑，香气就直乎乎地钻到了心底里。走在雪韵大街上，每一块招牌，水饺的、面条的、铁锅炖的，都闪着诱惑，吃饱喝暖的诱惑。在它们面前，没有坚强意志，没有减肥誓言，有的是和欲望的抗争，是和忍一忍的博弈。

餐桌的意义，在雪乡不仅是填饱肚子，它是对时间、力量、酒杯的向往。又一个饭点，又一次补充体能，又一壶与老友共饮的烈酒，它是对团聚的诠释。无论多少人，围坐在一起，用蒸腾弥漫的热气，还有一句句贴心话，把冰雪严寒挡在窗外，它是对放下的追求。四五点就入夜了，离最近的县城也得走半天路，拉长餐桌，是人们与地理环境最开心的握手言和。雪乡的冬夜，一半在火炕上，一半在餐桌上。

闲逛雪乡，本能地收了收衣领，把雷锋帽的扣子也检查了一遍。可在一条小河跟前，我一边走，一边又解开了衣领，解开了扣子。河面上，像翻滚的火锅，气泡一大团一大团，温润如春日的江南。东北的田野里，除了五谷杂粮，果真还藏着一股能量，谁来，都会发现希望。

去珠峰看雪

日喀则的青稞，性子慢极了。你看，林芝的，已入仓；藏北的，正金黄；唯有它，仍绿油油一片。大块大块倒影，躺在雅鲁藏布江里，一动不动，仿佛熟睡的牦牛。一上午，这青稞地像路标，像人口符号，疏疏密密，帮我们判断村庄的远近。过了一个哨卡，所有青稞，坡上的、岸上的、洲上的，毫无征兆地突然消失了。紧接着，所有手机信号也突然消失了。

眼前，没有植物，没有动物，除了一条条经幡，便是雪的世界。白透了，我刚下车，就重重地摔到了地上。不是山口风大，不是高原缺氧，而是四周的雪盖住了一切。天空是白的，群峰是白的，道路是白的，闭上眼还好，一睁开，就晕得厉害。我赶忙伸出手，十个指头不停地晃，让皮肤的颜色赶紧来救场。百里珠峰路，才刚刚起步，这样的雪景是下马威，还是一道平常小菜？来不及想，迅速开车，与时间赛跑。

天黑前，大本营。这是唯一目标，也是最低速度。冰冷的雪水，一年四季都在淌。今天格外凶猛，把几段路完全冲垮了。我们只得下车，搬大大小小的石头，把坑和缝尽量弥补起来。其实头一抬，就是雪山，壮美连绵的雪山，我们人人带了相机，但腾不出手来，谁都没工夫去按快门。在一块开阔地，朝正前方，向导猛然大叫——珠峰，珠峰！果然是真容，清晰，完整，不带任何杂质。但我们所有人依旧没拿相机，齐齐的目光依旧落在破碎的路面上。

公路平均海拔在雪线以上。要么是冰冻，一轮子压过去，脆脆的，听得人心差点要裂开了。要么是大弯，转转转，向头顶升了 1000 米，又转转转，朝深谷跌了 1000 米。要么是颠簸，震得行李到处乱窜，以至于每走一

089

段，必须下车，拧一拧螺丝，再拧一拧螺丝。这一切，都是雪山的恩赐，它让珠峰路离天最近，离世最远。雪山上的每一片雪花，远远看去，很细腻，很光滑，可一旦靠近了，发现还有皱纹，还有时好时坏的脾气。

刚歇了一会，雪又纷纷扬扬地倒了下来。幸好，藏民的木板门有一小半已经打开。顾不得肩上的雪，掸都没掸，就进了屋。滚烫的酥油茶，舍不得喝，把那小碗捧在手里。捂，用遍全身力气，使劲地捂。这木板房内，虽说有炭火，但外面的夜毕竟是珠峰的夜。冷，寒冷。这一刻，想想布宫，想想大昭寺，想想拉萨河，那里的温度简直是春天。

我今晚的房间在北边最西头。一堵木板墙，正非常努力地阻挡风雪。总感觉，有人。300年前丢了魂的军士，一路被追杀，急切呼救。赌气出门的贵妇，穿着高跟鞋，一脚脚扎在屋顶上。或是，一个徒步冒险的驴友，就在刚才，死里逃生，从峰上滚爬了下来。我推开门，看了看，又看了看，谁都没遇见，好像那军士、那贵妇、那驴友，被大雪埋到了几十年以后。

凌晨四五点，还没睡着。我敲了敲隔壁，也没睡。隔壁又敲了敲隔壁，都没睡。干脆起来，裹着被子，裹着毛毯，走廊下坐一排，面对珠峰，静静远望。大家很清楚，望得再卖力，哪怕脖子伸出去，星空也不会出现。只有雪，比珠峰还高的雪，在不停地下，无休无止地下。

天亮了，一座寺庙躲在雪的后面。庙门口，平整整的，没有脚印，人的脚印和狗的脚印都没有。我们迎着雪，一步步走了过去。喇嘛塔、转经筒、玛尼堆，色彩渐渐鲜活了起来。本想继续往上，去攀一小截珠峰，可这雪太任性，确定没完没了了。

在寺庙拐角，我看见了几捆青稞。它像人间信使，正五体投地，喃喃诉说着什么。青稞身底下露出了一块小石头，手一拨，裂成了两瓣，一瓣凹的，一瓣凸的，合起来，是一条鱼的骨架。在这绝地海拔，轻轻一摸，居然碰到了海洋生物！

中午下山时，我异常忐忑，每一步都小心翼翼。一路上，没敢扭头，没敢长视，生怕对着雪峰，一定睛，又要扯出一连串故事。

牧 羊

白龙庙往南，有一片竹林。林子生在半岛上，与高高的大堤相隔一面湖。沿着大堤，长了几十棵白杨，影子全扑在水里，黑黑的。四下特别安静，除了飞鸟和游鱼，听不见时光。

一群羊，正由山西头很熟练地奔向山东头。这群羊，从出生到死去，每天固定地要路过大堤，早一趟，晚一趟。牧羊的是一对夫妇。老汉外乡人，因厌倦这单调的日子，曾逃过几次。老伴带着俩孩子，抱一个，背一个，追了几千里，一次次地又把他擒了回来。除了暴雨暴雪，他们天天挥着鞭子，上午一圈，下午一圈，月月如是，年年如是。

我问老汉：这羊一共多少只？他说：将近 400 只。我又问：400 只羊，就你们，忙得过来？他憋了一嘴话，刚要吐出来，看了看老伴，又咽了回去。他憨憨地扭了扭头。我说，别急，以后我帮你们放羊，组织城里的孩子，一批批过来。他们扑哧一笑，差点要摔倒。

我是认真的。他们比我更认真。一个星期以后，不仅孩子，还有妈妈，浩浩荡荡几十人，走出高楼大厦，直冲这小山村而来。老汉他们已经忙碌了两天，打扫羊圈，清理道路，甚至上衣裤子都脱下来，洗得干干净净。孩子们新奇得很，脚上白白的鞋，偏不走水泥地，非要去踩羊屎。那一粒粒羊屎蛋，一踩一个黑点，鞋子很快就花花了。妈妈们也不管什么味儿，膻的，臊的，全不管，一头钻进了羊棚里。老汉和老伴盯着对方，看傻了眼。我扑哧一笑，差点要摔倒了。

老汉有些难为情，在老伴耳边嘀咕了几声。随后，他们分头小跑了起来，一个打水，一个抱草。煮鸡蛋，用农村大锅灶，生火煮鸡蛋。家里鸡窝很小，掏来掏去就几只，加小桶里的，也仅够孩子们分。老汉更加难为情，悻悻地说：妈妈们吃不到了。一旁的老太太，80多岁的老太太，趁我们不注意，拎一空篮子，满山村敲门。那天午后，在放牧之前，我们每个人的口袋里都揣了两只热鸡蛋。

上山牧羊，走的不是大道，全是没膝的草丛。刚起步，斜坡上就横了一排老坟。老坟面前，竖了高高矮矮的碑，碑文有红字、有黑字，密密麻麻。孩子们小，识字不多。长这么大，也没见过土坟。因而胆都很肥，个个爬上爬下，摸东摸西。妈妈们一阵呵斥，说里头有妖魔，有鬼怪，吓得孩子们纷纷散去，跑得老远。以至于后来碰见葡萄架，都怯怯地躲着，以为十字架呢。

老汉和羊群自然是习惯了。这草丛、这斜坡、这坟岗，早看腻了，他们要赶去东边，那儿有大片芳甸，有大片树林，有大片水塘。羊在圈里时，一只挨一只，伸伸腿都很困难。一旦回归草原，一旦回归山林，就雀跃了，能撒欢整个半天，还能站起来，吃到树叶子。孩童们跟在羊后面，走的路，做的事，都与羊儿一个模子。

也有不听话的。不听话的羊到处乱跑，啃食树皮。老汉来不及追赶，就用弹弓啪啪一顿教训。不听话的孩子可就麻烦了。妈妈们担心极了，怕栽跟头，怕掉水里，怕竹条刺破了手。孩子们却乐在其中，任由你呼喊，就是不睬。这些羊，这些孩子，他们有自己的愉悦法则。

老汉和妈妈们都是牧羊人。他们有规章，几点出门，哪条路径，早不得、晚不得，偏不得、倚不得。可孩子们呢，他们是羊，还是牧羊人？面对小羊羔，他们又抱又亲，又吆又喝，像个保姆，像个牧羊的。可进了山林，面对妈妈们，面对紧张的眼神，他们似乎也成了小羊羔。放牧，还是被放牧，在我们这个年代，谁能说得清呢？

一大朵晚霞从西边漫了过来，光斑零落在水面上，把白杨的影子晃得弯弯的。我们几十个人赶着羊群，缓缓下山。路经大堤的时候，人和羊都变得很安静，不说话，也不咩咩叫。倒是鸟儿不识趣，在竹林里狂飞。游鱼也肆无忌惮，不停地弄出水响。

城市脉搏

水街的水

逛街这事，一秒钟之前，一秒钟之前的若干年，我是极厌恶的。但今晚，周末的今晚，特别想走走。这是一条水街，人工引的水，人工修的街，从街角到水波，仅剩的一点灯光，一丝一丝地不停跌落。周围没有人，有的是桥洞凉风，是草丛蚂蚱，是流云清月。不知哪来的勇气，反复鼓动我，走走，再走走。

风景，都被夜色抹去了。这样最好，我的眼睛终于得以休息了。而我的鼻子、我的耳朵、我的情绪可以轮番上场了。闻一闻擦肩的味道，哪怕大唐初年，策马扬鞭后的瞬间；听一听褰衣的柔响，哪怕细腰长裙，惊扰了秋蝉的梦；念一念手心的温度，哪怕一夜入冬，再冰点，也不畏寒冷。水街静止了，水街的水却拼命流动。一个站着，一个奔跑。一个躲着，一个寻找。仿佛月和云，若即若离，又难舍难分。

一口气，我走了上千米。这当中，还翻过了两座高台。周围的确没有人，说话的声音，脚步的声音，都没有。可我一闭上眼，在那亮光的地方就能看见你。你正躺着，朝水街，欲闻、欲听、欲念，似乎将要起身，将要做点什么。我等了很久，你依然躺着。就像这水街的水，不管我如何亲近，都是原来的道，都是一个性子，绝不改向。

水街的水从哪流淌而来？若是北边，一定携了故黄河的沙，携了高邮湖的苇，可它清澈如空，没一点漂浮。若是南边，如此时分，我一定能听见李白、听见张祜、听见王安石，可水面上，无诗无意。难不成是运河？东边的大运河，西边的小运河？云走为运，极软；或古汉语里，军走为运，极刚。只要沾上了运河水，无论东来，还是西进，都比岸上猛逛的人要多几寸情趣。

水里，安静坏了。小鱼小虾探探头，缩了回去。它们心想，这是连通大江大河的，自己卑微得很，哪来邂逅的机会？肥鱼肥虾探探头，也缩了回去。它们嘀咕，这逼仄的水道，一眼能望到头，怎容下无底的胃口？水街的水本可成为金水，鱼虾好游，人人好往。然而今晚，安静坏了，我在这里，满心不安。当月梢弄影的时候，我心尖上更是一阵慌乱、忐忑、忧结。

我怕，怕失去什么。从小伴水而生，尽管不会游泳，但那些沙洲，那些浅滩，那些绕村的清溪，每天都能呵呵相视。我很少惊动它们，但每个夜晚，尤其离开故乡的每个夜晚，我都会一页一页地把它们打开。眼前的水街，缓缓流着水，离我很近，又离我很远。撑开双臂，能抱紧它，可一旦松手，这一辈一世，再也无法追回。

那就继续，继续走吧。过桥，过高台，过一道道围栏。像女人追逐口红，像孩子追逐玩具一样，沿着街，傍着水，看前面还有多远……

一滴水的距离

只要轻轻一弹，你我之间，便不再遥望。弹去的是一滴水，一滴秋夜的水。前几日，河道两旁，仍短袖炎炎。我出了趟门，这钻空子的秋凉，就趁机急慌慌跑了过来。于是，毫无防备地多了一滴水，一滴秋夜的水，栏杆一样，把你我隔得老远。

透过这滴水，我能看到体温。人与人的热情，在夏天，最容易迸发出来。而一旦入秋，蝉噪渐弱，蛙鸣偃息，凉意一层袭一层，人们的身子也一天紧过一天。这滴水的温度，只会一夜又一夜地更凉、更冷、更冰。比不上候鸟，南迁或北返，一年四季相对恒温。这滴水，这滴任性的水，确实有点莫名其妙，突然消暑迎寒，把你我卷进了一块琥珀，一块凝固的琥珀。

水的颜色，或是愉悦的，彩虹一般，缤纷绚烂，或是陌生的，花叶落尽，黑白如愁。颜色的背面挂满了情绪，你时而高亢时而低回的情绪。不在省城，不在大院，就在桥西头，你的背影从灯光下一闪而过。我三两箭步一阵狂追，要去捕捉你的影子。可总是慢半拍，能听到你的呼吸，能摸到你的眼神，却抓不住你的手。色彩越来越少，这滴水忘记了繁华。

从水里面传出了声音。缠绵的、激烈的、舒缓的，像一幕幕话剧，有平叙，有高潮。但不真实，每一个字都戴了面具。人人都是演员，或长或短的剧本，编得漏洞百出，台下观众仍淡定地坐着，假装饶有趣味。说的人，想说真话，听的人，想听真话，但从头到尾，依旧谎话连篇。戒备、提防、陷阱，这一滴水的距离，量出来的是生活的乏力，是爱情的胆怯，是信任的危机。在水的这一头，渴望被拥抱，紧紧地拥抱，而到了那一头，又拼命地往外推。挣扎，无休无止地挣扎。犹豫，反反复复地犹豫。到最后，顺其自然成了唯一的借口。

这滴水要是剖开，定有两个截面。一个很安静，静水流深。一个很骚动，动天翻地。两种状态，凹凸关系，没有谁对，没有谁好，都是切切的依存。怕就怕在，安静的一言不发，骚动的满场乱奔，完整的一滴水，被相处得七零八落。就像那幅太极图，可以阴阳渗透，可以打出一招一式，但冷的不能过冷，热的不能过热，唯此方能平衡调和。

一滴水的距离究竟有多长？海河与钱塘江，当年一个属燕国，一个属越国，相望3000多里。自从有了京杭大运河，北边的那滴和南边的这滴便能随心流动，合二为一。最遥远的距离，不能用尺量，只能用心量。心里有个小诊所，把脉的手指一摁一提，能号出温度，号出色彩，号出声音，号出一群人的悲欢离合。如果愿意，这手指轻轻一弹，一滴水的空间会迅速扩大，起码，能容下几颗跳动的心。

不过，秋天真的来了。幸好是初秋，离夏近些，离冬远些。

平静的秋蝉

　　子夜的城市并没有安静下来，枝头的蝉鸣仍旧此起彼伏，一片连着一片。

　　两个月前，时值酷暑。每夜走在文昌路上，一过明月湖大桥，铺天盖地的流响，便像火苗一样紧追着我。这些树梢上的动静，撕心裂肺，震耳欲聋，仿佛带着某种任务，非得将行人一一赶尽唱绝，才肯罢休散去。夏蝉如醉酒的男人，神志混沌，举止迟缓，唯一突出的表现是易怒，是朝天空和大地狂乱喊叫。一蝉起鸣，众蝉附和，吵群架似的，一个比一个激动。等酒气消退，等情绪回归，气温已然下降，季节已切换至初秋，这时的夏蝉，也跟着改名，要唤作秋蝉了。秋蝉不发疯，不骂街，不到处找茬，它们用正常的分贝与这个世界交流。交流的缝隙，还会有意无意地停顿，主动给上枝或下枝的其他伙伴腾出更多机会。

　　古人听蝉，充满了偏见。尤其唐诗里头，几乎一边倒，不分夏蝉和秋蝉，全与烦躁、苦闷、失意捆绑到了一块。那些词句，将"醒了"的秋蝉跟"宿醉"的夏蝉混合在一起，一概刻上了灰暗、幽愤的标签。比如骆宾王的蝉，"露重飞难进，风多响易沉"，那是对高墙深狱的挣扎和悲唱；比如李商隐的蝉，"五更疏欲断，一树碧无情"，那是对仕途漂泊的辩解和迁怒；比如张籍的蝉，"四十年来车马寂，古槐深巷暮蝉愁"，那是对权贵生活的叹息和感怀。这些蝉，皆秋蝉，在不少唐人眼里，它们出场的背景只能是芜园、荒村，只能是野水、衰柳，只能是亡台、旧宅。秋蝉的形象被格式化了，依旧若夏蝉一般，焦急、不安、蠢蠢欲动，甚至更加可悲，还多了一些憔悴和清贫，多了一些零落和残缺。

秋蝉当中，只有虞世南的稍微活泼些。"居高声自远，非是藉秋风"，这份自信和洒脱，是咏蝉诗的巅峰，也是个人心境的巅峰。可听虞世南的蝉，倾耳细听，我总隐隐觉得，那阵风不是秋风，起码不是有明显早晚凉的秋风。那风中还溢着蒸腾的暑气，还夹着半醉半醒的放浪，还贮存着被埋藏的波澜和被压抑的兴奋。

最近几日，在入秋的深夜，我所遇见的蝉鸣，不喜、不悲、不急、不躁，比骆李张的要明快，比虞世南的要平稳。那是经历了一场场无聊的酒局后，一个人坐在院子里，抬头凝望星空时，内心流淌出来的丰盈与饱满。那是改变了吼叫的习惯，躬下腰身，同年幼的儿女轻柔对话时，两代人之间缓缓筑起的信任与喜悦。那是走遍天下，重回家乡时，翻开一页页日记，从洋洋洒洒的文字里头，不断邂逅的脉脉温情与点点泪光。秋夜之蝉，像在浪尖上剧烈沉浮过的一叶扁舟，此刻，它最留意的，并不是能划出多远，而是逆着水流和借助风帆，它能在哪一个夜晚，如愿驶进港湾。

前些天，我跨进了不惑之列。儿子给我戴上生日帽的那一瞬间，我将手中的酒杯本能地放了下来。这一放，喧闹的夏蝉纷纷隐去，平静的秋蝉一只接着一只，开始低调换岗。那一夜，城市的行道树上，依旧有稀稀疏疏的蝉鸣，我越听越入神，好像在欣赏琴筝里的隋唐古曲，声声扣弦，丝丝悦耳。

秋天的蝉鸣日渐平静了。从子夜到凌晨，再到太阳高升的晌午，秋蝉背后的城市，非但没有停歇下来，反而变得更加忙碌。我的人生，也将在秋蝉的稳健和放达中，开启一段新的歌唱。

淮南节度使

——大唐帝国的扬州往事

一

南倚秦岭,西挽华山。胸前一字排开的是渭、洛、黄三大名川,只在当中留一条狭长的缝隙。缝隙两旁,悬崖曲折,绝壁将倾。缝隙顶上,修筑了连城,12座居高临下的连城。这里是潼关,首都长安最重要的战略屏障。

天宝十五载(756)六月,安禄山的兵马一路甩鞭扬尘,很快攻破了潼关。20万唐军瞬间瓦解,主帅哥舒翰就地被俘。对大唐帝国来说,这样的溃败无疑是晴天霹雳。兵部也好,宰相也好,任何机构,任何人,事先都没发出预警,半句都没有。当年的曹操,在潼关脚下,又是割须,又是弃袍,败得一塌糊涂。曹操是何等人物,他面对潼关,尚且一筹莫展,还差点丢了性命。可今天,这号称"人间极险"、号称"猿猴专利"的潼关,居然失守了。别说王公大臣们吓破了胆,一向镇定的玄宗皇帝,那两条腿也哆哆嗦嗦,如一摊烂泥了。逃,赶紧逃。玄宗仓皇出宫,往西川方向逃去了。

哥舒翰的幕僚高适,虽写过一大堆边塞诗,虽有过不少军中履历,但这样的景象,他也是头一回碰见。他语无伦次,手忙脚乱,魂魄碎了一地。听说玄宗奔西川去了,皇帝在哪儿,希望就在哪儿。抄小路,快马加鞭,日夜追赶。护驾而来的个个有赏赐,玄宗随口一封,升他为谏议大夫,一个隶属于门下省的文官,执掌侍从规谏,北宋的欧阳修后来也做过。

玄宗万万没想到,从马嵬坡分手的太子刚抵灵武,就在南门城楼举行了登基典礼。一世英武的玄宗皇帝，突然换了身份，突然成了太上皇。高适蒙了，刚整理好衣衫，刚毕恭毕敬地站好队，难道站错了？这以后，该听谁的？玄宗仍在指点江山，仍在摆皇帝的架子。他说，应对眼下乱局，诸王要出点力气，要到各地去扼守重镇。零落西蜀的玄宗，他时下能依靠的，也只有这些王子王孙们了。高适觉得不妥，非常不妥。他思来想去，自己是刚被提拔的谏议大夫，得尽一份责任，得去劝劝皇帝。高适两次入职哥舒翰的军帐，对藩镇割据看得真真切切，而且他熟读汉代史书，了解诸侯王的尾大不掉。他对玄宗的这个决定，絮絮叨叨讲了许多反对的道理。玄宗的世面他哪能看得见，再说了，给你个谏议大夫，纯属安定人心，没指望你出工出力。命永王为江陵郡大都督，玄宗的诏令即刻下达了。江陵是个要害之地，那里集中了很多江淮租赋，是帝国的大后方。永王的执行力果然了得，根据玄宗旨意，他迅速署置官吏，招募新兵，在极短的时间内，建起了一个地方雄镇。肃宗，也就是刚登基的新皇上，害怕了。老子能发布诏令，我这皇帝儿子也能发布。可永王不从，他只认玄宗，别人统统靠边。

大唐高层斗得越狠，安禄山的笑容便越灿烂。趁江淮空虚，安禄山南下的可能性与日俱增。玄宗毕竟是老江湖，一棋看三步，早已命盛王去坐镇淮南了。可问题恰恰就出在这里，盛王的确接到了命令，但事实上，好像什么也没发生过，他依然饮酒，依然听曲，根本没有动身的意思。玄宗无奈，只好再辛苦永王了，只好让永王亲率水师沿江东下。

北方早已尸骨遍野，凌乱如麻，南方不能再出任何差池了，尤其淮南，这可是国赋重地，实打实的天下粮仓。玄宗有永王，有数万军队。肃宗呢，可出的牌似乎不多。高适，肃宗猛然一醒，对，这高适，他了解叛军，了解玄宗，如果给足了诱惑，以他的文才武略，定能闯出一片天地来。"以谏议大夫高适为广陵大都督府长史、淮南节度副大使"，这个任命，太突然，也太叫人惊喜了。还没赴任，第一时间，高适的《谢上淮南节度使表》便新鲜出炉了。在这篇文章里，高适所颂扬的皇风、陛下、明主，跟玄宗一点儿关系都没有。透过高适的才情，人们可以想象，这一刻，他正捶地、拍胸、撞墙，正用一切暴力，来宣泄这迟到的荣华富贵。50多岁了，一辈子活在玄宗的影子里，试图挣扎，无数次挣扎，可都以失败收场。论功名，开元九年（721）前后，西游长安，失意而还。要知道，那是玄宗盛世，那时候考中的概率很大。开元二十三年（735），又去了一趟，依旧落第。到了天宝八载（749），临近天命之期，才中了有道科，得了个小小的封丘尉。唐代科考，总计100多科，这有道科，比起别人的明经科、拔萃科要弱许多。县尉这职务更不用提了，全国2000多个呢，想得到皇帝的垂青，完全可以死心。经人介绍，他后来投奔了哥舒翰，在哥舒大夫的幕府里头做了一个撰拟公文的掌书记。论朋友圈，在当世，他风光无二。潼关失守前，他的诗名就已经远扬四海了，尤其那句"战士军前半死生，美人帐下犹歌舞"，还有那句"莫愁前路无知己，天下谁人不识君"。他与王之涣同游，与李白、杜甫、岑参同游，闲下来，笔一提，与颜真卿书信往来。他圈子里的名人，谁能沾得一个，便能吹牛好几代了。可他，没心思炫耀，他满腔报国的热忱，在入蜀以后，被碾成了一鼻子灰。

肃宗的任命踩着时辰来的。这一刻，高适太需要肯定了，在他的潜意识里，也曾闪过肃宗，但一看自身斤两，马上又打消了念头。官是旧官，地方却是新地方。唐朝前期，为加强边地防务，专门设立了节度使。这个职位，总揽数州或10余州的军民、财政、监察大权，是响当当的要员肥差。玄宗朝，全国有10个节度使，哥舒翰和安禄山所担任的正是这个职位。这顶权倾一方的帽子，猛然间竟要戴到自己头上了，而且是内地，是新辟，在繁华的广陵办公，坐拥江淮13州财富。真是梦幻啊，梦一般的喜讯。

新官上任，领受的第一份要差是荡平永王叛乱。高适又蒙了，安禄山是叛军，怎么永王也成了叛军？既然当了肃宗的官，退路已经断了，只好拼了命，迎头背水一战。耍耍嘴皮子还行，真刀真枪打起来，跟永王比，高适差的可不是一两截。他还晕乎乎地皱眉发愣呢，永王的先遣部队，黑压压5000人已逼近广陵。更糟糕的是，敌军到了，他这个主帅还没上岗，还停留在长江中游呢。只能依靠李成式了。李成式是广陵郡大都督府的长史，相当于副都督，二把手，大都督盛王抗命没来，他实际上就是一把手。李成式是个典型的文官，他不懂军事，不懂韬略，而且有个坏毛病，小气，十分小气，从不愿花钱征兵，从不愿训练军队。面对如此情形，高适不敢喘气，肃宗不敢喘气，似乎新皇这一派注定要死状很惨了。

李铣不知为何在广陵，许是出差，许是路过。他的身份是河北招讨使判官。听说有这个人在，大家都松了口气。招讨使掌管招抚和讨伐，属军事性质。判官是临时机构或地方长官的僚属，近乎招讨使、节度使的副手，真正的实干派。生死关头，江淮紧缺的正是这样的人才。可他兵力有限，仅180人。李成式说话了，几百匹马没问题，本府判官裴茂还能领步卒3000名，协助迎敌。

永王以自己的雷霆行动，诠释了什么叫作兵贵神速。他的玉帐很快抵达润州，与广陵隔江相望。没几个回合，打头阵的李承庆便拱手投降了。李承庆是李成式的部下，江北广陵的第一股战斗力。他刚投降，永王在军中，在长江南岸，为了立威，果断斩杀了不听话的丹徒太守。江淮震动了。润州和广陵之间，玄宗和肃宗之间，一场更大的战役眼看就要铺开了。

裴茂和李铣他们在江北，一个据瓜洲，一个屯扬子。他们的策略是，人不够，心理凑，必须从声势上压倒对方。白天，裴茂出场，扛大量军旗，在岸边四处晃动。晚上，李铣出场，每人举两根火把，将水面燃成熊光一片。果然，润州乱了。永王的两大部将，一个季广琛，投靠了广陵，一个浑惟明，撤回了江宁。永王本人也慌了神，误认为北军已渡江，趁夜色，带着儿女和麾下，急急忙忙朝南方逃去了。逃至大庾岭，中矢被杀。本准备一场持久战，一场保卫战，还没正式开始呢，就这样匆匆结束了。

慢吞吞的高适仍在路上。等到他就任，江烟已然散尽，淮南节度使的府衙已然布置一新。他的命，的确好。平定永王叛乱，稳固肃宗帝位，误打误撞，他捡了个大功。在广陵，他悠哉悠哉待了一年左右。他一边赏景，一边写诗，他说挺开心，说登上了高峻的栖灵寺塔。

朝廷新的任命终于下来了。这是他翘首以盼的，以前不敢想，什么心思也不敢想，现在是新皇功臣，现在时过境迁了。"左授太子少詹事"，他蒙了，怎么没升迁，怎么还是个打理东宫事务的闲散官？他彻底蒙了。他哪知道，嚣张跋扈的大宦官李辅国，在肃宗耳边，曾说过几句难听的话。也许是，永王乃皇弟，怎能擅杀呢？也许是，太上皇的人，不可轻信。也许是，拍过某某的马屁，恐有二心。肃宗是很宠幸李辅国的，曾赐他一对香玉辟邪，他成日把玩，放衣袖里，放案桌上，香味能飘出几百步。据说，李辅国家中珍藏无数，每一件都是人间罕有的。玩物如此，玩人更甚。栽李辅国手里头，高适的命，的确不好。

二

该赏的还得赏，不然没人干活了。在平定永王叛乱这一事件中，论军事贡献，李铣排名第一。调到京城吧，给他一个御史中丞的职务。御史中丞是御史台的次官，而御史台是全国最高监察机关，负责维护朝廷纲纪和纠举百司紊失。在李铣之前，已经有两人，直接从御史中丞升到了宰相。其后，更是密集提拔，9人荣登相位。这岗位，皇帝的重视程度不言而喻。

但李铣的功劳纯属意外。大唐江山不能靠运气来坚守，日常工作中，必须要强化武备，必须要保持震慑。想来想去，淮南这地方，还得宗室大臣，还得自己人上。李峘出现了，他是户部尚书，是尊崇的越国公。肃宗任命他为江淮都统，即刻赶赴淮南。前秦皇帝苻坚当年攻打东晋时，曾设过少年都统，那是一个带领青年士兵的将官。唐朝都统执掌征伐，统帅大军，其称号就是从李峘这里开始的。这是乾元元年（758）的事情。这一年，复"载"为"年"，总觉得别扭的天宝几载，终于回归正道，又称为某某几年了。而去岁，已经恢复了州名官名，广陵改回了扬州，太守改回了刺史。现在是肃宗的天下了，玄宗乱折腾的，岂可再用。

高适卸任淮南节度使，是在几个月前。接班的，朝廷深思熟虑后，定为邓景山。这邓景山，做过监察御史，虽品秩不高，但权限很广，分察百僚、巡按郡县、纠视刑狱、肃整朝仪，每一项工作都非常重要。后来，他被擢升为青齐节度使，这次调来淮南，算平迁，无论经验，还是品级，他都比高适要强。

李峘加邓景山，如此安排，肃宗可以睡个安稳觉了。朝中的人事大臣们碰了面，一个个定要洋洋得意了。确实，李峘很卖力，一向简朴严格的邓景山，也在短期之内赢得了百姓的爱戴。当时，扬州有个医生叫白岑，他善治后背毒疮，是个远近闻名的郎中，可他格局太小，面对满大街的病患，守着秘方，谁也不给。恰巧这时，他吃了官司，邓景山深加劾按，为了保命，他只好妥协。邓景山将方子抄录了几十份，沿街张贴。

看样子，这淮南是要一天天政通人和了，淮南节度使的日子也要一天天地逍遥快活起来了。可邓景山怎么也没料到，王仲升和邢延恩这两个跟自己毫无瓜葛的人，正在酝酿一场巨大的阴谋，而且阴谋的矛头直指淮南，直指扬州。朝廷的意思，淮南稳了，下一个，轮到淮西了。要给淮西节度使王仲升安排两个有牵制意味的助手，一个李铣，御史中丞李铣，一个刘展，宋州刺史刘展。王仲升撇脸了，淮西的事，中央休要插手。他反应很快，迅速以贪暴不法的罪名，奏杀了李铣。紧接着，他勾结邢延恩，让这位宦官跑到肃宗面前，说刘展和李铣穿一条裤子，若不除掉，恐要生乱。肃宗哪来主意，他反问邢延恩，该如何应对呢？邢延恩的计策是，刘展手握重兵，不能强来，给他下个套，江淮都统这岗位好，让他去淮南，去接替李峘。一旦刘展释兵赴任，在半道上，立马解决他。够阴，够狠。肃宗居然同意了，连发两道命令。一道明令，让刘展去淮南。一道密令，要求李峘和邓景山伺机行动。刘展开心坏了，恨不得即刻就任。接到通知后，他率宋州7000兵马，直奔扬州。而李峘和邓景山给各州县已经发了檄文，说刘展谋反了，要求联合打击。刘展一头雾水，到底谁谋反，我是大唐刺史，是行将赴任的都统，我有皇命在手。他也拟了檄文，也给各州县发了去。州县是局外人，双眼睁得再大，也看不懂其中的玄妙。刘展就是刘展，不愧是一员猛将，他在眨眼之间，迅疾占据了扬州，还一口气攻下了另外12州——濠、楚、舒、和、滁、庐、润、升、宣、苏、湖、杭，都是赫赫有名的富庶之区。而李峘和邓景山为了保命，往宣城，往寿州，撒开腿狂跑，他们一路上惊魂未定，离自己主理的扬州城越来越远了。

天被捅破了，这残局该如何收拾？作为淮南节度使，作为地方最高官员，邓景山在心里面其实早已笃定，这条路，这个法子，是唯一的希望。他的方案是请外援，请平卢兵马使田神功过来帮忙。此人兵强马壮，曾大破安禄山的军队，曾生擒过四员敌将，他如果能来，淮南必定得救。奏章到了肃宗那，肃宗一看，火冒三丈，工作干砸了，还有脸提要求，还有脸请外援！邓景山毕竟做过监察御史，对潜规则，对行贿受贿，有深刻的认识。他绕过皇帝，直接给田神功捎话，大概内容是，淮南什么都缺，但不缺金帛，不缺美女，你过来帮忙，定不是义务劳动。一听这话，不仅田神功本人，就连他手下的将士们也个个来了精神。于是，田神功的部队带着各种向往，迅速南下。

田神功以彪悍能打著称，他的威名在刘展之上。他一来，没费多大事，三下两下，就妥妥地摆平了。刘展目部中箭，很快被杀。收复后的扬州，按理说，又能重归宁静了。大街小巷里，吆喝声、车轮声、悠悠歌声，又能重新响起了。可田神功，他来扬州，不是济危帮困的，而是冲着那句话，冲着邓景山承诺的那句话。淮南节度使的一句诺言，惹祸了。这祸，是大唐立国至今，扬州最为惨烈的。安禄山和永王都没有进城涂炭，反而是邀上门的，反而是田神功大开了杀戒。他掘地三尺，遍掠财富。尤其对波斯和大食来的胡商，凡不主动上交，或有所隐匿的，一律处死。尸骨堆得像山一样，一座挨一座。几近屠城的抢劫，持续了10多天。可当时的舆论一边倒，说"土壤耕辟，年谷丰登"，说"令东土耆老，复见汉官威仪"，说"讨淮海之叛，一战平吴"。

朝廷善后的举动，百姓们想不通。朝廷认为，田神功立了神功，应该嘉奖。随即，升淄青节度使，封信都郡王。之后，更是将他的画像挂进了凌烟阁。能入凌烟阁的，全是大唐最顶尖的功臣，是魏征、房玄龄这样的人物，田神功居然与他们并列，百姓们无言以对。

邓景山是在第二年冬天入朝的，他被授予尚书左丞。尚书省典领百官，实权都在左右丞手里，六部的文案没他们勾检，就是废纸一张。左丞的地位高于右丞，是实权中的实权。

肃宗心里头大概也明了，有些事不愿多想，也不能多想。

三

邓景山的口头交易，不仅扬州城，整个淮南都在为他买单，惨象进一步恶化。上元二年（761）九月，也就是他入朝前的一段日子，江淮大饥，人开始吃人。紧接着，江淮大疫，七八成老百姓横尸旷野。"郭邑空虚，亡者无棺，骸骼如坻，里闾无烟"，大唐历史上，官方记载的瘟疫，像这样严重的头一回。老子云："大军之后，必有凶年。"这凶，也太过分了，时隔千年，人们想起来，仍旧一阵鼻酸。

第三任淮南节度使叫崔圆。他是玄宗朝的宰相，肃宗的贴身近臣。他来到淮南，眼前所见，除了残破、荒芜，便是流离、死亡。他花了很大力气，整顿秩序、抚慰民众、畅通漕运，每一项举措都在快速推进，都在快速落地。潜下心来，他一待就是6年。这6年里，他整治风化，让少长懂礼，严肃法令，让军戎知禁。曾经安定的江淮，在他的精心调理下，又晏然如初了。以至于将要离任，府衙中的官吏，罗城里的庶民，跪倒一片，乞求他能够留下来，能够再干两年。此时的皇帝已是代宗，肃宗的长子，他心里亮着呢，淮南太需要正能量了，放眼全国，也太需要一个典范了。于是，崔圆在扬州又度过了两个春天。

崔圆的继任者韦元甫，原是尚书右丞，他入主淮南后，也有不少德政。人们念及他的好，在官府的墙壁上留下了一大段文字。中心意思是，将不骄、卒不惰，减役轻敛、待宾省旅，堂堂然、雄雄然。他自己也写过一首《木兰歌》："世有臣子心，能如木兰节，忠孝两不渝，千古之名焉可灭？"他勤勤恳恳，积劳成疾，是第一位在岗故去的淮南节度使。

接过大印的张延赏，更善抚下，更得民心。起码有两件事，扬州人历代不忘。一件，遇逃荒逃难的，他用舟楫遣送；遇无家可归的，他帮忙修建庐舍；遇欠官家债务的，他下令一概免除。另一件，城南有个交通要津，叫瓜洲，一直悬属于对岸的润州，往来很不方便，他奏请改隶扬州，润扬之间，从此以江为界。

张延赏和他的两位前任接力奔跑，终以时间和勤勉，将苦难的扬州，将凋敝的淮南，带回了正途。经过十几年休养，淮南的面庞渐渐露出了血色。

张延赏突然离职了。并非犯事，并非朝廷另有任用，而是他母亲去世，他得丁母忧。派来接班的会是谁呢？淮南百姓们议论纷纷，大家认为，新来的一准还是个好人。好与不好，暂且不论，这个陈少游，这个即将登场的淮南节度使，他的过往，咱先叙叙。此人很会耍小聪明，口齿伶俐，很会说话。他行贿宦官董秀的细节，被完整地记录了下来。某天傍晚，他提前守在路边，董大人下班经过时，他主动凑上去，省掉不必要的自我介绍，他直接发问："家中人数几何？每月所费几何？"很干脆，一次抛出两个问题。董秀的回答也不拖泥带水："久忝近职，家累甚众；又属时物腾贵，岁用常过百万。"话对上了。陈少游的解困之道立马呈现："每岁请输钱5000万，今有大半，请即受纳，余到官续送，免贵人劳虑，不亦可乎？"此方案要点有二，一是董大人开销百万，我送5000万，足见诚意，二是今天预付大半，剩下的，我得去赚，赚到了，主动续送。董秀自然大喜，他和陈少游的交情，就这么三言两语，牢牢地建立了起来。瞄准董秀之前，能说会道的陈少游，带着真金白银，已搞定了宰相元载。董秀和元载，一个内引，一个外荐，没过几天，之前桂州刺史的那份任命，便一笔作废了。陈少游曾哭哭啼啼，说桂州太远，说那里全是炎瘴，担心以后没机会再睹大人们的容颜了。这一哭，改任宣州刺史，那可是富饶之地，只有去那，才能还上白条。后来，又改任越州刺史，依旧是富饶之地，换个地方，继续创收。现在淮南有了起色，他们一商量，备好箱子，走，去淮南。

这新节度使，好与不好，个人简历上早写清楚了。陈少游动身赴任，是在大历八年（773）十月二十五日。搜刮百姓，纳贿求荣，多年来积累的这些经验，终于可以派上大用场了。代宗的长子做了德宗，国库里紧巴巴的，这朝廷的日子也挺难。陈少游出了个主意，他说淮南盐价每斗110文，我们自愿涨价，每斗加100文。朝廷花钱的地方多，我们出点力，应该的。大觉悟啊，德宗喜出望外，很果断，给了他同平章事衔。要是在朝中，这同平章事便是人人向往的宰相。陈少游在淮南，算使相，名义上的宰相，但也是荣典无上了。

北方混战，打红了眼。催钱的公文一本接一本送到了淮南。陈少游这个人，喊声很高，但运往京师的贡赋却迟迟不见动静。德宗没耐心了，派遣财税专家包佶，直接坐镇扬州。包佶干事麻利，一下子征收了800万缗。缗是穿铜钱的绳子，一串按1000文算，包佶征上来的足足80亿文。这笔巨额财富，是北方将士的续命钱，是大唐帝国的血脉钱，每一文，每一串，都至关重要。陈少游的胆子也忒大了，连这笔钱他也敢截，一缗不剩，尽入囊中。包佶空手回朝，他将淮南的全部细节，一五一十地向德宗做了汇报。陈少游怕了，在贪腐的道路上，他头一次真真切切地怕了。得一个子不少，得如数补纳上去。可这么多年来，钱不是他一个人花的，的确不是他一个人花的。只好再辛苦淮南的百姓了，列几个新鲜的词汇，让孔目官再去敛一敛。

对朝廷，陈少游的内心隐隐地有了些波动。在淮南隔壁淮西，那儿的节度使李希烈发展得不错。此人颇似田神功，少时参加平卢军，屡获战功，后来任过淄青节度使，被封为南平郡王。他已经攻陷汴州，称王称帝，若依附他，许能保一方财富。举棋不定时，一个重磅新闻炸开了，陈少游听说，李希烈刚刚杀了颜真卿。当年讨伐安禄山，颜真卿可是力挽狂澜的大唐国柱。颜氏满门，个个英勇忠烈。敢杀颜真卿，非凡人所为。于是他向李希烈暗中传话，表明了自己的态度。历代皇帝都有一个习惯，修《起居注》，将本人的一言一行，差人记录下来。李希烈也搞《起居注》，当中有一页明确写道："某月日，少游上表归顺。"汴州克复后，这本罪证被唐军翻了出来。陈少游一听，吓出了一身毛病，没撑几天，便在惊慌恐惧中凄凄死去了。

陈少游的离世，给淮南留下了权力真空。两路人马，开始争夺。一路是王韶，一路是陈正仪。王韶系淮南大将，他瞅准机会，带领甲兵连夜入城，残戮厚敛，仿佛又一个田神功。浙西节度使韩滉，对他说了句很有分量的话："汝敢为乱，吾即口全军渡江，诛汝矣！"王韶闹了一下，便作罢了。陈正仪是陈少游的儿子，他不懂武事，他想出了一个文招——上书朝廷，请求袭封。当时的御史中丞气坏了，直接在尚书省的门口贴了一份大字报，内容如下："陈少游位兼将相之崇，变节艰危之际。君上含垢，未能发明。愚子何心，辄求传袭？"陈正仪试探了一下，看没戏，便也作罢了。

四

好端端的上坡路，碰到陈少游和王韶，陡然间，变成了无底悬崖。一个奢滥暴敛，一个乱兵剽掠，他们强悍无比，将前面几任节度使的努力，一夜之间统统清零了。淮南又被扔进了坟堆，又一次民生凋残，又一次市井萧瑟。眼下，淮南唯一的期待是朝廷的人事安排，要真正靠谱些。新派的节度使，千千万万一定要做到两条：革除旧弊，仁施新政。

新使名叫杜亚，官方制文是这样描写他的：有学问，"识精体要，学究宗源"；有思想，"妙于用而有常，通其变而能久"；有能力，"其严重可以镇俗，其才术可以匡时"。不错，不错，一个清净循良的官员。可杜亚本人却不是描写的这样，他意志消沉，终日郁郁寡欢。高适和陈少游接到任命以后，都亢奋上表，都叩首言谢呢，而他，漫不经心，姗姗来迟。到了府里，大事小事都委托给参佐们去办。他成日不露面，只顾邀朋约友，一起吹牛，一起喝酒。这是有原因的。他自我评价，"才堪辅宰"，翻译过来，做官只做宰相，别的，看不上。宰相肚里能撑船，他肚子里却半句话也搁不住。代宗时，他常常胡言乱语，人们挺讨厌他。到了德宗朝，连路边偶遇的，他也同人家夸夸其谈，说马上就要入宰了，有什么事，尽管找他。这大嘴巴，要不是主考官放水，他哪能中第？公认的评价是："杜亚薄知经籍，素懵文辞。"就一个浮躁不安的大忽悠，假学者，假文人。来到淮南，他手下人办了两件分内事，他呜呜得意，当作了不起的政绩，赶忙记录在案了。一是疏浚官河。年月一久，这河床难免淤塞，外面的船进不来，扬州的船出不去，他自个儿也要走水路呢，不能断航。二是管理市容。乔居户和工商户把违章建筑盖到了大街上，货摊摆得横七竖八，为了治理拥堵，他手下人拆除了一些路障。此二例以外，他在淮南5年，所做的几乎没什么正事。

自打安禄山叛乱以来，节度使们的胆量一个个变得日渐肥硕。无论明面上，还是背地里，大多骄横奢靡，不把朝廷当一回事。为了比排场，有三个节度使竞相出招。襄州的于頔在山上点灯，光灯油，一晚就耗费了2万斗。荆南的李昌夔外出打猎，随从足足带了2000人，全部统一着装，全部穿红紫的袄子。淮南的杜亚玩法最时尚，他喜欢的是水上运动。每年春天，扬州有一风俗，要举办大规模的龙舟比赛。杜亚一瞧，没意思，嫌速度太慢。他下令，所有舟底涂漆，一层一层地涂。阻力小了，划起来当然要快许多。他又嫌队服太丑，嫌袖口容易沾水。他下令全换绮罗的，全抹防水剂。观众们惊呆了，喧阗如潮。也有看不惯的，当场批评他，说桀纣在世，都不敢这么玩。他还泛舟九曲池，曳绣为帆呢。别人同样讥讽他，说干脆加个锦缆吧，当年隋炀帝就是这么折腾的。杜亚的小情趣，每一举每一动，都是由公帑铺成的。淮南仍重病在床，他不找方子，不图医治，唯一的工作竟是虚耗府财。

朝廷有顾虑了。莫非陈少游第二？奢纵事小，江山事大，可不能一粗心，再丢了淮南。赶紧诏书一封，急喘喘地调他北上。可谁去顶班呢？必须靠得住，最好是亲戚，皇帝的或皇后的，都行。候选人找到了，双保险，既是皇后族侄，又是韩滉女婿。韩滉，正是怒喝王韶的那个，他保过淮南，他对淮南有感情。这新节度使，在贞元五年（789）十一月，赴扬就任了。但很可惜，他身体不好，羸弱单薄，是个病秧子。刚坐进府衙，还没开始工作呢，就暴病而亡了。他叫窦觎，无才无德。幸亏身子不好。

五

德宗和他的人事大员们要头疼了。先去的杜亚没过关，被领了回来。后去的窦觎即使想领，也追悔莫及了。查查档案，看德行兼备的还有哪些？

若了解淮南，或直接在淮南干过的，优先考虑。所有目光，同时投向了杜佑，当年韦元甫在淮南的重要幕僚。此人朋友多、仇敌少，平易谦和、敦厚强力，关注民隐、为政不苛。让他去，定能主持大局。杜佑的父亲与韦元甫之间有一些交情，凭这层关系，年少时的杜佑曾跑到润州，去拜见了韦刺史。可韦刺史挺忙，他对朋友家的孩子根本没上心。某日，刺史大人遇到了疑难官司，踌躇了半天，始终无法决断。杜佑站在一旁，随口剖析，皆得旨要。韦元甫听傻了，就你，别走了，做我的法曹参军。其后，去浙西，去淮南，韦元甫都当作宝贝似的，将杜佑一路带着。近些年，这个杜佑更加成熟了，在中央，在地方，历练过不少岗位。由他接手淮南，属最佳方案。

对淮南，大唐高层总算给了个说法。杜佑扎根了，一干便是 15 年。他的任期无论之前，还是之后，在全部淮南节度使里是最长的。杜佑的成绩世人共睹。武备方面，修建了 32 座连营，在帝国东南，打造了一支凛凛铁军。这是皇权的战略力量，有他们在，四邻的手不敢乱伸。垦田方面，利用海滨的大量弃地，鼓励农人去拓荒耕种，只要勤奋，一夫可得百亩，终身收益。农民看见了希望，粮仓越堆越大，一下子，淮南稻谷增加了 50 万斗。税赋方面，免除一切杂征，官府不必要的开支一应削减。人们的日子逐渐宽裕了，脸上的菜色也慢慢消退了。水利方面，为当世和后代做了很大贡献。淮南的天灾从未间断过，在他任内也曾大旱，井泉枯竭，百姓中暑中疫，也曾大水，不仅漂荡屋舍、淹损田苗，连雄伟的泗州城都被卷到水底去了。他一到淮南，便将水利列为首务。在雷陂蓄水，旱时浇灌农田。在旧河之外，新挖渠道，涝时迅速引流。各种兴修水利的事，他做了一大堆。

虽身处淮南，杜佑的眼光却能纵览天下。有位叫杨茂卿的客居扬州，他跟杜佑鼓吹，一定要扩大势力，一定要割据一方。此时的藩镇，哪个不嚣张？此时的节度使，哪个没二心？这调子，老调，几十年了。可杜佑他不一样，他对唐室的忠贞那是骨子里的。他一怒之下，将姓杨的呵斥而逐。杜佑的脾气向来不错，若非触犯了底线，无论对谁，他都是和颜悦色的。杜佑在淮南的夜晚，与其他节度使不同，他极少应酬，离歌舞酒局也比较远。日复一日，他挑灯钻研的是历代制度，是各朝典章，是对国家治理的独立思考。从传说到现实，从炎黄到玄宗，他翻典籍、录议论、溯源流，食货、选举、职官、州郡、边防，每一条，每一目，都详加总结。他要书写的是大唐的未来，稳健而美好的未来。"才堪辅宰"这句话，肯定是被杜亚给拿错地方了。

上为君王解忧，下为黎民纾困，杜佑的夙夜操劳，赢得了百姓的一片赞誉。他离任时的场景，比崔圆还要动人。当时的记载是这样的："广陵之民，怀公之惠爱，嗅公之馨香，企公之轨躅，帷袂接武，沉哈兹地。"百姓们对他五体投地，那份景仰之情，每个人都是发自肺腑的。

背影尚在，人们的思念和感怀已经汩汩流淌了。他的盛德与清风，被扬州的工匠们一笔一画仔细描摹了下来。一幅《杜公写真图》，很快在龙兴寺的墙壁上，栩栩出现了。确实，杜佑一任，民众对幸福的认识日渐深刻。勒石铭记，不是作秀，不是奉承，而是源自心底的念想。杜佑曾说，等我退休了，定要穿上一套粗布襕衫，定要走进闹市，与群众一起，去看百戏杂耍。这个愿望，太朴实，太接地气了。在那个年代，能有这样亲民的想法，是非常难得的。那一阵子，刘禹锡也在淮南，他是杜佑的掌书记，他一听这话，新鲜，赶忙记录了下来。

贞元十九年（803），杜佑入朝。拜宰相。

六

行军司马王锷升任淮南节度使。这次打破惯例，没有空降，而是从本府直接提拔。作为杜佑的副使，王锷执掌军政，权力很大。他收到任命后，上表谦退，说自己能力有限，担心会负了圣恩。白居易代表朝廷回了话："卿自领大藩，累彰殊效，惠安百姓，表正一方。虽恋阙情深，然殿邦寄切。方注意于抚绥，何沥诚而陈让，难允来请，宜体所怀。"这些话是必须说的，尽管当中的每一句全是表面文章。白居易代帝立言，身不由己，他落笔的时候，估计一直在摇头，一直在叹息。这王锷，绝非善茬，他每天都做梦，梦见自己摇身一变，成为一把手了。杜佑在淮南时，他恭敬谦卑，伪装得很好，他把当年在岭南的那些作风，严严实实地裹藏了起来。在岭南，他已经做过节度使了，那段时间，他赚钱的本领曾经惊闻天下。岭南的广州一带，土地贫瘠，民夷杂处，为了讨生活，百姓们只能挤到城里头，去干点勉强糊口的小买卖。但城里人多房少，很难落脚，他于是大搞出租，所创收的银两比府库还要多。海上船舶经广州靠岸的，一律设关纳税。钱财，归他个人，奢侈的物品，如象牙、犀角之类，夹匿在商货中，一趟趟运往长安。

淮南的条件比岭南要好很多。王锷的经济头脑，从他上任的第一天起，便高速运转了。他的小算盘略举3例。军中日常施工，有些建筑垃圾，竹子或木头的碎屑，他不准扔，一筐筐铲好，说要废物利用。下属的门帘窗帘坏了，后勤部门更换了新的，他说旧的可以送到船坊，垫船底下。每遇宴请或祭祀，剩下来的饭菜或那成堆的供品，他总要打包，说备日后之需。乍一看，既节约，又环保，王锷的意识挺超前。可这些碎屑、旧帘、食物，最后一一折现，无一例外都入了他的私人账本。他的大算盘算得更精。在长安，他设置了一个特殊岗位，由他儿子王稷亲自担任。工作地点选在永宁坊。永宁坊位于朱雀门街东边，离安仁坊很近，但又隔了点路，不是亲密挨着。杜佑就住在安仁坊，襄州点灯的于頔现在成了宰相，也住在安仁坊。坊里，有荐福寺，有小雁塔，帝都的王公大臣们常去那里游寺观塔。这样的据点，进可攻，退可守，果然老谋深算。他选的宅子规模很大，高高的围墙建了一圈又一圈。外面人纵使跳起来，也看不出什么名堂。宅内挖了个藏金洞，收到请帖来此宴乐的，人人笑声爽朗，走的时候，个个满载而归。王锷的羡余，也就是刻削百姓的那些钱，大多通过这里，明目张胆地拉进皇宫。

王锷的财货堆积如山，这贪敛程度，连他身边的老朋友们都捏了一把汗。大家告诫王锷，能散才能聚。意思很明白，语气很委婉。过了几天，王锷开口便说，大部分已经散去了。是幡然醒悟，还是良知发现？朋友们不敢相信，连忙追问。他说，儿子一人1万贯，女婿一人1000贯。再小的水滴，也休想从王锷这里渗漏出去。

这段时间，恰逢江淮天灾，黎庶苦不堪言。宪宗派了一个叫潘孟阳的使臣南下宣慰。这潘孟阳，哪有赈灾的样子，他随行带了三四百人，一路游赏，一路纳贿，每天到了晚上，还得有一群女人穿着透薄的衣服过来陪饮。真是绝佳机会，朝廷调拨的款项，又可以大摇大摆地抬进库房了。王锷的贪残无厌，童叟尽知，白居易的心里也明镜一般。但宪宗喜欢他，他进贡的东西宪宗个个称意。白居易代表朝廷，对他的当前工作一边叹息，一边肯定，说"庶俾疲氓，均沾惠泽"，说"卿克勤乃职，共理为心，省兹陈贺，深见诚意"，又是一堆瞎说的好话。

畸形财富再多，也填不满王锷的欲望。在官场上，他的下一个目标是同平章事，是最高行政长官。这可严重了，白居易不能再忍了，他要堂堂正正地用酣畅淋漓的文字，代表一回自己了。白居易的身份是翰林学士，是皇帝最贴身的秘书，任免宰相、宣布讨伐等文案，都是由他草拟的。他的文字在当世无疑是重磅的。他对王锷的这段鞭挞，迅速在朝堂上下掀起了不小的波澜。

臣伏以宰相者，人臣极位，天下具瞻，非有清望大功，不可轻授。王锷既非清望，又无大功，若加此官，深为不可。臣又闻：王锷在镇日，不恤凋残，唯务差税，淮南百姓，日夜无憀。五年诛求，百计侵削。钱物既足，部领入朝，号为羡余，亲自进奉，凡有耳目，无不知之。今若授同平章事，臣恐四方闻之，皆谓陛下得王锷进奉而与宰相也。臣又恐诸道节度使今日以后，皆割剥生民，营求宰相，私相谓曰："谁不如王锷耶？"故臣以为深不可也。

白居易憋了两回，终于冒着风险一吐为快了。他的每一个字，都是淮南百姓，都是满朝良吏，日夜期盼的。然而，让王锷成为同平章事的提议搁置还没多久，宪宗又一次提名了。宰相李藩和权德舆接连上书，共同反对。适可而止的道理，宪宗真不懂，一转身，他第三次提名了。宰相李绛也反复上书，一谏再谏，但毫无结果。就这样，专事行贿的王锷成了同平章事，成了大唐宰相。

七

若陈少游还活着，定会真情实意地拜王锷为师。在经济学上，他们坐在一块儿，定有值得分享的海量话题。王锷这些年，破了多少纪录，宪宗不傻，一件不漏，全知道。此刻，最棘手的问题是淮南，是那儿的一大片州府又成了烂摊子。总得有人善后吧，谁去？一般官员不顶用，只能从宰相里头挑一个。

对李吉甫宪宗是非常信任的。李吉甫的父亲守正不阿，成绩突出，代宗时，一度名闻天下。他调教出来的儿子，27岁晋级太学博士。这职务，南朝的范晔，写《后汉书》那个，就曾担任过，所执掌的是文武大员的子女教育。李吉甫在地方上待过十几年，基层事务和民间疾苦样样熟悉。宪宗刚即位时，便诏他贴身，岗位跟白居易一样，是个翰林学士，能参与各种最机要的政务。他聪敏详练，而且已经入宰，由他去淮南，那是极可放心的。在长安，在通化门外，宪宗布列仪仗，亲自为他践行。君臣之间，每一句嘱托，每一句誓言，千里之遥的淮南，似乎正拎着耳朵凝神倾听呢。

李吉甫的为政思想很客观，很务实。他曾进言宪宗："赏罚，人主之二柄，不可偏废。陛下践祚以来，惠泽深矣；而威刑未振，中外懈惰，愿加严以振之。"宰相李绛一听，大呼谬论，说这怎么行，这样搞下去，要丧失人心的。他一笑，仍坚持自己的主张。关于刺史的选授和任期，他说："自昔唐虞，三载考绩，三考黜陟，故得久于其事，风化可成。"他接着说："末代命官，多轻外任，选授之际，意在沙汰，委以藩部，自然非才。"他进而说："刺史数广，益非慎举，加以更代促遽，人无安志，迎送之费，竭耗不供，此最为弊。"宪宗在一旁，边听，边点头。他的话音刚落，宪宗的诏令就发布了，以郎吏10余人，下派各地。如此相才，累世难得，可遇而不可求。他来到淮南，所处理的政务同样无一浮夸，无一邀宠，件件靠实。历任淮南节度使，杜佑而外，叠压的民生提案，数量最多的都是水利。李吉甫到岗以后，不但夯筑富民塘、固本塘，灌溉万顷农田，还在运河上修建了著名的平津堰。运河是南北大动脉，但地势有高有低，调节水位是个苦差。高邮这一段，聚水尤难。李吉甫下定决心，发誓要像都江堰那样，在高邮城外修筑一座千年大堰。他做到了，绵延几十里，能防不足，能泄有余。时至今日，1200年后，这功能强大的平津堰仍泰然挺立。

元和四年（809），江淮连遭水旱。年初的正月，年底的十一月，朝廷两次赈恤。第一次，宪宗对使臣们说，卿等务必恪尽职守，不要学潘孟阳，不要成天只顾着饮酒游乐。第二次，拨米30万石，特别嘱咐，由李吉甫躬亲部署，刺史和县令密切配合。这救命的大米，每一粒救命的大米，连同浩荡的圣恩，李吉甫都原封原样送到了饥民手中。除了王锷王大人，这淮南百姓又记住了李吉甫李大人，一个极贪，一个极善，给人们的印象都非常深刻。

饥荒期间，还出现过瘟疫，亡殁接踵，情状颇惨。李吉甫忧心忡忡，不饮酒，不听乐，一门心思要寻找到靠谱的医方。太白山的专家被请来了，他们开出清单，要求提供大批龟壳、铁镬、巨瓯，李吉甫二话没说，一一备齐。还真管用，浓煎的药汤一碗碗喝下去，出身汗，病痛便荡然全无了。

李吉甫在淮南，既做职内事，也做天下事。无论军国利害，还是朝廷得失，他都密疏论奏。就连永贞罪臣，旁人避之不及的，他也暗中护持。永贞是顺宗的年号。之前的肃宗在位7年，代宗18年，德宗27年。到了这顺宗，仅仅8个月就被迫退位了。皇运虽短，但有件事却干得轰轰烈烈。宦官专权，藩镇割据，这内外乱象，谁都看不下去了。朝廷的话，有利的是诏令，无益的是废纸。刘禹锡和柳宗元他们联手一些良心官员，提出了一揽子改革方案。但他们的努力没有成功，10个领衔的个个遭到了贬黜。李吉甫不以为嫌，他与刘柳二人多次诗文往来，毫不在乎别人的谗言与嫁祸。李吉甫在勤政之余，最大的爱好跟杜佑一样，也是埋首做学问。他研究的是地理沿革，山川、物产、贡赋、户口、古迹，无所不包。为了便于皇帝周览，在每篇文字的前面，他还精心绘制了插图，一卷卷翻下去，便是一本详尽的大唐宝典。

李吉甫的才能世人看在眼里，记在了心里。人们很佩服他，将他与当年的姚崇相提并论。姚崇是玄宗的宰相，开元盛世的缔造者之一，他去世以后，被追赠为扬州大都督。

元和五年（810）十二月，宪宗召李吉甫回朝，给他的职位仍是宰相。但他一直犹豫，反复辞让。白居易又说话了："君才可以雄镇方隅，故委之外阃；智可以密参帷幄，故任以中枢。"言辞恳切，力劝就职。为了无数苍生，为了国家前途，李吉甫再一次领命入相了。

八

启用本地人，李鄘是头一个。李鄘跟李邕读起来字音相同，实为两个人。但他们又是一族的，均生于扬州，鄘还是邕的侄孙。长辈李邕，就是那个大书法家，其行草写得很漂亮。晚辈李鄘，是大历进士，曾做过宣慰使，做过京兆尹，在朝中很有威望。李鄘接替李吉甫后，在淮南认认真真地干了7年。这7年当中，他推行峻法，削减苛税，使府廪更加充积，使地方更加安靖。宪宗一直很看好他，说他"每登要职，悉著能名"，果然没走眼。

李鄘一到扬州，刚卸下行李，就上表言谢。宪宗的回话是："载省来表，知已下车，勉副虚怀，伫观新政。"字里行间，既是关心，也是勉励。李鄘在淮南拼了命地工作，每一天都很忙碌。对部下，他刚决少恩，斩钉截铁。参佐干不了的，军吏补上，确保执行到位。对百姓，他从不侵扰，从不加敛，还他们以宁静，还他们以太平。他时刻关心的是民众的生活，如果陷入了困境，比如元和七年（812）遭遇的那场大旱，他就会在第一时间挺身而出。他不允许任何官员隐匿任何灾情，每一条都要据实奏报。那一次，宪宗给的批示不但免除了租赋，还将朝廷的赈济一批批运送了过来。对国家用兵的支持虽不是本分，他也忙前忙后。元和十一年（816），进绢3万匹、金500两、银3000两。元和十二年（817），再进绢3万匹。两回助军，所出全是府库里的积蓄。抢掠民众的事，在他任内从未发生过。

大宦官吐突承璀，在淮南做过李鄘的监军。宪宗朝，吐突承璀的权势里坊尽知。他恃宠惯了，碰见谁都是一副蛮横相。可李鄘不吃这一套，在淮南的府衙里，他将这位监军治得服服帖帖。也奇怪了，吐突承璀非但不记仇，归京以后，反而再三推荐，说李鄘堪当宰相。李鄘更奇怪，说宦官之荐，岂不污我名节，坚辞不就。宪宗拿李鄘没办法，拗不过，只好在他离开淮南以后，改授了一个户部尚书的职务。

元和十二年（817）十月，来代替李鄘的也是个大历进士。他以耿介清直闻名，面对权贵，从不弯腰。原本，宪宗是要升他为宰相的，诏书都已经拟好了。可在第二天的宣读仪式上，突然刮来了一阵大风，卷起诏书乱飞上天。宪宗慌了神，他隐隐觉得，在冥冥之中，肯定有一股神秘的力量，在背后操持着什么。他的处理意见是，若宣布了，便算，若没宣布呢，便算。就这样，还没听到宣读声的卫次公，在转瞬之间，由宰相变成了淮南节度使。卫次公在扬州仅仅待了一年，善政无闻，劣迹也未听说。以他的性格，对淮南百姓定不会苛刻为难的。离职的原因是身体不好。他想早点回到京城，因为那里有顶尖的医生，有活下去的希望。可他身子太弱没撑住，在半道上提前死去了。

在李夷简南下之前，宪宗吸取了卫次公的教训，把入宰一事周密做实了。不管风有多猛，相位已加，没什么可以担忧的了。临行时，宪宗对李夷简说："言念淮海，斯为奥区，走商贾之货财，引舟车之漕挽。凡所经理，事非一隅。控制之难，于今尤切。"他希望李人大能耸善激贪，能表率万邦。论健康状况，这李夷简比卫次公要强多了。可他清廉一生，守正慎独，虽屡居要位，但家无资财，生病了也舍不得就医。还在淮南的任上呢，他便急急忙忙上书，说身体不行，实在干不动了。朝廷的回复是："未及悬车，齿力可任。"意思很明确，退休早着呢，肩上的担子还得挑起来。身处公门，事不由己，他想想也罢，那就再坚持几年吧。新皇帝穆宗上台以后，念他不易，于长庆二年（822）下了一道诏令，允许他离任北还。

九

原计划由名臣裴度过来坐镇淮南。裴度多次出将入相，功勋卓著。宪宗的元和中兴如果缺了他，定要失色许多。韩愈等文坛士子如果没有他的引荐，也许一辈子都将默默无闻。李夷简之所以主动外迁淮南，一个重要原因是，担心能力悬殊，担心与他共事跟不上节奏。可对裴度的任命才刚刚发出，朝廷便连忙追回了。宫里头，此刻正惶骇一片，似乎遇到大麻烦了。徐州，徐州叛乱了。战事万分紧急。这活儿，能干利索的除了裴度，找不到第二人。那淮南呢？淮南谁去？宰相王播是扬州人，跟他说说，顶几天。

王播的早年岁月是在扬州度过的。他的父亲王恕曾在淮南的府衙里，担任过仓曹参军。39年前，建中四年（783）的七月二十六日，他父亲在家中病逝，从此，他和两个弟弟的生活陷入了窘境。某年端午，杜亚大搞龙舟赛，岸边彩楼绵延，看棚如旗，场面非常宏大。扬州城内，无贤的，不肖的，都能去。可王播贫贱，没人送帖，他只好一个人在外围逡巡。有一位曾接济过他的军将说他有棚子，可以到他那看。王播便跟了去。坐定后，王播自斟自饮了起来，一口连一口，喝了不少小酒，还没等比赛正式开始，一倒头呼呼睡着了。梦境中，他坐到了杜亚的位子上，底下站了很多僚属，个个堆满了笑容，个个朝他鞠躬作揖。王播这是穷怕了，他的潜意识里，人活着一定要追求功名，只要没死，一定要攫取财富。

王播的确勤奋，能力也强，他在龙舟赛上的梦境，此刻居然变成现实了。这次来淮南是代替李夷简的。元和五年（810），李夷简卸下御史中丞的时候，接棒的同样是他。他在御史台期间，振肃朝纲，修举百职，各种表现，异常突出。之后，他当了京兆尹，累积的案牍别人剖析不了，到他手上，几笔一勾，秉公判毕。元和六年（811），他被任命为诸道盐铁转运使。这官，是他孜孜以求的。侍郎、尚书、宰相都可以不要，但盐铁转运使，任何时候得紧紧抓牢了。盐铁使，主理食盐专卖，兼掌银铜铁锡的采冶和税收。转运使，负责米粮钱币的转运，枢纽在扬州，网络遍全国。盐铁加转运，便是盐铁转运使，天底下最有钱的官。长庆元年（821）三月，他曾上奏，说江淮的盐每斗旧价250文，现在加50文；五月，他又盯上了茶税，说旧额100文，现在加50文。国家经济在他眼里就是个游戏，贪财敛财的游戏。陈少游和王锷见到他，估计也要甘拜下风了。长庆二年（822）三月，他出镇淮南，其身份是宰相，是节度使，但更重要的仍是盐铁转运使。

此时的扬州连遇荒旱，人相啖食。按理说，这老乡回来了，得为百姓们谋点生计吧，得找些路子让大家活下去吧。可在王播的记忆里，年少时的扬州岁月尽是困苦，尽是无助，身边的左邻右舍没给他留下什么好印象。他当初穷困潦倒，而今回到家乡，这家乡的人谁也别想称心如意。他开始疯狂地报复，千般掊敛，万般搜刮，惹得江淮怨声载道。敬宗一上台，第一个拿他祭刀，很果断地罢了他的盐铁转运使。完了，大意失荆州了！这一罢，财路要斩绝了。赶紧公关。宦官王守澄进入了他的视野。据说这个王守澄能耐通天，连皇上废立都敢办，区区一个盐铁转运使应该没话说。王播也够大方，一出手便是10万贯，一次性送礼送到位。这王守澄，来路不明，生年、双亲、籍贯，满朝上下，无人知晓。唯一听说的，他有个堂弟，叫王建，写过不少宫廷诗，"秘殿清斋刻漏长，紫微宫女夜焚香""灯前飞入玉阶虫，未卧常闻半夜钟""教遍宫娥唱遍词，暗中头白没人知"，这些文字谙熟宫里情形，应该都是宦官哥哥透露出来的。王播正焦急发愁，正琢磨王守澄到底靠不靠谱时，朝廷来信了。敬宗说，这顶盐铁转运使的帽子你暂且戴着吧。

皇帝们也有爱好，比如广积财物。德宗、宪宗喜欢，穆宗、敬宗、文宗更喜欢。上有所好，下必甚焉。羡余之法王锷已成功实践。到了王播这儿，版本一下子升级了。宝历元年（825）七月，王播进绢100万匹；十二月，绫绢50万匹。大和元年（827）五月，绫绢43万匹，银槛200枚，银盖碗100枚，散碗2000枚。李鄘当年进献的是府库所藏，是关乎国家安危的急需物资。而王播所进纯属媚上，每一件贡品都湿漉漉地蘸满了百姓的怨恨。在王播的内心深处，还有一个挥之不去的暗疾——龙舟赛，杜亚那场豪华的龙舟赛。宝历元年（825），他终于逮到机会了。朝廷传出话来，说敬宗要造船，造20艘体面的竞渡船。他兴奋坏了，趴在地上长跪领命。在淮南，他已经待了三四年。这三四年里，州县一直干旱，可他不在意。他时刻在意的只有龙舟赛，无论如何，在气场上一定要胜过杜亚。

王播治下，淮南百姓的日子越发困苦。长庆二年（822）十月，穆宗下诏，要王播拿出官米以半价出售，去救济那些面色苍白的饥民。可两个月后，在和州的乌江县，还是出了岔子——为了争夺官米，民众杀了县令。在扬州城内，王播准备新开官河，这本是善举，可足足19里长，所有工役料度全由百姓提供，他的府衙竟一毛不拔。许浑等文人对这件事还一个劲地写诗吹捧，将王播比喻成罕见的甘棠。王播的自我感觉更不用说，那是好上加好。少时在木兰院，他一听到钟响便跑进饭堂里蹭食，寺僧们嫌弃他，约定饭后再敲钟。他在墙上愤然留言："上堂已了各西东，惭愧阇黎饭后钟。"入主淮南后，再访木兰院，这两句话已被悄悄地挡了起来。他续了下文："二十年来尘扑面，如今始得碧纱笼。"这个段子流传很广。后世的苏东坡实在看不下去，"斋厨养若人，无益只遗患"，对他为害百姓的种种罪状一批到底。

大和元年（827）六月，带着不修名节，带着奸邪躁进，带着一箩筐的江淮唾骂，王播返回长安，继续做他的宰相去了。继任者段文昌，与他有着非常相似的人生经历。这个段文昌也是少年孤寒，也是所向不遇。民间有传言，说他捡到一枚铜钱，买了一只瓜，本指望充饥解暑呢，可误入马厩，瓜摔食槽里，跌破了，他被老仆狠狠训斥了一顿后，吓得弃瓜而逃。这落荒的样子，跟少年王播一字不差。又传言，说他曾经落魄荆楚，半醉半醒时，在江陵大街上脱了鞋子洗脚，还冲一个大户人家高声喊话，"我做江陵节度使，必买此宅"。对富贵的渴望，跟王播梦境里的完全一个路数。后来，得李吉甫赏识，他不断升迁，官至中书侍郎、同平章事。这岗位，跟王播的也是一模一样。而今，任淮南节度使，外迁的轨迹仍循着王播。段文昌的私生活异常奢侈，妓女、歌童、佩饰、玩好，无所不有。他自己的评语是："常恨少贫太甚，聊以自慰。"不过，他为政还行，比起王播来，没怎么祸害江淮。仅两年多时间，他便离开扬州，移镇荆南，到江陵，到他放声喊话的那个地方去了。

大和四年（830）三月，眼巴巴的淮南终于迎来了一个好官。他是不避权贵的御史中丞，是统领兵刑工三部的实力要员，是惩治骄横乱法的鄜坊节度使。与段文昌截然不同，他严毅、忠厚、谦让，对声色犬马毫无兴趣。他叫崔从。虽也年少穷苦，甚至一度断了口粮，但气节与坚贞始终如初。他来到淮南，认认真真地做了两件事。一件对下属的。加俸帛，每人都加，接连好几次。一件对商民的。买卖牲畜所征收的口算钱，交易资产和奴婢所抽取的贯率钱，一概免除。他与韦元甫有不少共性，都当过尚书右丞，在淮南都有不错的口碑，尤其重要的是，都卒于扬州任所。大和六年（832）十一月，他去世以后，部属们伤痛欲绝，纷纷割股以祭。得人心如此，足可瞑目了。

十

大唐科考，在极短的时间内，出现了两次惊人相似的情节。贞元二十一年（805），进士及第29人，牛僧孺和李宗闵位列其中。3年后，宪宗推出贤良方正科，登科11人，牛僧孺和李宗闵再一次位列其中。一个学霸加另一个学霸，以顶尖才华，以快慢一致的步子，共赴朝堂。从此，他们的一举一动，对李唐天下，对万千百姓，产生了剧烈震荡。一起入伙的还有杨嗣复，还有杨虞卿。在长安城里，牛僧孺和杨嗣复住新昌坊，李宗闵住静安坊，杨虞卿住靖恭坊。新昌和靖恭隔路相望，静安稍远些。他们几个人常常私下碰头，聚议的地点不是官署，不是酒楼，而是杨虞卿的家宅，更准确些，是家宅南边的小亭子里。当时长安的街面上流行两句话，一句是"太牢笔，少牢口，南北东西何处走"，一句是"门生故吏，非牛即李"。"太牢"指牛僧孺，"少牢"指杨虞卿，"李"即李宗闵。他们把持朝政，互相援引，执掌贡举，广纳财货，是一个高智商的贪腐帮派。

大和五年（831），吐蕃向唐廷派遣使臣，企望罢兵修好。吐蕃与大唐之间，战战和和纠结了100多年。本属唐地的维州，思乡良久，趁此机会，那里的将士们也想开城归附。这维州，要还是不要，大唐内部起了争执。西川节度使李德裕主张收复，毕竟是桥头堡，毕竟是战略孔道。对李德裕的父亲李吉甫，牛僧孺和李宗闵向来看不顺眼，应贤良方正科那年，他们就曾狠狠怼过。维州事小，政敌事大。牛僧孺的意见是，维州要不得，那些降将们一个不留，把他们统统赶回去。吐蕃大军正黑压压一片守在边境，他们一口气，将赶回去的男女老幼杀了300多人，有些小婴孩直接被顶在枪槊上了。文宗后悔极了。牛僧孺却头一昂，满不在乎。某日，文宗问宰相们："天下何时当太平？"牛僧孺回答："太平无象，今四夷不至交侵，百姓不至流散，虽非至治，亦谓小康。陛下若别求太平，非臣等所及。"听听，什么话，这怼的可是当朝皇帝啊！宦官在内，藩镇在外，这天下早就乱透了，千里白骨，一片哀号，大言不惭的牛僧孺，竟还自诩为小康！怼完，他又轻声补了句："主上责望如此，吾曹岂得久居此地乎？"文宗一想，既然不愿干，那好，淮南正缺人，你去。

大和六年（832）十二月，不可一世的牛僧孺朝扬州缓慢进发了。淮南的府衙里，上上下下都听过这位牛大人，他姓牛，办事风格更牛。入宰之前，他是个不折不扣的大演员。韩公武重金贿赂他，他不接受，多清廉；李直臣坐赃当死，他不宽恕，多讲原则；与人相处，他从不疾言厉色，多么和蔼可亲。然而，一旦位登台辅，他就立刻改写剧本了，不但自己猖狂，还领着一群小跟班的一块猖狂。这回外派扬州，他也明白，耗耗日子罢了。身居相位，都没干过什么正事，偶尔来到地方，自然也是能玩一天算一天。但别忘了，牛大人曾是学霸，跟常人比，即使玩，他也会玩出新花样来。他有一个嗜好，收藏石头。以甲乙丙丁给石头评定等级，太湖为上，罗浮次之，天竺又次之，其余的都是下品。在扬州城里，他一门心思罗致怪石，装满船，一趟趟运往洛阳。他的房产有两套。一套前文说的，在长安新昌坊，还有一套在洛阳，在定鼎门街东面。这洛阳的宅子馆宇清华，风光幽邃，是一座用怪石垒起来的大园林。除了玩石头，镇守淮南的这6年时间里，他做过哪些有利于百姓的好事，还真没听说。

26岁中进士的杜牧入幕淮南时，恰好30出头，他在牛僧孺手下当差，职务是掌书记。杜牧这年龄，在事业上正处于微妙的关键期。谨言慎行，必定前途无量。可要是放纵了，也有可能会误入歧途。杜牧是杜佑的孙子，他来到淮南是相当有底气的。这偌大的城池，这广袤的州县，祖上都曾管过，而且管了15年。他恃才、酗酒、好色，文人的标签，每一条都很清晰。牛僧孺喜欢石头，而他喜欢妓舍，一到晚上，便偷偷摸摸地独自出门。府衙里的武官夜巡时，不好意思靠近，常远远地盯着。牛僧孺从不禁止，对他睁一只眼，闭一只眼。某年某月某时辰，逛了某地方，这样的榜子在牛僧孺的案桌旁装了一大箱。榜子类似于小纸条，非表非状，不算正式文书。过了一年多，牛僧孺才委婉地提醒杜牧，说若有喜欢的，可以带回来，别总是夜里乱跑。前任崔从对属下的生活也很关心。牛大人这做法，是关心呢，还是历练呢？杜牧当然感恩，男人能得到这样的庇护，知己中的知己啊。他的诗里，有"谁家唱水调，明月满扬州"，有"骏马宜闲出，千金好暗游"，全是繁华，全是愉悦，与牛大人的心境一脉相承。而那几年，淮南民众所看到的是如下情形：大和七年（833）十月，洪灾，庄稼尽毁。大和八年（834）三月，扬州城内火灾，焚屋上千；十月，再发火灾，焚屋数千；十一月，滁州山洪，漂溺13800户。大和九年（835）三月，饥荒，瘟疫蔓延。这些时刻，这些百姓们遭难的时刻，高高在上的牛大人仍在玩石头。偶尔有奏报呈来，尽是些无聊的榜子，没一件关乎民情。

十一

开成二年（837）五月，牛僧孺北归。他最不爽的那个人李德裕，接任了淮南节度使。无论别人爽与不爽，才气、底线、担当，这些基因，父亲的优秀基因，李德裕都完美承袭了，而且每一项都在牛僧孺之上。受父亲熏陶，李德裕少存宏志，苦心力学，20岁那年就当上了校书郎。别看区区九品，牛僧孺的恩师、翰林学士白居易过了30岁才领得此官。不少显赫人物，比如张九龄、颜真卿、柳公权，他们的仕途也都是从校书郎起步的。穆宗即位以后，朝廷的各种号令典策大多出自李德裕之手，可以说，在那个时代，李德裕是绝顶的笔杆子。长庆二年（822），李德裕被任命为浙西观察使，其后不久，牛僧孺很快拜相。作为牛党的头号敌人，李德裕在浙西果然被死死困住了，他一待，便是8年。虽然升迁无望，但才识过人的李德裕毫不沮丧。既来之，则安之。浙西旧俗害民，巫祝和鬼怪到处喧闹鼎沸。李德裕下定决心，不管是谁，晓之以理，动之以情，绳之以法，誓要还百姓一片清朗。祠庙1016座，在他的强势监工下，被一一拆除了。那些妖言和把戏无处躲藏，无处惑众，纷纷丢了栖所。另外还听说，敬宗曾命他上贡银蓋子妆具20件，他一算，需要银13000两、金130两，他果断拒绝了。敬宗又命他上贡缭绫1000匹，他又一次果断拒绝了。换作王锷或王播，遇到这等好事，定然要哈哈笑醒了。

成天琢磨石头的牛僧孺，偶尔琢磨起人来也有些偏才，他点的全是死穴。李德裕已到任淮南，得编个新闻，得坏坏他的名声。既然，你有底线，你有坚守，李郦的事大家还记得，那就再来一次宦官荐相。故事梗概是这样的：宦官杨钦义监军淮南，小道消息说，他将要回京，将要做枢密使，中枢机密以后都握在他手上。李德裕一听，在中堂请他喝酒，单请他一人。床榻里边，提前摆放了许多宝器图画，都是当代罕见的。酒后，一件不剩，悉数相赠。可这杨钦义还没抵达京城呢，又接到诏令，上头发话，要他继续监军淮南。他拎着宝器图画想退回来，李德裕一笑，仍旧悉数相赠。杨钦义感激涕零，连连作揖。后来，这姓杨的果真做了枢密使，他提的许多建议，武宗都一一采纳了。牛僧孺很清楚，舆论战嘛，这故事本身的真与假，没人会考究，只要传言能散播出去，便大功告成了。哪一天，你若回朝，我们只关注一点，肩膀上担的有没有宰相之职。若有，没名节，在李郦之下，遭世人唾骂。若无，那是最好，朝堂里的声音依旧我们最大。

开成五年（840）七月，李德裕还朝。九月，任门下侍郎、同平章事。他再一次荣登相位。牛派的李翱不挟党见，对李德裕父子作出了公允的评价，他说，"吉甫、德裕皆自扬州节度再入为相"，"吉甫以忠明博达事宪宗，德裕以清直无党事文宗"，说他们父子二人都是国朝的栋梁。的确，李德裕功业彪炳，刚直无私，不少负面新闻都是为他量身定做的。7年前，朝廷就曾点评过，而且是书面的，说他茂有声绩，是个全才。30多年来，官场上风波迭起，忧患丛生，而他，一直守着内心，守着法度，孤忠亮节，尽瘁国事。

自穆宗起，在政坛和文坛上开始流传"三俊"的说法。说有三个人，同在禁署，俱携文采，在情意方面还异常投合。他们是李德裕、元稹、李绅。维州事件那年，元稹已经去世。原先三俊，如今只剩下两俊了。事亦凑巧，接任李德裕来淮南的正是李绅。这一接，故事拉长了，他俩的命运在几年后发生了彻底改变。

李绅长得短小精悍，外号"短李"。160年前，他的祖上李敬玄曾做过扬州大都督府长史，履职将近3年，最后卒于任所。他6岁那年，父亲早亡，他之所以能够成人成才，全靠母亲卢氏一手拉扯。他的《悯农》，他的"四海无闲田，农夫犹饿死"，他的"谁知盘中餐，粒粒皆辛苦"，天下孩童都能朗朗地背诵出来。元和初年，他进士及第，被浙西观察使李锜辟为掌书记。李锜这个人，行为专恣，阴有异图，为了拿他，宪宗布了个局，一道召令，调他入朝。他不肯走，让李绅执笔，要求留在浙西。李绅太有性格了，涂鸦可以，这逆上的文字绝对不写。李锜怒骂："何敢尔，不畏死耶？"李绅回答："生平未尝见金革，今得死为幸！"刀架脖子上，依旧不写。这就是李绅，正直，大义，体念百姓，不惧强权。

李绅抵扬后，舆论漩涡天天裹着他。造谣、诽谤、抹黑，能用的手段，牛党全用了。从开成五年（840）至会昌二年（842），从会昌四年（844）至会昌六年（846），李绅两次入主淮南。中间的一段空隙，他短暂回过长安，和李德裕一起，同为宰相，共辅国政。在长安和淮南之间，李绅来去自由，风光无限。这还了得，牛党气炸了。虚构的舆情非常多，且列4条。其一，凭貌取人。说有一曹官到任，外表颇似李绅。李绅一看，不自在，对他说："着青把笏，也请料钱。睹此形骸，足可伤叹！"李绅个矮，明显借短戳短。其二，宗叔为孙。李绅早年常寄李元将檐下，每次过去，都以叔相待。荣达之后，李元将称他为侄为弟，他都不高兴。最后没辙，李元将只好自甘为孙。这要是在宗法上，得剜心剖肺的。其三，随意书判。一宿将有过，请罚。李绅说："臭老兵，倚恃年老，而刑不加。若在军门，一百也决。"抡起樾木条，狠狠笞打了一番。说他办差惊神破胆，不循律条。其四，草菅人命。士子们投诉，说摆渡人要价太高，若不能渡，这科考大事恐怕要被耽误了。李绅回复："昔在风尘，曾遭此辈，今之多幸，得以相逢，合抛付扬子江。"沉江处死是酷虐，底层老百姓定然不会同意的。这一长串所谓的案例，牛党辛苦了，光是剧本便动了大脑筋吧？而李绅呢，坦坦荡荡，他对牛党人物从不记恨，从不报复。比如牛党的张又新曾经构陷过李绅，还亲自提笔写过贬谪制文。最近，他在水边遇到了风浪，俩孩子都被卷走了。李绅听闻，不计前嫌，倾力相助。张又新惊呆了，如此以德报怨，如此与人为善，跟圈子里那些成天诋毁的，真是有很大差别。

惯用的伎俩像一团团蚁穴，在李绅这座大堤上不断扩巢，不断掏空。李绅当然明白，日子一久，保不准要出事的。但此刻，牛僧孺和李宗闵一个贬循州，一个流封州，若有风暴，也不会说来就来吧。李绅大意了，那个白敏中，牛党新秀白敏中，他还在朝里呢，他现在的职务是兵部侍郎，3年后，吴湘案再审时，已成了实权宰相。吴湘案是白敏中铸的一把铁锤，锤子一落，李绅死不安稳，李德裕的政治生涯也就此停摆。案件的由来是这样的：会昌四年（844），吴湘在李绅治下的江都县任县尉，他犯了两宗罪，一是贪赃，二是娶民女为妻。经过审理，关于贪赃，事实清楚，证据确凿。关于婚姻，唐律中明文规定，地方官员不得娶所部民女为妻，也是事实清楚，证据确凿。结论是，吴湘当杀。可麻烦来了，朝中有人嘀咕，说李德裕憎恨吴氏，他与李绅上下勾连，编织了吴湘的罪状。武宗派出监察御史到扬州复查。新的结论是，贪赃没错，可吴湘的老丈人在青州做过衙推，虽官不大，但并非普通百姓，这桩婚姻合理合法。监察御史一手托两边，典型的中庸之道。吴湘案就这么结了。可 3 年之后新的麻烦又出现了。白敏中指使吴湘亲属，要他们进状鸣冤。在白敏中的威逼利诱下，当初的监察御史也改了口，说吴湘罪不至死。这是最后的结论。新皇帝宣宗对前朝重臣，尤其是李德裕，向来畏忌，终于等到机会，终于可以痛下杀手了。立刻，贬李德裕为潮州司马，已经去世的李绅追削三官，子孙永不得入仕。

由潮州进而更远的崖州，李德裕一路被贬。"独上江亭望帝京，飞鸟犹是半年程"，在一片悲咽的情绪下，大中三年（849）十二月十日，李德裕绝命南疆，时年 63 岁。临死前，他一定在想两件事：第一件，这白敏中可是我亲手提拔的，他能当上翰林学士，我可是主荐人；第二件，这牛派的杨嗣复和李珏，他们出事那阵子我还三次上表，三次极力营救呢。李德裕是堂堂正人君子，牛党的种种算计，他自然是想不明白的。李绅去世得早，比李德裕早 4 年。他临死前肯定没料到，牛党的大旗竟被这个白敏中又一次高高地举了起来。他在弥留之际，只朦朦胧胧地意识到，自己将要跟先祖、将要跟李敬玄一样，在这扬州任上，在这淮南的府衙里，驾鹤西去了。

十二

唐代的淮南节度使两度赴职的有两人，一个李绅，一个杜悰。会昌二年（842）二月十二日，李绅中途回京，杜悰接任。会昌四年（844），杜悰归朝后，淮南这岗位又还给了李绅。现在来谈谈杜悰。他是杜佑的孙子、杜牧的堂兄。杜牧父亲从郁，排行老三；他父亲式方，排行老二。杜佑去世那一年，他已经 18 岁，而杜牧才 9 岁。刚刚过完 20 岁生日，他便娶了岐阳公主，那可是宪宗最疼爱的女儿。驸马爷的官运没话讲，京兆尹、节度使、工部尚书，一路绿灯。出镇淮南前，他是户部尚书兼判度支，全国的民政和财政都听他的。一年到头，他的爱好就两个，一是吃，每日得5顿，夜宵是必须的。二是睡，吃饱便睡，呼呼大睡。派他来淮南，朝廷寄予了厚望，制文是这么写的：

朕以《禹贡》九州，淮海为大，幅员八郡，井赋甚殷，分阃权雄，列镇罕比。通彼漕运，京师赖之。自江以南，近闻岁歉，黎民稍困，流庸是虞。思得慈惠之师，以行恻隐之德，黄霸在位，朕无忧焉。汝为司空，兼持邦宪，慎乃出令，以临其人。务遵训诫，勉弘休绩。

淮南所辖，起初有13州，后来调整为8州。淮南节度使的办公地在8个州的首府扬州。扬州的经济地位，都城而外，全国排名第一。制文写得挺明白，淮南节度使这岗位很关键，杜悰你过去，上要分朕忧，下要解民困，不能只做饭桶布袋。杜悰领旨赴扬，刚到任没几天，还真做出了成绩，而且是他一生当中最大的成绩。情况是这样的：武宗准备选拔倡女，传令给扬州监军，要他在淮南物色10余人。监军找到杜悰，请他一同推荐。杜悰嫌烦，一摆手，回掉了。原话是："监军自承旨，悰不奉诏书，不可擅预椒房事。"椒房就是椒房殿，后妃们居住的地方。虽懒政，他这辩才，还行。监军大怒，上疏告状。武宗说："藩方取妓女入宫掖，非禹汤所为，岂宜诏大臣？杜悰累朝旧德，深得大体。"还把他比作魏征，说他有宰相之才。就这么一桩小事，一桩不作为的小事，给杜悰杜大人带来了无限美誉。他在扬州只信奉一条——不干活，便是最好的活。案牍堆积如山，他从不过问，衙署里的一切，跟着他一起，全冬眠了，全凝固了。其能力，其风貌，比杜亚还要差好几个台阶。但武宗欣赏他，武宗常常念叨："他若像魏征，我像太宗吗？"会昌四年（844）七月，武宗一道加急，催他返京，给他的职务是尚书右仆射、同中书门下平章事，也就是赫赫相位。可草包终究是草包，他实在庸碌不堪。第二年五月，缓过神来的武宗又是一道急令，匆匆罢了他的相位。

杜悰第二次到淮南，是在8年以后。大中六年（852）五月，由西川节度使转任。走水路来的。当时的三峡水路非常难走，常常船毁人亡。他的上千艘官船竟无一损坏，无一涉险，运气出奇地好。关于这段旅程，他后来回忆道："平生不称意有三，其一为澧州刺史，其二贬司农卿，其三自西川移镇广陵，舟次瞿塘，为骇浪所惊，左右呼唤不至，渴甚，自泼汤茶吃也。"为澧州刺史，怨其路远。贬司农卿，受了点处分。自泼汤茶，没人贴身伺候，累着了。杜悰还是那个杜悰，无论过去多少年，他的生活作风都不会有丝毫改变。到了淮南，时值大旱，饥民们跳进漕河里，将遗落的碎米一粒粒过滤出来。还有的跳进池塘沼泽里，将那涩嘴难咽的茭蒲一丛丛拔出来，一口口生吃下去。杜悰一边上表，说看见了圣米，看见了祥瑞，一边在府衙里头，大肆宴饮，将狱囚数百人，将落满灰尘的公文统统扔到了一旁。宣宗一声叹息，于大中九年（855）一封调令，让他去了洛阳。新职务是太子太傅，名位虽高，但没有实权。他也不在乎，哪儿都一样，换个餐桌、换个卧床而已。他这一辈子，历经六朝皇帝，最顶级的官位全做了，最荣耀的衔号全拿了。没心没肺，终日吃喝，居然活到了80岁。80岁啊，那个年头非常罕见的长寿翁。时人讥讽他，说他是秃角犀。中国古代产犀，要么双角，要么独角，秃秃的是什么呢？丑拙的笨牛还是粗壮的肥猪？他毫不介意，仍旧我行我素。

杜悰两次入主淮南，当中隔的8年除李绅来过，还有3人，李让夷、崔郸、李珏。这几个人，都当过宰相，都有不一般的人生履历。李绅之后，李让夷接班。此人不妄交游，俭约自奉，在当世颇有清誉。但身体不好，跟卫次公很像，一年左右便因疾请还了。结局也一样，卒于道中。崔郸为政果敢，反对迷信，在处事风格上很接近李绅。他在扬州前后两年，是第三位于任内去世的。李珏的故事要丰沛些。他幼年丧父，对母亲非常孝顺。登科后，官至右拾遗。拾遗这职位，门下省的叫左拾遗，中书省的叫右拾遗。品秩虽不高，但负责谏诤和举荐，能参加早朝，是皇帝的近臣。杜甫四十六七岁时，曾担任过左拾遗，那段时光，是杜甫一生当中最称心如意的。长庆元年（821），王播要增收茶税，李珏站了出来。他上谏穆宗："陛下初即位，诏惩聚敛，今反增茶税，必失人心。"穆宗没搭理他，还一个外派，将他撵出了京城。说来也巧，他被牛僧孺看中了，辟为掌书记。在牛党的不断加持下，他一路猛进，最终做了宰相。武宗登台后，他差点被杀，幸亏有李德裕的多次营救。论人品，他是牛党里头少见的刚正清流。入职淮南以后，他的表现也是可圈可点。面对灾民，他不仅打开官仓，连驻军的余粮也是半价出售。属下建议他最好更换一间寝室，说前面有三任，都是终老于此，不是很吉利。他断然否决："上命我守扬州，是实正寝，若何去之？"在生命的最后一刻，他依旧兢兢业业，谈酒税，谈神策军，谈奏报的公文，一句家事都没提。大中六年（852）五月十六日，他病逝以后，广大淮南民众主动出钱出力，为他树立丰碑。距上一次立碑，杜佑的写真图，已经过去了 50 多年。

十三

　　唐朝的婚姻法较前代有了显著进步。为了防止强娶民女，律法规定，本辖区内，官民不得通婚，这在吴湘案里提过。唐人身份，上贵、中良、下贱。贵贱之间，良贱之间，都不能结亲。文武重臣们连同他们的晚辈，娶谁，嫁谁，这里面大有讲究。豪门望族的婚姻若借力得当，对官运，对财运，都会大有帮助。郭子仪孙女嫁宪宗，李郦女嫁杨虞卿，杜悰娶岐阳公主，这些都是交易，跟爱情没多大关系。李珏儿子李谱的终身大事也必须门当户对。选来选去，最后敲定的是崔铉的女儿。崔铉何人？他是牛党的重要成员，他曾与白敏中一起，不遗余力地倾陷李德裕。大中九年（855）八月，宣宗在太液亭亲自赋诗设宴，为崔铉饯行。正是这个崔铉，从半道上接替了杜悰。淮南的官员们听说他要来，翘首以盼，还临时排练了舞蹈。舞名"来苏"，出于《孟子》，意为解救民困。崔铉的人品虽不高，但在为官方面，比起杜悰来要强十倍百倍。他的做法很明了，一是立下规矩，二是严格执行。任内 8 年，就这么两条法宝。还别说，大道至简，的确管用，流离的百姓们，一户一户，逐渐安定了下来。

　　法令一设，照办便是。经崔铉这么一整顿，很快，淮南物阜民康，军府晏然。政务极少的崔铉累月无事，成了个闲人。他每天闷得慌，唯一的消遣是坐在大堂底下，携夫人一起看看戏，听听曲。卷帘当中的乐人，男扮女装的家童，夸张滑稽的模仿秀，每一个节目他们都中意，都笑得前俯后仰。然而，危机，叛乱的危机，正在一步步逼近。大中十二年（858），这个原本寻常的年份，忽然间，全天下躁动了起来。四月，岭南军乱；五月，湖南军乱；六月，江西军乱；七月，宣州军乱。这四月到六月的不在淮南，与崔铉无关。最后七月的在宣州，从地界上来讲，那里也不属于淮南，也与崔铉无关。但事有碰巧，宣州的观察使，一路逃跑，跑到了扬州。这可麻烦了。清闲的淮南节度使一夜之间多了份新职务——宣歙池等州观察处置使。名称很长，意思就是一个，要你去平叛，去稳定局面。没工夫看戏听曲了，铠甲一穿，上阵作战。耗时数十日，崔铉将乱党400余人全部斩杀。搞定以后，这份握有兵权的兼职，在第一时间被宣宗免去了。宣宗内心，颤颤抖抖的一点儿底气都没有。崔铉虽是可信之人，太液亭里还亲自践别呢，但朝中的宰相们大多愚钝低能，个个只会惹事，只会出些馊主意，把这份职务果断解除了，耳边也就清静了。

咸通三年（862），崔铉移镇别处。他的老朋友令狐绹自宣武来到淮南。令狐绹的父亲是才思俊丽的令狐楚，他们父子二人都当过宰相。令狐绹也是牛党成员，李德裕被贬为崖州司户那篇极意丑诋的制书，就是由他一手草拟的。他纵子为非，混乱朝典，在辅政期间，谈不上有任何建树。到了淮南，他也遇到了军事危机，而且比崔铉的更大、更凶险。咸通九年（868）九月，桂州戍卒起义，首领庞勋率部北归。他们攻占了徐州，斩杀了节度使，还一鼓作气拿下了淮南的滁、和、楚、寿4州。令狐绹这个人，动动歪脑筋还行，真要让他驰骋沙场，真要让他砍砍杀杀，绝对是只小乌龟。没办法，次年二月，朝廷火线提拔，将他手底下的武官马举提升为淮南行营招讨使。四月，马举临阵斩子，用铁一般的纪律解除了泗州之围。六月，攻下招义、定远等县。九月，一路追击，干掉了庞勋。十月，肃清残党。战事一了，人事工作紧接着开始了。朝廷认为，在关键时刻，柔弱的文官没一个能顶上用处。目前这淮南，群狼环伺，兵祸连连，不依靠实力武将，定然守不住。人选现成的，马举。可他没中过进士，没当过宰相，甚至连皇宫长什么样子都没见过。那又何妨？安抚民心，威慑贼胆，权宜之计罢了。至于令狐绹，参照杜悰，调去洛阳，改任太子太保吧。

十四

在全部淮南节度使里，马举的身份是最低微的。他不懂政治，不懂谋略，缺少庇护，缺少后台。跟他有关的传言，要么兵法，要么铁椎，都是莽夫干的活。朝廷一腾出手来，自然是要换人的。根据以往惯例，这新节度使还得考虑圈内人。李蔚进入了候选。他的简历很符合正统思路。长期在尚书省工作，在这个中央执行机构里担任要职。他还做过宰相，兼中书侍郎，负责制定高层决策。入主淮南以前，他跟令狐绹一样，也是宣武节度使，藩镇供职的经验也齐备了。咸通十一年（870）十一月，朝廷下诏任命。第二年年初，他抵达扬州。

李蔚在扬州期间，留下了一大堆佳话。列举4例：其一，他好郊游。南朝的风亭月榭早已残破荒凉，他在玉钩斜道附近新辟了池沼，重修了亭台，人们一到春天，又可以结伴踏青了。其二，他重情义。某个休息日，他携酒访友，可对方不在，他只好自斟自饮。中途，对方归来，他把酒席抬到戟门外，用杨柳枝负荆请罪。其三，他好文艺。曾听芦笙演奏，那宽闲的情思，那天际的清音，把他带入了仙境。他随口赠诗："虚心纤质雁衔余，凤吹龙吟定不如。"这句子，确实文采斐然。其四，他有雅量。手下卢澄想替一名舞伎解籍，也就是从良。他不同意。卢澄大怒，出言不逊，还找来彩具，要赌上一把。他不但不发脾气，还笑呵呵地耐心做陪。这些段子，都是民间笔记，都是饭后小说。其实在扬州，李蔚每一天的主要精力仍旧是放在政务上。他接手的淮南，刚被庞勋狠狠糟蹋过，满目疮痍，四野荒芜。他"补缀颓毁，整葺坏纲，功无虚日"，以至于将要离任，百姓们跪成一片，希望他能够留下来，能够多待些日子。原计划咸通十四年（873）还朝的，被民意牢牢拽住了，直到一年后，才获北归。淮南历史上，因深得人心而延长任期的，除了崔圆，便是李蔚。

乾符元年（874）十月，新使刘邺由长安启程了。来扬州之前，刘邺的头衔，着实吓人。宰相兼度支，掌管全国财务；诸道盐铁转运使，手握天下命门；尚书左仆射，典领朝堂百官；门下侍郎，审议最高政令。可他有个硬伤，"用敕代榜，由官入名"，说直白些，没中过科举，缺少出身。他之所以能够成功，追根溯源，得感谢一个人——李德裕。刘邺的父亲曾在李德裕手下当差。那时的刘邺才六七岁，他常跑到大人们面前蹦蹦跳跳，吟诗作赋。李德裕很喜欢他，视如己出，亲自陪读。李德裕后来当了宰相，将他们父子二人一同带到了京城。凭借李德裕的威望，还有父亲慢慢积累起来的朝中人脉，他从左拾遗干起，经翰林学士、中书舍人、户部侍郎，最终升到了宰相。在他心里头，李德裕是最原始、最闪耀的光芒，既照亮了父亲，也照亮了自己。必须找个机会，必须叩首施礼。可李公在崖州已经去世多年，时至今日，仍旧孤子一人，仍旧独悬海外。他上疏僖宗，请求运还遗枢，言辞恳切，读者动容。僖宗不仅同意了，还外加了两条：复为太子少保、卫国公，赠授尚书左仆射。流死异乡的李德裕，这位中唐第一等人物，此时终于可以瞑目了。

临行淮南前，刘邺到内殿谢恩。他对僖宗说："霖雨无功，深愧代天之用；烟霄失路，未知归骨之期。"僖宗听后，落泪哀叹，异常伤心。登基一年多的僖宗，现在仍是个孩子，虚13岁的孩子。他的耳边每天重复听到的只有两种故事。一种宫内的。打顺宗开始，传到自己，这短短70年里，宦官的一句话曾废立过多少皇帝？一种宫外的。这节度使们由谁节制，由谁调度？是不是都要扭过头来，想节制长安，想调度长安？整个唐朝，他是年龄最小的皇帝，很多事他想不明白，也不敢去想。他只能从内心深处望着刘邺的背影，涌起一丝丝无奈。对于即将赴任的淮南，刘邺并不陌生，他曾在那里，跟着父亲，跟着李德裕，一起愉快地玩耍过。到了淮南，他一干便是6年，但这6年当中他具体做了些什么，史无详载。6年后，奉僖宗诏令，他重返京城。可在京城里头还没待上几天，他便在拒绝投降的悲歌中，让黄巢军卒给团团围住，给草草击杀了。"曾是江波垂钓人"，当年的这份诗意，已化作一滴水珠，掉进了流动的尘土里。

十五

大庾岭，120多年前，永王在那里中矢被杀。那一刻，它像一扇门，关闭了一个时代，又打开了一个时代。门里门外，风烟散尽后，临危受命的高适，终于可以在扬州安安稳稳地登上淮南的舞台了。乾符六年（879）九月，120多年后，这大庾岭的门轴嘎吱一声，再一次突然转动了起来。黄巢，是黄巢的军队，由广州而来，正经此地，大举北进。不祥、恐惧、慌张，宫里的僖宗吓出了一身冷汗。

高骈接到了指示。僖宗命令他马上出发，火速驰往淮南。高骈与高适一样，也姓高，在淮南节度使这个岗位上，也是受任于危难。不同之处是，高适满身文气，不懂带兵，不懂打仗，而他，弓刀骑射，样样精通，曾立下过许多赫赫战功。朝廷清楚得很，大敌当前，唯有武将才能力挽狂澜。高骈是绝佳人选。党项、吐蕃、南诏，那些累年边患，别人根除不了的，他一出马，个个服服帖帖。而且他在浙西，隔江便到，是保卫淮南的最近力量。高骈用实际行动表明了对中央决策的坚定支持。抵扬后，他立即开展工作，主要做了3件事。第一件，上贡。他的掌书记高丽人崔致远，在状文中记录了大量贡品，有绫、有绢、有锦，有金器、有银器、有漆器，甚至还有成品的御衣。第二件，备战。硬件方面，自陈少游以来，时隔百年，头一次大规模修缮扬州城郭。军旅方面，全力招募新兵，很快聚集了7万人。第三件，抚民。当时不少人得了麻风病，一种慢性传染病，这病，在唐代，属于绝症。他找来民间偏方，在福田院里做临床试验，医治的效果十分明显，没几天，疫情就被控制住了。

这段时间里，高骈认识了吕用之，一个热衷于坑蒙拐骗的江湖术士。吕用之是鄱阳人，年少时沦为孤儿，因犯盗窃罪，亡命上了九华山。在山里，他结交了几位方士，学了些差神役鬼的本领。他常来扬州，一边贩卖药材，一边表演法术。高骈这个人有一特点，厌佛恶僧。以前镇蜀时，在开元寺，在教化寺，他对那儿的信徒们，要么鞭笞，要么驱逐，没给过好脸色。他唯一感兴趣的是道术，是神仙，与吕用之的套路不谋而合。就这样，吕用之这个奸佞小人摇身一变，成了高骈的首席师爷。

再来说说黄巢。他可没闲着，麾下的15万大军已逼近扬州。朝廷判断，依高骈的性格，结合他抵扬后的表现，他一定会果断出兵，一定能在最短的时间内荡平贼寇。朝廷正屏息等待，等待这位履历完美的沙场宿将再一次上奏捷报。可高骈他纹丝不动，睡着了似的，一将一卒也没有调动。黄巢长驱直入，旅游一般，快要剑指中原了。举国傻懵了，如此打法，是兵家的哪一条？高骈沉默的后果，在瞬间炸开了。洛阳沦陷了。紧接着，驻扎了10万唐军的潼关也被攻破了。连安禄山估计都不可能想到，124年后，潼关会再度失守。长安跟着沦陷了。刚刚退朝的僖宗，急急忙忙往西川方向惊慌逃去了。对，跟玄宗外逃的情节包括目的地，一模一样。朝廷追责的文书很快拟好了。高骈的两项重要职务随即被罢免。一是诸道行营都统。当初设都统，淮南是第一个。谁能料到，现在淮南是保住了，可两大京城却丢掉了。二是盐铁转运使。手里攥着国家的经济命脉，到了关键时刻，既不出钱，又不出力，眼睁睁看着大唐将要断气而亡。僖宗这一次是真的发火了。高骈的反应不但没有悔意，没有痛楚，反而在衙署里甩袖大骂。口头骂完，嫌不过瘾，还正式上表，用书面语继续骂。僖宗除了捶胸，除了想起刘邺的那番话，别的什么也做不了。

高骈的逍遥日子越过越带劲了。他将求神弄鬼的道院搬进了自己的府第。道院当中，那迎仙楼，那延和阁，足足有 80 尺高。唐尺虽短些，但这 80 尺换算下来，也得有今天的 20 多米。这些楼阁全用珠玑和金钿装饰，比皇宫里的还要奢华。成群成列的侍女有数百个，霓裳羽衣，和声度曲，那鼎沸的场面，比天庭中的还要热闹。他雕刻木鹤，希望能白日飞升。他炼制丹药，希望能长生不老。近得了他身的，只有吕用之等寥寥数人，而那些淮南的僚佐们，一批接一批，大多被他设计整死了。吕用之作恶多端，纳贿索财、抢夺民女、杖杀百姓，他不去过问。蝗灾来袭，啃食了庄稼、啃食了竹木、啃食了旌旗，他不去过问。雨雪相连，饥荒蔓延，城中尸骸遍地，他不去过问。他有兴致的，无一例外，尽是些荒唐事。比如，有人拍马屁，说他是五色真龙，他相当开心，随口封官。比如，神策军的周兄弟，现任浙西节度使，他瞧不起人家，非要派手下送去一堆微不足道的齑末与葛粉，非要无厘头地胡乱嘲讽一番。

高骈深居道院，从不料理政务，从不倾听民事。跟他有关的词汇，除了走火入魔，还可以用疯癫、昏聩、无聊，最不济的都能用。而此刻，一个比起黄巢来更加恐怖的人物已经在路上。据说，他喜欢掳掠小童，任意烹食。他经过的地方，一定鸟散鱼烂，人烟断绝。看情形，他将要对扬州痛下死手了。吕用之一窥战局，还没血拼一场呢，便麻溜地率先逃跑了。危急关头，高骈的得力干将们也纷纷临阵叛变了，他们还引入重兵，囚禁了高骈。为了活命，为了弄些吃的，高骈把木像烧了，一口口艰难地往下咽。木像吃完后，开始吃人，吃身边的侍女们。寿州刺史和苏州刺史在这个凌乱的时刻也来了，他们或是攻城占地盘，或是围城抢财富，都想趁机捞些好处。局面失控的恶果有两个。一是高骈被杀。连同子弟甥侄，无论长幼，挖一大坑，全埋里头了。二是生灵涂炭。草根、皮囊、革带，这些煮尽了不说，有的妻子为了救丈夫，一狠心，将自己的头颅卖到了肉案上。这样的惨象世所罕见。可战争的大幕才刚刚拉开，对扬州的厮夺，对淮南的劫掠，才刚刚起步。

因为战事，因为瘟疫，扬州的街衢乡野又堆满了累累白骨。隋末唐初，扬州全域人口还不到 10 万。玄宗天宝年间，经过长期休养，达到了极值 46 万。可这以后，兵祸不断，杀戮连连，田神功、王韶、庞勋他们个个跑过来，添柴加火，扬州的户丁一直在低位数徘徊。高骈这一回是最伤元气的。

过了100年，才恢复至20万，过了200年，才恢复至30万。一任任淮南节度使，按照当初的设想，他们串成线能像运河，他们携起手能像长城，要靠他们去沟通南北，去惠泽天下。现在交卷了，各自扭头算算，能打多少分？

千年之后，淮南的孩子们仍旧捧着唐诗，仍旧兴高采烈地大声朗读。他们口中，有黄巢的秋菊，"满城尽带黄金甲"；有高骈的夏日，"楼台倒影入池塘"；有李德裕的愁苦，"不堪肠断思乡处"；还有李绅的悲悯，"锄禾日当午，汗滴禾下土"。可唐诗背后，那一件件默默相守的往事，这些纯真的孩子们又听过多少呢？

孤烟直

一

经过洛阳城的时候，觉得日头尚早，高适没有停留。他一口气向西走了五六里，刚看见临都驿的招幌，刚准备卸下行李，还没站定，还没来得及犹豫，猛地双手一拉，紧了紧背带，继续赶路了。小伙子的脚力果然了得，天黑之前，一阵疾行，猛甩了25里。他是最后一个敲门，最后一个住进甘水驿的。

打洛阳出发，西去长安，临都驿是第一站，甘水驿是第二站。常人日行两驿，路上至少16天。以高适这速度，起码日行三驿，若无意外，顶多10天，就能入潼关、过华阴、溯渭水，抵达朝思暮想的大唐西京了。

上个月，高适归整好书籍和衣衫，独自一人由宋州启程了。本打算走陆路，汴州、郑州、洛阳、长安，走这条线，全程1540里。可雇车租马的费用太过高昂，全凭腿脚的话，又难以消受。最终的选择是，前半段走水路。高适生活的地方离通济渠不远，登舟西游，无车马之颠，无步履之艰，应是一次愉快的旅程。宋州一带的通济渠，多引黄河水，常年携泥带沙，日子一久，便会沉淀淤积，河床越来越浅，水流越来越慢，实际航行的时间也就越来越长。高适有点耐不住性子，从船舱爬到了甲板上，逢人便问："为何朝廷不派员清淤？"虽然能看到近岸的草滩，看到偶尔浮过的沙洲和洲上栖息的白鹭，但船速是均匀的，依旧破浪往前，并未停顿下来。他的心绪实在是过于急迫了。

高适的房间在甘水驿最东头。他拨了拨烛芯，脱下靴袜，挑了三四个水泡。连日来，他发现某种规律，离长安愈近，后半夜的睡眠效果便愈差。身子是累的，腿脚皆酸，但眼睛合不上，怎么都难以起鼾。索性端正地坐着，让烛光把自己的影子投射到窗棂上。这影子，细细看去，无论额头还是嘴角，无论肩膀还是腰板，酷似一个人，一个远在高宗时代就已声名显赫的风云人物。

　　这个人，生擒了突厥的车鼻可汗。那是永徽元年（650）九月的事情，马上快70年了。车鼻可汗本名阿史那斛勃，撩唐之前，在北方雄踞了十几年，因被太宗朝的宿将李靖狠狠揍过，一直乖巧安稳。贞观二十一年（647），也就是永徽元年（650）的前三年，他遣子进贡，还高调宣称，择日要亲身入朝。唐廷积极呼应，命云麾将军出京相迎。和谐的背后，谁能料到隐藏着巨大的阴谋。云麾将军的结局，不但没有带回贵宾，反而把自家性命留在了贵宾刀下。唐廷震怒了。急诏右骁卫郎将，要他出击车鼻，要他雪洗帝国耻辱。这场讨伐战争打到了阿息山，打到了一个在军事地图上从未标记过的地方。右骁卫郎将的答卷让全天下欢呼，不但狂扫车鼻大军，还将车鼻本人一路押送，囚系于京城。经此一战，北边无寇30余年，唐朝在西域与大漠之间的权力真空被一举填满。

　　这个人，两次出兵高丽。两次的战果均辉煌耀世。第一次历时3年左右，以行军总管的身份，与薛仁贵等名将拔城略地，纵横驰骋，实现了平定高丽的目标。要知道，平定高丽是中原王朝几十年来的夙愿，隋炀帝雄心勃勃，失败了，唐太宗自信满满，也失败了。而他和他们凭借忠诚果敢，凭借无缝配合，凭借各种天时地利，成功解决了这一时代难题。第二次在一年以后，高丽发生了武装叛乱，他挂上东州道行军总管的帅旗，秋天破安市城，冬天战白水山，用硬实的刀剑和铿锵的号令稳住了高丽局面。

　　这个人，是高宗一等一的爱将，是大唐军务不可或缺的基石。他叫高侃，高适的祖父，官至陇右道持节大总管、安东都护，封平原郡开国公，逝后赐左卫大将军，陪葬昭陵。在高适心目中，祖父像一座山峰，他峻拔无比，时刻闪烁着唐廷荣誉和家族底气。

　　祖父的丰功伟绩，是父亲高崇文平日讲述的。父亲的履历上也许有过京官字样，但高适的记忆是从韶州开始的。韶州属岭南道，京官遭贬后，多外放到这里。随父亲就任，高适曾路过闽越，那次宽松的行程为他留下了年少时最美好的印象。那个秋天，他抬头远望，没有发现成排的大雁，反而在耳边听见了一群又一群猿猴的啼叫。那个秋天，他乘夜船、探禹穴，他访旧迹、品莼羹，他赏云山、游镜湖，对闽越风土怀满了好感。进入韶州以后，对境内的红石头与红豆杉，对云豹与黑鹿，对起伏的山峦与绵长的水系，也表现出了浓烈的兴趣。韶州是张九龄的故乡，辞官返乡的张九龄似乎没有引起高适的关注。当然了，高适也不会被张九龄关注，根本没人在意天底下是否有个名为高适的小伙子。张九龄的心思，那几年全在大庾岭上，他要开辟一条通途，连接唐王朝的南方和北方。告别韶州的高适，返回宋州的路线是否经由张九龄新开的南北大道，这个细节恐怕无人知晓。

甘水驿的馆舍里，只有高适的灯依然亮着。高适心想，父亲在韶州，区区一个长史，辅佐刺史的中层文官，正六品上而已，比起祖父来，要逊色多了。此次奔赴长安，参加制科考试，定要把十几年来的所学所悟，在纸端像瀑布一样倾泻托出，定要让祖父的光芒经笔下的文字，重新照耀整个家族。一想到长安，一想到祖父，一想到无数个日夜的刻苦攻读，高适便会手舞足蹈，便会异常兴奋。他似乎已经看到，才华横溢的自己就要站上点将台，就要指挥面前的无数兵马，还会纵论庙堂，与当今皇帝一起决断天下大事。高适越想越兴奋，以至于最近几日入眠的时间一天晚过一天。他可能没意识到，跟他一般年纪的学子，还有更加用功的。比如李白，小他一岁的李白，在遥远的蜀中也是勤练剑术，也是精读文赋，诵六甲，观百家，一心埋首浩瀚书海。

蜡烛快要燃尽了，高适只好上床睡去。不到半个时辰，梦里一惊，一骨碌又坐了起来。朦朦胧胧地感觉天已大亮，推开窗，仍是满地月光。

二

开元七年（719），20岁的高适第一次步入长安城。面对这座繁华而陌生的帝都，高适沉醉了。他梦境中勾勒了上百遍的景象，到了真切的眼前，竟显得多么保守与无知。在城外的曲江池，那些高大华美的殿台楼榭一经出现，便俘获了他激越的心。当看到一批批士子们将酒杯置于水流之上，杯随水势，弯曲飘荡，停到谁的近前，谁便要执杯畅饮，便要即兴赋诗，他开心透了，觉得比兰亭更加豪放。在城内的东市与西市，在晋昌坊的慈恩寺与新昌坊的青龙寺，他看到了乐舞和杂技，看到了动物戏和化妆戏，看到了从域外传来的魔术和幻术。他内心澎湃了，翻滚着，沸腾着，恨不得立马上前，跻身其间，哪怕变成他们手中一个小小的道具，也算过了把瘾了。

朝堂的局势已经稳固下来了。高适6岁那年，中宗复位，82岁的武后离世。11岁那年，韦后毒杀中宗，临淄王李隆基攻杀韦后，李隆基的父亲李旦称帝。13岁那年，李隆基登位，即为历史上著名的唐玄宗。14岁那年，太平公主谋杀玄宗未果，姚崇拜相。17岁那年，宋璟拜相。姚崇和宋璟都是百年难遇的良臣贤相，玄宗任用他们拨乱反正，励精图治，逐渐将唐王朝推向了极其风光的开元盛世。

高适赴京赶考，赶的是大唐帝国的蒸蒸日上，考的是不拘一格降人才的公平制举。唐代科举考试，选官的科目分常科与制科。常科定期，有进士、明经、明法、明算等。制科不定期，涉文词、军功、吏治、不遇等。高适要参加的是后者，他不想走一般人的常科老路，他希望通过制科，将无尽的才华瞬间展示，一下子跳到成功的彼岸。他志在必得，开考之前，仿佛已经看到了皇榜上耀眼的"高适"二字。

开元七年（719）的制科有两门。一门文词雅丽，一门超拔群类。高适应的哪一门无确切记载。文词雅丽的考题被完整保留了下来，大意是皇帝有一些疑问，治国理政方面的，要求考生们做出独立的解答。在传世的考生档案中，一页一页反复寻找，并没有发现高适的对策。洋洋洒洒、动辄千言的是邢巨、苗晋卿、张楚、孟万石、孙翌、彭殷贤，他们的精彩答卷被一遍遍抄誊，上至宫廷，下到里坊，广为传诵。他们的名字全被工工整整地写进了大大的皇榜。开元七年（719）的制科，文词雅丽录取9人，超拔群类录取1人，10人当中不见高适的身影。高适急出了汗珠，盯着布告，盯着有限的文字，来回查验。怎么皇榜上的自己，怎么功名簿上的自己，突然间无缘无故地消失了？难不成，考卷被遗漏了一沓？难不成，某个使坏的人存心阻拦？难不成，今天以后还有第二批榜单？高适孑然一身，无论跌跌撞撞去往哪个方向，都找不到一个可以诉说的人。他努力重现考场里的每一个环节，好像步步流畅，句句璀璨，别谈失误了，就连小小的瑕疵也绝无可能。高适陷入了迷茫。他宁愿相信，眼前浮动的是一场梦。

文词雅丽科的榜单上，排名第一的是邢巨。这个人，高适一摸脑袋，仿佛在哪里听过。对，确信是他，7年前便参加了制科，应的是手笔俊拔超越流辈，瞧瞧这科目名称多霸气。那一年，来自扬州的邢巨就已经登榜了。如此顶尖高手，竟然时隔7年，与初赴京城的自己在同一个考场里撞上了。高适深吸了一口气，心想，扬州到底是个怎样的地方，竟然能够培养出力压自己的绝世对手。有生之年，必要去扬州看看，看看邢巨的屋舍，看看邢巨的书房。

高适拖着双腿，沉重的双腿，在大街上漫无目的地行走。这场科考算是尘埃落定了。但高适不服气，骨子里一点儿也不肯认输。路过东市和西市，路过慈恩寺和青龙寺，表演依旧，呐喊依旧，高适却提不起兴趣，哪怕余光扫到了一两个场景，也觉得吵闹碍眼。在城墙的拐角，他碰到了一位同样落魄的考生。这位考生打桂阳来，应的是常科里的明经，今年榜上无名，满脸堆着愁闷。他们肩并肩坐在一起，互相只听声音，不瞅面容。聊了很久，快要分别时，高适说了一句"他日云霄万里人"，既是勉励桂阳少年，也是勉励失意的自己。

在长安城里，高适唯一遇到的知心人当属王之涣了。王之涣大他12岁，击剑纵酒，慷慨重义，满身江湖侠气，对他这样一个憔悴书生，不仅不嫌弃，反而双手抱拳，邀进门来开怀畅饮。那时的王之涣，虽已年过30，但童心未泯，常与市井男儿相处在一块。那时的王之涣，还没登鹳雀楼，还没写凉州词，宽袖间拂出的一阵阵齐梁古风，总会引得席上的朋友们忘却苦怨，猛生豪情。王之涣的一举一动，像一枚阳刻的印章，将率性和洒脱深深地盖到了高适的青春记忆里。

科考大幕落下后，高适并没有离开长安。他不愿回宋州，也不敢回宋州，前后两年左右，一直在长安逗留。他每天必须要做的是去街面上，去王公贵族的门口，撞撞或有或无的运道，期待某时某刻能突然出现一个意外的援引。他看见了富有的同龄人，骑着骏马，鸣着金鞭，潇洒地穿过闹市。他看见了肥硕的大官人，带着妻妾，带着管弦，一路张扬，一路笑谈。他有点弄不明白，如今天下太平，政治清明，为何自己的热情得不到回应？要说才华，堪比汉代的贾谊，行文酣畅，观点峻拔，为何朝堂上的考官们偏偏视而不见？他想大喊一声，让这声音载着底层学子的抱负，远远地传到宫里去。可他喊不出来，纤弱如鼠的声音都喊不出来。

这两年，长安发生了许多事情。比如宋璟罢相，比如姚崇过世，比如突厥遣使求和。但这些，跟高适之间好像没什么关系。开元九年（721），22岁的高适背着失落和义愤，背着无奈和彷徨，作别长安，慢腾腾地返回宋州了。经过洛阳西郊的甘水驿，他没好意思敲门，只是在围墙外面偷偷地瞄了一眼。

三

宋州，东距洛阳720里，唐代十大望州之一，属河南道。西游长安之前，高适便流寓此地，一边攻文，一边习武。高适的家乡，有说德州，有说沧州，有说洛阳，到底在哪儿，他本人也不太清楚。他的父亲可能死于岭南，可能死于开元七年（719）五月十一日的扬州。父亲没给他留下任何东西，朝廷的恩荫、官场的人脉、微薄的资产，这些都没留下。走出长安城的那一刻，望着岔路口，孤独疲惫的高适胡乱想了很久。家乡是什么，是一个允许自己哭泣的地方，可哪条路才能通往家乡呢？父亲和母亲已变成了一堆坟茔，坟前的蒿草长出了两尺多高。这世上，唯一活着的亲人是姐姐，可她嫁得很远，嫁给了远在成都的一个芝麻小吏。没有家乡，也没有家，能让高适寄身的，除了宋州，还是宋州。邻居们一定会兴冲冲跑过来，追问科考结果，照实说吧，只要给一块耕种的田地，说什么都行。

一直到27岁，这当中的五六年，高适没离开过宋州。汉代的梁孝王曾在宋州境内修筑了大片宫苑，有兔园，有雁池，有巍然的高台。这些宫苑，到了唐代，全成了废墟，断壁残垣，杂草丛生，连玩耍的孩童都不愿进去。在宫苑遗址上，高适一锄头一锄头地硬是刨出了几块耕地来。坐在泥土堆里，高适的一年四季，只见秋冬，无关春夏。他看到的是悲风，是寂寞，是落尽的桑叶，是寒愁的砧杵。他想到的是孔子，与门生习礼大树下的孔子；是庄子，漆园里视一切为浮云的庄子。他所感叹的是，人人皆有兄弟，而他却孤独一身，每天空对那些萧条的衰篷。

这段日子里，并不嫌弃他的清苦，反而与之纵酒高歌的有两人。一个姓韦，叫韦参军；另一个也是参军，河南府的兵曹参军庞十。韦参军大概是州里的，比较闲散，没太多差事。庞参军是府里的，级别要高一些，执掌的事务既多又杂，兵甲器杖、门禁管钥、烽候传驿、武官选举这些样样得过问。

自长安归来，高适憋了一肚子话，每一天都渴望倾倒出来。韦参军不但从生活上接济他，还陪他弹棋击筑，耐心地听他诉苦，听他发牢骚。西游长安的经历，高适笃定要讲的，那里的君门，那里的公卿，那里的帝国风貌，那里的朝廷欢愉，在考试之前，全沐着春风，全哼着曲儿。放榜以后，画面忽然改变了，无论自己写得多么认真，无论燃烧的志向多么饱满，到头来，依旧离明主很远，依旧是普普通通的一介布衣。高适的功名，高适的凄苦，高适的一日三餐，在纷攘的人影中，只有韦参军最在乎了。每一次相聚，那点点时光总过得很快。临分别了，高适总会惆怅惊心，就怕哪一句寒暖的宽慰，突然捅破了他的泪泉。

高适的贵人簿里少不了庞十的名字。这几年的高适，托身畎亩，浪迹乡野，是一个贫贱潦倒的落榜书生。别人躲他远远地，谁都不愿意靠近，庞十却写诗相赠，还与他携手共游，一起登高怀古。对庞十的恩情，高适深为感念，每回将要离别的时候，满脸写遍了忧伤。与庞十聊天，他也讲当年的长安，讲起初的自信，讲末路的寂寥。在庞十跟前，他从不避讳日子的窘迫，凿井而饮，耕田而食。他甚至还当面勉励自己，年纪轻轻的小伙子，只要出得了力气，断不会被饿死。

大约在开元十五年（727），28 岁的高适与他的好友梁恰一道，开始了长达两年的荆襄之旅。他们在汉水流域，一同乘舟，一同望月，探访了不少灵奇的风光。他们观看了陈章甫的史兴碑，感叹东周削弱、两汉沦没，感叹西晋狼狈、五胡冲犯，感叹独步千年的雅作和日月长悬的佳句。他们还见到了人臂上的苍鹰，寄言那些小小的燕雀，说终究有一天，自己会像苍鹰一样，飞出云霄万里外。

荆襄之旅，有萧瑟的秋风，有暗长的浮云，有鲲鹏无法展翅的悲歌。这趟旅程路过襄阳的时候，高适没有去拜访大他 11 岁的孟浩然。襄阳城外南行七八里，靠近渡口的地方，那座名为涧南园的幽静庭院，便是孟浩然的宅子。此刻的孟浩然，已经冒雪北去，他要应明年早春的进士科。赴京途中，他遇到了洲渚上迷路的归雁，遇到了旷野里乱啼的乌鸦，遇到了苍茫阴冷的古道和压满山川的积雪。孟浩然的科考结局，同 9 年前的高适一模一样。尽管他在田园之中，将一首首小诗写出了比陶渊明更美的意境，但朝堂上的那帮人，对这些嘤嘤的文字才不会鼓掌叫好呢。

开元十七年（729）秋天，高适回到了宋州。他继续务农，继续在贫瘠的田埂上过着离群索居的生活。虽已而立，可堂堂男子汉竟抵挡不住一场大雨的侵扰。这场雨下了很久，泥水顺着檐角一直漫到了室内。坐在茅屋里头，能清楚地看到墙缝外面，看到北风经由竹林一阵紧一阵地推了过来。

高适的米缸几天前就见底了，可他的税赋还没有着落。他那块瘦弱的田地，豪强们早放出了狠话，说要一挥手，马上兼并掉。

四

开元十七年（729）三月，信安王李祎攻破吐蕃，拔石堡城。河陇千余里的疆土上，又一次挂满了唐王朝的旗帜。到第二年九月，接连吃了多个败仗的吐蕃的确是被打疼了，主动上书唐廷，主动请求和亲。吐蕃赞普大谈尊卑，大谈礼节，以外甥自称，重新款附于唐。玄宗紧绷的弦算是松下来了。安定了西境，他终于可以下定决心，终于可以甩开膀子，全力对付东北的契丹了。

契丹内部，这些年来乱透了。它与盟友奚，在太宗朝的贞观二十二年（649），在本朝的开元三年（715），曾两次举众归附。为了融洽关系，大唐对它们不错，永乐公主、燕郡公主、东华公主、固安公主、东光公主，和亲的公主一个接一个送了过去。可契丹有位将军，叫可突于，他屡屡逼杀首领，还在开元十八年（730）的五月，胁迫奚一道，投奔了突厥。仗着突厥撑腰，契丹有恃无恐，不断犯境，持续南下，成了大唐的严重边患。玄宗必须要反击了，他没有第二个选项，只能迎着头狠狠地去暴揍一顿。战事并不顺利，悲观的消息一个接一个传了回来。朝廷发出了布告，要在最短的时间内，紧急招募大量勇士。从关内到河东，从河南到河北，掌管诏令文表的中书舍人，审议封驳奏章的给事中，都亲自出马了，他们分赴各地，现场督办。

茅屋里苦雨的高适也听闻了东北战局。开元十九年（731）秋天，许是厌倦了眼前生活，许是为了讨口军粮，32岁的他果断离开宋州，第一次北上幽蓟。他一路穿行在华北平原上，所走的路线可能是魏州、巨鹿、冀州、瀛州、莫州，或是魏州、巨鹿、赵州、定州、易州，入冬以后，抵达幽蓟。他的路线图，头尾与上半段是明确的，起于宋州，经过魏州和巨鹿，最终赶往了战争前线。

在魏州，高适去了魏征的旧馆，去了郭元振的遗业，还去了狄仁杰的生祠。满腹经纶的魏征，轻掸隋朝风尘，跑到太宗面前，敢一而再地犯颜进谏。英迈纵横的郭元振，在诛杀太平公主的紧要关头，总兵扈帝，一举安定了大唐社稷。魏州刺史狄仁杰，面对契丹的猛烈进攻，在冀州陷落、河北震动的千钧之际，以惊人的胆量稳住了四散的局面。当年这些往事，像一粒粒种子，一直埋在高适的心底。见贤思齐，睹物增怀，高适北上的途中，一粒粒种子开始发芽了，逐渐长成了三块伟岸的丰碑。

在巨鹿，高适拜见了李少府。唐人称县令为明府，县丞为赞府，县尉为少府。这个李少府，是巨鹿县里级别最低的品官。但对高适而言，已经很知足了。李少府不但借他骏马，送他黄金，还在静夜的馆舍中，陪他投壶论艺，陪他饮酒高歌。有了李少府的帮助，接下来的旅程将会轻松许多。

飘飘的高适朝着幽蓟边境策马扬鞭，日夜兼程。一路上，鸿雁相伴，万木相随，各种风景都在快速地隐退。抵达以后，一刻也没逗留，直奔主帅牙帐，他要入幕从军，要把平生抱负一一展露出来。主帅是信安王李祎。开元二十年（732）正月十一日，这位西北名将接到了朝廷的命令，玄宗要他以河东河北行军副大总管的身份疾驰东北，立即投入对契丹和奚的战争。李祎是太宗曾孙，与玄宗同辈，年龄上大玄宗二十几岁，在朝堂和军中素有威望。李祎的形象让高适想到了祖父高偘，加之这实打实的皇家背景，高适更显得迫不及待，恨不得马上就要面对面慷慨自荐一番。抵达帐前的时间是三月份。离得老远，还没望见帐门，便被卫兵拦了下来。即使入帐了，也遇不到李祎。此刻的李祎正在白山一带与敌激战呢。高适在帐外逡巡，不停地转圈。他一个劲地打听，打听战场上的最新消息，打听幕府里的主要僚属。喷薄的才华终于爆发了，他提起笔来，写了一首长诗，一首长达60句的精美信函。首段16句，把李祎比作天上的太白星，竭力颂扬。次段8句，讲幕府里的郎中和御史们个个能文通武。三段28句，写振玉和传檄，写大漠风沙和长城雨雪，写对战争结果的美好期待。最后8句有点落寞，说送上门的英才还得不到召见，对天空悲叹。

投奔无果，心有不甘。环顾四野的高适，沮丧中夹杂着倔强。如此不明不白地返回宋州，与他北上的初衷相去甚远。迈开腿，漫游这一带吧，大不了花上一两年工夫，实地走访，实地记录，用真切的双眼去透视边关的现状。在营州,在与契丹和奚接壤的地方,他看到了 10 岁骑马的雄健,看到了千钟不醉的豪饮,看到了边地民众牧猎驰骋的勇猛彪悍。在塞上,汹汹南驱的胡虏正穿过烽燧和烟尘,他由此想到了和亲的乏力,想到了良将的可贵,想到了自己倚剑愁屈的迷惘。在蓟门,他听说老友王之涣也流寓附近,长安一别 10 年了,正好握手相逢,正好倒一倒心折骨惊的苦水,可敲门不遇,只能留下赠言,只能抱憾而归。

漫游的间隙,高适在静静地等待,等待信安王李祎的回话,等待某一日突然降临的喜讯。可直到第二年冬天,直到他吟出了"谁怜不得意,长剑独归来"的句子,一切依旧静默如常。他隐隐听到了传闻,说去年三月那一战,李祎反败为胜,大破契丹和奚,但可突于窜入了山谷,并未被彻底消灭。那一刻,朝廷生怕李祎揽得全功,一道急令命他星夜班师。五月,前线硝烟仍在弥漫的时候,无奈的李祎拖着一身还没用完的力气,回到了长安城。六月,朝廷授予他开府仪同三司,这是文散官里最高的官阶了。开府就是以自己的名义设置幕府,仪同三司就是仪仗的级别与正一品的三公三师相同。看起来的确升迁了,但只是个空无实权的散阶,而且从此以后被一贬再贬。对自身难保的李祎,高适没有任何责怪,真正让他捶胸不满的,是猜忌功臣的玄宗,是朝堂之上那些玩弄权术的小人们。

所有希望均已破灭了。怀揣比李祎更强烈的不甘,高适从北方一路无精打采,开始缓缓南下。路过真定县,他胆胆怯怯地给韦济投送了长诗。韦济时任恒州刺史,恒州的治所在真定。这首诗有 58 句,较李祎那首少 4 句,但风格大体一致。他把韦济比作清洁异常的玉冰壶,比作天上的三台和人间的四岳,还称其佩仙郎印、兼太守符,有日月的光华。在诗里面,他不断感慨,说自己是沦落的侏儒,是穷途的枯木,对乞求援引的渴望一点儿也不掩饰。投送的结果跟上次一样,没有激起水花,没有得到哪怕几个字的回应。李祎与韦济的权贵海拔,相较高适所站的位置隔着好几段陡峭的山崖呢,岂是一两首华美的诗文就能轻易攀到的。

返回宋州途中,高适还路过了邯郸和漳水。在邯郸城南,他结交了一群江湖上的游侠少年。这些少年轻生尚义,喜欢玩下棋的游戏,喜欢为身边的人挥拳出手。跟他们相遇,高适开心极了,亲兄弟似的,迅速打成了一片。他们聚在一块,一起饮美酒,一起射猎西山头,好像世间从来没有什么烦恼。在漳水之畔,他停留了好几个月,从夏天一直待到了冬天。每天相遇的河洲，无论明月下的，还是冰霜里的，皆显得困顿愁苦。对比长安的权贵们，那些燕乐和车骑，那些美女和麝香，自己所拥有的，除了无人欣赏的经世良策，便是这草泽中的枯槁落拓。对酒不能醉，穷达自有时，作别漳水的时候，高适与朋友们互相安慰着，约定只看流水，莫下冷泪。

回到宋州家里，打开箱子，高适发现了一封遗书。这是几天前好友梁洽托人捎来的。就在今年，梁洽考中了进士，朝廷授予他单父县尉。单父是宋州治下的一个县，离高适的住处并不遥远。回来后的第一件事，本打算为梁洽祝贺，一边斗酒，一边追忆荆襄。谁能料到，祝贺成了祭奠，青云刚刚浮起，白日却突然消尽了。这个寒冷的冬季，对高适而言，唯一值得宽慰的是幽州节度使斩杀了可突于，首级一路从边关传到了洛阳。

五

开元二十三年（735）正月，玄宗在洛阳行籍田礼。籍田礼是天子亲耕的隆重礼仪，属国家要事。礼毕后，玄宗大赦天下，还发布了当年秋天开设制举的诏令。这一年的制举有王霸科，有智谋将帅科，对高适来说，都是很感兴趣的。宋州刺史有一个推荐名额，他想到了高适。同 16 年前一样，高适一天也没耽搁，快速准备好行囊，匆匆赶去长安了。

皇榜不久便贴了出来，上面的名字有刘璀、杜绾，有张重光、崔圆，没有高适。千真万确，高适又一次落第了。打击和忧愤自然免不了，但挣扎的情绪比上一回要轻淡了许多。可能屡屡失败的经历，让他看透了官场游戏，对成功不再抱有太大幻想。可能此行并不孤单，身边多了一个伴，侄子高式颜一直跟随左右。高适的父亲高崇文排行老三，大伯高崇德，二伯高崇礼，这位高式颜是大伯或二伯之孙。

高适闲居长安两年多，这期间，通过正好在京的王之涣，结识了王昌龄。王昌龄大高适两岁，早年也相当困苦，依靠农耕为生。10 多年前，他赴河陇、出玉门，写出了大量边塞诗歌，诸如"黄沙百战穿金甲，不破楼兰终不还"，诸如"秦时明月汉时关，万里长征人未还"。高适南下荆襄的那一年，他进士及第，被授予秘书省校书郎。秘书省为皇家藏书库，他的长官是秘书监，下面有秘书少监、秘书丞、秘书郎、校书郎和正字。在唐代设校书郎的官署中，秘书省人数最多、品阶最高，也最为清贵。高适从北方返回宋州的那一年，他又中了博学宏词科，以超绝群伦的才华，改任汜水县丞。据说开元二十五年（737）冬季，一个微雪的寒天，高适与王昌龄、王之涣三人，在京城的梨园里赊了几壶酒，围着炉火，他们一边听曲一边小饮。穿戴奢艳的歌妓们逐一登台，口中吟唱的都是他们的新作。

开元二十六年（738），39岁的高适携侄子高式颜离开长安，东返宋州。出城之前，他回想了这几年的听闻，似乎件件揪心。河西节度使袭击吐蕃，深入其境2000余里。信安王李祎苦战得来的朝贡局面瞬间崩溃，唐蕃之间兵刃又起。去年冬天，名相宋璟离世。辅佐玄宗创立开元盛世的左膀右臂，一个姚崇，一个宋璟，至此均已命在黄泉。出师不利的安禄山被执送京都，宰相张九龄力主仗杀他。这个果断的建议未获玄宗采纳，反而弄得张九龄自己丢了相位，外贬荆州。

宅居宋州的日子里，高适最大的收获是创作了《燕歌行》。北上期间，他写过两首长诗，一首给信安王李祎，一首给恒州刺史韦济，皆有吹捧，皆有乞怜，皆有内心求仕的小算盘，并不十分满意。这首《燕歌行》，没有功利，没有卑微，没有对自我的点滴妥协，完全是征戍现场的艺术呐喊。在北庭，他亲身目睹了从军的艰辛，烟尘、钲鼓、猎火，包括逶迤的旌斾和萧条的山川，让后方惊梦的少妇，一年又一年，哭断了愁肠。他亲身目睹了战争的激烈，大漠衰草，孤城落日，在绝域苍茫的拼杀声中，刚才的白刃上，一转身，裹满了绯红的血迹。他亲身目睹了官员的骄奢，夜空下的前线，士兵已战死过半，而帐内的将帅们还抱着美人尽情歌舞。这么多年来，挥笔作文的高适从没如此酣畅过，他的同情与憎恨，他的抚慰与鞭挞，在一句句不带杂质的感伤与怒吼中，从地面一举冲上了天空。

除了书写愤懑，这几个月里，高适还去过房琯私邸，游览了他的山园新亭。房琯是房玄龄的后人，其父亲房融是武后朝的宰相。跟王昌龄一样，房琯的仕途也是从秘书省校书郎开始的。他现在的职务是宋城县令。宋州治所就在宋城。房琯于多个任上，兴利除害，有经世济民的善政，高适对这位长自己3岁的父母官一直是称赞连连。

这次回宋州，虽也游园赏景，但高适的耐心明显消退了许多。他不愿久居，他要远行，只有去了远方，才能找到生活的状态。开元二十八年（740），已越不惑的他又一次出发了，目标是漳水南岸的相州、淇上、滑台。

对于漳水，高适的记忆中贮满了虚弱与疼痛，那些记忆灰暗、清冷、忧郁，没有哪道色彩是明媚如春的。这次远行，最北的地方止于相州。再往前走一点点，便是漳水，高适却停下了脚步，他与漳水之间始终保持着足够安全的距离。相州的治所在安阳，域内名胜众多，有不少迷人的去处。高适游览的不是雄奇的山岳，不是上古的帝陵，而是一座刚刚建成的新庙。现任刺史张嘉祐，为北周柱国大将军尉迟迥立了一座全新的庙宇。尉迟迥是北周文帝宇文泰的外甥，做过相州总管，能征善战，威望崇重，在反抗大丞相杨坚独揽朝政的事件中，兵败自杀。张嘉祐和高适对尉迟迥的激昂与大义都心生敬佩。或许，从大唐将领中，他们共同看到了类似的忠诚与气节。或许，他们用某种不明说的方式，正在隐喻着什么。

开元二十九年（741），42岁的高适由相州南下，寓居淇水之畔。淇水发源于太行山脉，是黄河的重要支流。高适在这里的西山下，植桑翻田，种菜养鸭，过着陶渊明般的隐士生活。县尉刘子英曾骑马来看他，他说了不少闲散自谦的话，把穷途和漂泊，把岁暮和寒云，说得异常轻巧，又相当悲吟。

淇上最愉快的经历是碰到了薛据。这位薛据人称薛三，薛家排行老三，前头还有薛播、薛揔两位兄长。高适刚刚北上幽蓟的那一年，他便中了进士，先后做过永乐主簿和涉县县令。高适写给薛据的文字，像昼夜交替的那个临界点，值得反复玩味。一边说，买块山田，去耕地凿井。一边说，要胸怀天下，拯救水火里的民众。高适的性格向来蠢蠢欲动，尽管万事空寥，尽管内心萧索，也要拔剑对风尘，也要驱马闯艰险。高适的血液中奔涌着大志，他是一只待飞的鸿鹄，随时准备冲入云霄。

习惯了讲开元多少年的高适，到他43岁这一年，一下子不知所从了。玄宗突然下诏，将年号由开元改为天宝。高适的神经极其敏感，他不清楚自己在忧虑什么，但朦朦胧胧当中，他仿佛看到了某条若隐若现的山脊。山脊这一面是上坡路，是励精图治和大唐盛世。山脊那一面是下坡路，是骄奢淫逸和内外交困。由淇上至滑台，由黄河至宋州，高适的这份忧虑像一根灰色的愁带，跟在独行的影子后面，越跟越长。田野里没有闲人，耕夫和蚕农都顶着烈日，一个个埋首忙碌。久旱少雨、咸卤瘦地、官府重税，再怎么忙碌，这天不时、地不利、人不和，拼死劳作的万千百姓们永远也填不饱肚子，也穿不全衣裳。高适快要愤怒了，权贵们口中的太平治世，就这样不堪入目？他在宋州，要么苦雨，要么等雨，所处的境地和眼前的农人们没什么两样。

回到宋州的高适颇不自在。叫了这么久的宋州，现在成了睢阳郡。州里的长官一直为刺史，现在成了太守。最难过的是，好友王之涣去世了，再也不能当着面和他吟唱"黄河远上白云间"了。

六

憔悴流离的高适已经45岁了，新的不习惯接踵而至。玄宗改年为载，当下不是天宝三年，而是天宝三载（744）了。让高适更加难以接受的是玄宗的另一个改变。9年前，册封杨玉环为寿王妃，寿王是玄宗的第18个儿子。4年前，迎杨玉环入宫，命其穿上道袍，出家为女道士。现在的玄宗年届60，正好一个甲子的圆满。而杨玉环，曾经的儿媳，如今的娘子，才刚刚过完26岁生日。玄宗对杨玉环的宠爱，从那一曲霓裳羽衣的音律中，从那一段翻跃如风的舞姿里，所有人都看得真真切切。高适总觉得别扭，市井巷陌的议论他一句也听不下去。在这世上，他唯一能左右的，大概只有自己的文字了，写不平、写不满、写不顺，把玄宗时代的背面写得淋漓尽致。

这一年夏天，漫游汴州大梁的高适结交了两位心性相投的朋友。一位李白，一位杜甫。李白的形象，在洛阳城东的甘水驿里，高适就曾畅想过。他坚信，在大唐帝国的某些角落，一定有一群人，像他一样挑灯苦读，满怀抱负。至于这群人，姓张姓李，才学如何，那还难以明说。李白是前年秋天应召入京的，在翰林院当差，负责撰拟一些即兴的文辞。帝都的生活，陪玄宗游宴，与贺知章同饮，十分轻松惬意。但乐极生悲，高调的李白很快便遭遇了谗言，玄宗一句话，让他回归了民间。今年三月，他就离开长安，一路东下了，途径洛阳的时候，碰见了杜甫。杜甫是玄宗登基那一年诞生的，比李白小11岁，比高适小12岁。在盛唐诗坛上，李白和高适早已名闻天下，而年仅33岁的杜甫，只是一个出道不久的后辈小生。高适、李白、杜甫，一见如故的三位天涯游子，酒酣登吹台，慷慨怀古人，他们在大梁的遗墟中，看见了奔跑的狐狸和摇落的秋草，看见了凄凉的灰尘和无言的流水。

这一年初秋，他们去了趟单父。高适的好友梁恰生前做过几天县尉，那个县便是单父县。而今的县尉李冀，与高适的交情也非同寻常。单父城北有一座三丈高的琴台，孔子时代的子贱常在此弹琴。子贱满腹才华，智慧超群，对老百姓爱护有加，他治理下的单父，美名传遍了中原和齐鲁。李冀在琴台上面竖了一块坚贞高耸的神祠碑，他要将子贱的遗风一代代传承下去。李冀是个值得交心的朋友，好客、热情、周到，他的妥帖安排，让高适三人每天都盛满了笑声。他们一起狂饮，喝醉了，还牢牢抓着酒樽里的水瓢。他们一起登琴台，在辽阔的天地间，自比扶摇直上的鸿鹄大鹏。他们一起凝视丰碑，从白鸟和青蝉的归路中，看见了如在昨日的千载风姿。

与李白、杜甫分别后，高适由睢阳出发，开始了漫长的东征。沿通济渠而下，他经过鄣县、铚城、谯郡、符离、彭城、灵璧、徐县、盱眙，于第二年春天抵达淮阴和山阳。在山阳附近的涟上，他歇了个脚，闲居了好些日子。初熟的美酒、新鲜的鱼虾、饱满的菱芋、恬淡的渔樵，涟上樊氏主人尽心尽力的款待，令他感慨万千。天宝四载（745）秋，他作别涟上，前往鲁西和东平，途中遇到了书法家徐浩和州司马狄光远，他抓住机会，把悲伤与失意用劲陈述了一番。从东平至汶阳，接下来的这段水路是他最愁苦的。他亲身目睹了肆虐凶猛的巨大洪水，虫蛇攀树、麋鹿奔舟、稼穑漂泊，一群群农夫野老流离失所。他在船头呼喊，得开仓放粮，得罢收田租，可他微弱的声音终究敌不过那滚滚的天灾人祸。

漫游齐鲁的这两年，高适与李白、杜甫也曾聚首过，前后相聚了两次。但高适的文字当中，记载最多的并不是李白、杜甫，而是李邕。李邕是文选学士李善之子，博学多才，少年成名，有一长串京官的履历。4 年前在滑台，高适就上门拜访过。滑台即滑州，当时的滑州刚改为灵昌郡，李邕正是灵昌郡的太守。那一次，看完李邕的《鹘赋》，高适奋笔疾书，回了一篇《奉和鹘赋》。李邕改任北海郡太守后，给高适寄过一首《夏日平阴亭》，高适看完，又一次奋笔疾书，回了一首《奉酬北海李太守丈人夏日平阴亭》。对高适的才华，年长 22 岁的李邕是相当爱惜和欣赏的。泛舟北池与出猎海上，在齐鲁的各种聚会，能叫上高适的，李邕都会主动邀请。

天宝六载（747）春，深感疲惫的高适准备返回睢阳。临行前，李少府和崔少府在春风里送他。黄鸟轻飞，杨柳垂丝，万物复苏的汶水，竟像一根陌生的琴弦，猛地一弹，惊起了他独行异乡的别怨。君去，舟行帆远；

我归，路行马迟。带着不舍和遗憾，带着不满和困窘，高适回到了睢阳。在睢阳，也就是以前的宋州，高适看望了老朋友陈兼。对方跟他一样，有王佐之才，但一直苦守高节，一直无人引荐。陈兼的住处，门为柴门，室为蓬室，篱根上全是乱草，井口边全是莓苔。他们端起酒杯，狠狠地咂了一口，他们一同望着天空，祈愿好运能早日到来。高适还去看望了另外一位老朋友，尴尬的是，在那个北风呼啸的雪天，主客二人身无分文，连买一壶酒的钱也没凑齐。分手时，高适说了句"莫愁前路无知己，天下谁人不识君"。这句凄苦的赠言，比任何一壶酒似乎都要浓烈。也难怪，这一时期的高适寂寞无聊，每日愁辛，他会不自觉地回忆青春，他从镜子里面照见了许多白发。

七

天宝八载（749）五月，玄宗下诏，今年将开设有道科。接此消息，睢阳太守张九皋马上找来高适，要他即刻赴京，准备应试。50 岁的高适顾不得三伏天的炎热，仅用短短 10 日，常人一小半的时间，便赶完了 1540 里路。这是他第三次参加制科考试了。第一次 20 岁，落第；第二次 36 岁，落第；而这一次，已是知天命的大龄考生了。

按照惯例，皇榜很快贴了出来。这一回的名单上，有高适，没错，真的有高适。朝廷给他的官职是封丘县尉。封丘他熟悉，汴州陈留郡下面的一个县，距宋州睢阳郡并不遥远。县尉他更熟悉，这些年交往的公门中人，十之六七都是县尉。从长安前往封丘，途经洛阳的时候，高适与郑三、韦九，与一群好友，携手言欢。他大笑长歌，说终于可以辞别渔樵，穿上满荷圣恩的青袍了，终于可以放下犁牛，与县令邑吏们大大方方地鞠躬问好了。而在离京之前，激动不已的他早就兴奋地表达了谢意，说与昆虫俱沾雨露，说诚惶诚恐，顿首顿首。

赴任以后，独卧虚斋，高适越想越不对劲。唐县分为 10 等，赤、次赤、畿、次畿、望、紧、上、中、中下、下。赤县和畿县为京城大邑，制举登科的多授这里的县官。封丘是一个紧县，来此就任的应该是进士或明经及第的，是那些他看不上的常科考生。高适愤愤不平，给当时的左相陈希烈和右相李林甫分别写了诗文，但有去无回，未见任何答复。县尉是县里头级别最低的官员，紧县有两名县尉，一名司户尉，负责学校、户籍、租赋、仓储等事务，另一名捕贼尉，负责兵、法事务。高适属司户尉，他每天的差事，对上，要拜迎官长，对下，要鞭挞黎庶，尽是些令人生嫌的烦琐违心事。

年过半百的高适习惯了放浪散淡的生活，现在一夜之间将他围困起来，束手束脚地当个什么县尉，以他的性格，一下子还真的难以接受。来封丘之前，众人相会的时候，他总要拍着桌子和肩膀，痛快地一饮而尽。私下独处的时候，他喜欢往水边一坐，仅需一根钓竿，便能甩走一切纷扰。可如今，封丘的官府里潜匿了太多规则，他必须模仿那些狡黠的人精，不断揣度上头的心意，不断弯着腰，假装心甘情愿地点头献媚。他是感到烦躁了，在这样的岗位上，每多待一天，他内心的不安和憋屈就会多滋生出一大截来。

天宝十载（751）八月，安禄山率领6万雄兵攻打契丹。这是一场完败的战役，大唐将士死亡殆尽，骄横的安禄山只带着20余骑落荒南逃。有关安禄山的传闻，高适听过很多。比如15年前，安禄山就曾讨伐过契丹，兵败回京后，宰相张九龄建议处决，玄宗拦了下来。比如6年前，唐廷刚将静乐公主嫁给契丹王，安禄山便北上侵掠，导致公主被杀、契丹反叛，事后玄宗竟没有追责。比如去年，玄宗突然下诏，赐安禄山为东平郡王，这份诏书打破了外姓将帅不得封王的传统。比如今年，安禄山与杨玉环之间爆出了不清不楚的暧昧关系。仍旧当宠的杨玉环，被玄宗封为贵妃已经五六年了。对这件触犯底线的丑事，玄宗居然也是睁一只眼闭一只眼。高适的机会来了。安禄山在后方大举征兵，准备再战。对高适而言，如果能与捕贼尉换岗，对方一定开心，毕竟司户尉更受尊崇。以捕贼尉的身份，他就可以送兵到前线，到他曾经去过的幽蓟一带了，还能顺便接近安禄山，看看这个小自己3岁的家伙到底是何方神圣。

幽蓟是幽州和蓟州的并称，大体位于后世的北京天津一线，开元天宝年间，紧邻奚和契丹，是交战的前沿阵地。距高适第一次北上幽蓟，已经过去了20年。这20年来，对百姓的呼号，对权贵的骄逸，对异族的生存，高适有了不少新的评判，但仍旧概括笼统，没有抵达最敏感的那根神经。天宝十载（751）冬天，以封丘县尉的名义，高适领兵启程了。他直奔幽蓟，直奔安禄山的青夷军，他要在最短的时间内，为前方补充兵源。冬日的北国，征途是异常艰难的，寒风、积雪、单衣、冷泉，飞鸟越不过的山峦，战马跨不过的冰窟，一切都在考验着身体的极限。高适的内心充满了矛盾，一边是微禄、白发、青袍，对自己不快，对朝廷不快，另一边是赞美安禄山，连他幕下诸人都挨个羡慕了一遍，说如鱼游水中，如凤栖梧上。但这样的矛盾没过几日便彻底倾斜了。高适想起了信安王李祎，想起了那一场对契丹和奚的战争，那是正义的反击，是忍无可忍的被迫出手。而眼下的安禄山，是搅乱和平，是侵略欺侮，是携带私人目的的公然挑衅。高适的脑海里，有关安禄山的传闻不断闪现，这些传闻像一把把利刃，朝他的头骨直直地刺了过来。他惊呆了，他无法躲避，看着伶仃的老卒，看着饿晕的兵士，看着汹涌的胡骑，他只能一声声哀叹。安禄山，你蒙蔽了玄宗，蒙蔽了大唐，蒙蔽了全天下的百姓。

高适瘫成了一堆泥。很难想象，他是拖着怎样的步子从北方回到封丘的。返程以后，他整个人完全变了。他日渐颓废，如同水塘中一朵枯萎的秋荷，连最后一片花瓣也要被狂风吹落了。他想做一名栖隐的愚公，安静地跑到山里头，岁岁月月，摆脱这些无聊的迎来送往，远离那些蠹国的恶鸟臭虫。他鼓足勇气，准备做一个决定，一个将几十年努力彻底清零的决定。他真的做了，毫不犹豫，一甩袖子，真的做了。一纸辞呈，他脱下了封丘县尉的官服。照了照镜子，满脸轻松的他又看到了当初的自己，又可以跟往常一样，纵酒高歌、指点苍穹了。

八

作别封丘，高适没有去山里，也没有回睢阳，第四次赶考似的，他径奔长安。由春夏至秋末，由城内至城外，他度过了一段逍遥的时光。在张旭的宅子里，他目睹了一代草圣的醉后癫狂，那可是颜真卿的老师，每一笔勾画皆人间极品。在韦司户的亭院中，他遇见了同龄的王维，抚琴、垂钓、小酌，把喧闹的帝京生活过得如乡野一般。在慈恩寺的大雁塔上，在寺塔东南的曲江池畔，他约请了杜甫、岑参、储光羲，以及淇上认识的薛据，5 人携手一道，遥望宫阙与山河，高呼失志与不平。

当年的单父县尉李翥，如今已转任京兆府士曹参军，掌管津梁、舟车、舍宅、百工、众艺，从九品升到了七品。李翥对高适的情义，在单父时就已深笃浓厚，好似血脉相连的手足。这些年来，虽见面不多，但内心一直挂念。有李羲在长安，高适的餐食起居便不是问题。李羲陪着高适，一起看壁画，看万里秋天的一片云彩。重阳节那天，还特意把吏部的崔颢邀了过来。崔颢是清贵的司勋员外郎，主理勋绩校定等事务，他的一首《黄鹤楼》曾令李白无比折服。此刻的高适，有功名，有才华，还有热心的李羲，他在长安的人脉圈，像初春的园蔬一样，一天天迅速生长。

遇见田良丘，是个转折，是高适在长安最大的收获。作为哥舒翰幕府的判官，田良丘的引荐一字抵万金。大高适一岁的哥舒翰，出身于西突厥哥舒部落，文武双全，仗义重诺，整个西北边防几乎都在他手里，他是一个皇帝信赖、百姓敬仰的风光人物。判官是执行官，是佐理政事的长官僚属，职权很重，相当于副使。田良丘给高适推荐的岗位是掌书记，负责书奏表启，虽说权力不大，却也高雅荣耀。依唐代官制，幕府、京官、州县外官之间，现在已经能够合法迁转。制科登第的高适，刚刚脱下县尉的官服，没想到这么快，就要穿上掌书记的新袍了。一路朝西，朝着陌生的地方，53 岁的高适开启了又一段日夜兼程。

带着立功西陲的宏愿，高适路过兰州那天，一阵小跑登上了巍峨的北楼。兰州城郭有许多门楼，北楼最古老。在这里，他听见的湍急水流如一根根飞箭，正勇猛地插向敌营。他看见的头顶残月，像一把拉满的弯弓，正蓄足了势力，等待将帅一声令下。气候早已转凉，若是单衣，在风中定会瑟瑟发抖。可高适却猛然撸起了袖子，双手伸进楼影，不停地敲打，似乎要将内心的澎湃，将浑身的铮铮抱负，于刹那之间全部燃烧出来。

西出兰州后，沿着逆水河，翻过洪池岭，高适抵达了凉州武威，这里是河西节度使的治所。节度使这一称号始于睿宗朝，至今已有 40 余年。节度使们大多被任命在边境，数州或十几州的军权、民权、财权、监察权，都归他们统辖。河西节度使管理的范围，包括凉、甘、肃、瓜、沙、伊、西等州，从河西走廊一直延伸到吐鲁番盆地。此刻的哥舒翰是陇右节度使，还没有正式兼任河西。高适似乎跑错了方向，他赶忙穿越祁连山脉，一路艰险，由凉州奔去了鄯州。鄯州是陇右节度使的驻地，哥舒翰在这里防御吐蕃，在这里管控鄯、秦、河、渭、兰、临、洮、岷、廓、叠、宕等州。高适快马扬鞭，满脸风尘，终于在天宝十一载（752）初冬的那个傍晚，挤进了陇右临洮军的大帐。帐内有许多人，都是哥舒翰的幕僚，高适找了一圈，最想见的哥舒大夫却没能看到。面对幕下诸公，高适也激动不已，说曾打算漫游江海，远离心利，不料一朝被推荐，万里从英髦。他还立了誓言，说如果不能效微薄之力，定会辞去佩刀，定会退隐人间。高适的西北军旅生涯，就这样匆匆忙忙地开始了。

在大唐边将中，哥舒翰是有些文化的，他熟读《左传》《汉书》，举手投足间，时刻透露出一种古代英雄的豪迈风姿。他讲义气，重感情，喜欢结交朋友。他精于骑术，善使长枪，上阵一定身先士卒。高适虽才华横溢，虽也练过几招功夫，但遇到了哥舒翰，还是表现得相当谦卑。入幕以后，很快，高适成了哥舒翰的心腹，哥舒翰到哪儿都会带着他。天宝十一载（752）十二月，哥舒翰赴京入朝，刚刚就职的高适正好随侍左右。这一次入朝，在玄宗安排的一场宴饮上，哥舒翰与另外一位边将互相指骂，差点掀翻了桌子。那位边将出身不高、缺少文化、言谈粗鲁，哥舒翰向来瞧不起他。那位边将高适曾试图拜访，曾动笔夸赞，最终的结果，高适拂袖而去，对他一肚子意见和满脑子憎恨。对，那位边将就是安禄山，东北边防军的核心角色。哥舒翰是西北防务的定海神针，是西北边防军的灵魂，这西北怼东北，别说高适了，就连一旁的大宦官高力士也头一次碰见。哥舒翰与安禄山之间的仇怨越积越深了。

第二年五月，回到陇右的哥舒翰，率领众军朝鄯州的西南方向，也就是黄河九曲之地，雷霆进发了。高适随军同行，在每日紧张奔波的空隙里，他将哥舒翰的威武和战绩，史诗般一一记录了下来。他描写战场，万鼓雷动，千旗生风，戎血像泉水一样喷射，哭鬼像黄埃一样滚落，云合星坠，日暮昼昏，分不清哪里是天哪里是地。他描写哥舒翰，威棱震沙漠，忠义感乾坤，所有老将都黯然失色，所有儒生都瞠目结舌，只要哥舒翰在，黄河便不怕侵扰。他还描写自己，说何必一味从文，熬到白翁也不会得志，从武吧，没准一朝成功，就能立功封侯了。

战事的结局皆大欢喜。唐廷收复了黄河九曲之地，哥舒翰被封为西平郡王，正式兼任河西节度使。西北防务就此安静了下来，高适的边城生活，每一天除了饮食，便是宴乐。但满腔抱负还没实现呢，他一刻也坐不住，他要去爬山、登塔、泛舟，他要在哀叹声中遥望京城。杜甫写信来问候，前后写了好几次，高适只字未回。能回什么呢？别人的称赞和羡慕，别人说的雄心和名利，只有自己最清楚，这些难言的苦衷不回也罢。倒是给平原太守颜真卿，高适寄了长长的求援信。颜真卿担任监察御史时，与高适有过一些交往，他对高适的文笔非常欣赏。高适在信中坦陈，掌书记一职无非是陪三军同饮，无非是为主将铭贺，眼下的状态，就像关外的天涯客，就像一根随风飘摇的蓬草。颜真卿也没有回话，他被外放到平原郡，也有不少难言的苦衷。

　　无聊的高适远在河西、陇右，长安城里不断暴出的消息，不知他听到了哪几条。安禄山又入朝了，加官左仆射，临归时，玄宗解衣相赐，还禁止任何人说他要谋反的事。关中下了几个月的雨，京城的矮墙屋舍坍塌殆尽，粮食匮乏，物价暴涨，19个里坊漂没在水中。户部统计了天下人口，52880488人，比开元二十八年（740）增加了近500万，是整个唐代的极值。这些消息像涌动的火山口一样，正暗流激荡，随时准备喷发。

九

　　天宝十四载（755）初春，入朝途中的哥舒翰意外得了风疾。二月至十二月，将近一年时间，他一直待在新昌坊的旧宅里，哪儿也没去。新昌坊紧邻长安城的延兴门，坊内有青龙寺和崇真观，是个闲居远眺的好地方。这一年，老对头安禄山却马不停蹄，忙碌得很。二月，提出了异志明显的要求，以蕃将32人代汉将，玄宗居然同意了。四月，对朝廷派来的使者，要么不迎，要么不见，反而大张旗鼓地盛列武备。六月，其子成婚，玄宗召他回京观礼，他佯装染病，一摆手，断然拒绝了。七月，毫无征兆地说要献马3000匹，每匹配执控夫两人，护送的蕃将多达22名。玄宗有些警觉了，但一切为时已晚。十一月，安禄山联合奚、契丹等曾经的敌对部落，引兵15万举旗反叛。他的军队，从幽蓟出发，一路南下，烟尘千里，鼓噪震地。大唐内境，已承平百年，军事力量全部扎堆在边关，洛阳和长安的防守纸一样不堪一击。

　　安禄山像一阵飓风，所经州县，有的开门远迎，有的弃城逃窜，有的惨遭屠戮，个个瞬间瓦解了。没多久，潼关成了前线，成了保卫长安的最后一线希望。潼关南倚秦岭，西连华山，面前有洛、渭、黄三大川流，要想通过它，只能选择那一条狭窄的小道。道路两旁，悬崖盘纡，绝壁危峦。道路顶上，修筑了12座居高临下的连城。要塞虽险，谁去镇守呢？朝中的文武大臣们钩心斗角还可以，真能横刀立马的，玄宗实在找不出来。哥舒翰，病废在家的哥舒翰，突然接到了玄宗的旨意，要他以兵马副元帅的身份，即刻扼关讨贼。哥舒翰的确抱病憔悴，大小事务不能亲治，只好全权委托手下的田良丘代为处理。田良丘缺乏勇气，不敢专决，将领们各自为是，兵卒们集体懈弛。在这朝堂内外战战兢兢的节骨眼上，高适登场了。打陇右入京，被迅速任命为门下省的左拾遗，由遥远的边疆一下子提到了玄宗近旁，他能参与早朝，还能当面规谏。不日，转监察御史，作为权力核心的清要官员，东出长安，直奔潼关，在连天的烽火中辅佐哥舒翰。这一年，玄宗已经71岁，已是一个暮年老者，他的安排总是晚别人几步。他并不清楚，决定潼关命运的，除了哥舒翰和安禄山，除了刚刚列队的高适，还有其他蠢蠢欲动的力量。他甚至不清楚，哥舒翰和高适真正要对付的，不仅有前方的敌人。

为了给哥舒翰加油鼓劲，万不得已的玄宗在千钧一发的紧要关头，只好拿出了左仆射、同平章事，只好用这赫赫相位作为激发斗志的糖饼。哥舒翰内心的火种，为大唐江山拼死坚守的火种，果然被猛地一下呼呼点燃了。他从病榻上一步一步爬起来，披挂入阵，奋力厮杀，以老将残存的勇气，止敌于潼关将近半年。可一世英武的哥舒翰怎么也没有想到，这一战，最终击垮他的竟不是正面的安禄山，而是背后的杨国忠。

杨国忠是杨贵妃的堂兄，贵妃得宠后，他这个外戚宰相更加飞扬跋扈，成日弄权整人，干了不少败坏朝纲的丑事。在他的专断意识里，边将都是敌人，无论安禄山，还是哥舒翰，都是自己畅行朝堂的绊脚石。高适来到潼关也有些日子了。这些日子里，高适的耳边听见最多的，不是关外的战报，而是关内一个接一个违反常识的命令。杨国忠的歪心思经过玄宗的昏聩发布，直接导致了难以逆转的后果。哥舒翰的军队全线崩盘了。潼关外那条又深又宽的壕沟，被不断垒压的尸体瞬间填平了。一场战斗下来，大唐损兵20万，就连哥舒翰本人也被迫投降了叛军，成了安禄山新朝廷的宰相。潼关失守了，保卫长安的最后一道屏障在地图上不复存在了。消息传到宫里，慌乱的玄宗皇帝来不及细想，带着太子、贵妃、皇子、皇孙，还有杨国忠和一批宦官、宫女，从禁苑延秋门出城，直奔西方而去。皇帝去哪里，希望就在哪里，高适拼命地追赶。运气还真不错，在河池郡，真被他追上了。看到玄宗，他百感交集，随即上疏一篇，力陈潼关败亡的形势，极言朝廷军政的腐化。玄宗点了点头，迁他为侍御史，让他纠举百僚、推鞫狱讼。不久，又擢其为谏议大夫，在门下省负责侍从规谏。

太子一路北上，在灵武的南门城楼匆匆举行了登基大典。虽说是大典，规模其实很小，兵士不过数千人，大臣稀稀拉拉仅 30 多名。但对玄宗来说，却意味着一个时代的终结。高适不知所措了，这以后，该向哪儿跪拜？玄宗仍在传令天下，他要求皇子们兼任各地节度使，要求皇子们分别去扼守重镇。高适此刻的角色依旧是玄宗朝的谏议大夫，他熟读汉史，深知诸侯王的尾大不掉；他了解藩镇，对那些地方将领的割据野心，看得明明了了。玄宗的这个决定，即便是房琯提出来的，他也要竭力反对。房琯是他的宋州旧友，两人情谊甚笃，有过许多美好的交往。但在大是大非面前，高适负气敢言，宁可让挚朋侧目，宁可摔碎满桌子酒杯，也决不松口附和。高适追着玄宗，讲了很多道理，列了不少危害，字字铿锵，句句恳切，可玄宗什么也没听进去。命永王为江陵郡大都督的诏令已经下达。江陵是大唐的后勤基地，江淮租赋多集中在这里。永王反应很迅速，即刻赴任，即刻开衙募兵，在很短的时间内，新建了一个地方雄镇。

此刻，虎视眈眈的安禄山正盯着江淮。玄宗毕竟老谋深算，从混沌中觉醒过来的他，早已命盛王坐镇淮南。可这盛王，接到制令后，什么动静也没有，依然豪饮，依然赏乐。唯一的办法只能辛苦永王了，由他率师东下。

荒芜的北方，千里烟绝，尸骸满地。南方不能再出任何乱子了，尤其淮南，这可是战略后方，赋粮全指这里呢。玄宗有永王，有浩浩大军。肃宗呢，可出鞘的利剑似乎很少。猛一拍卧榻，肃宗突然想到了高适，对，高适了解叛军，了解玄宗，如果给足了荣耀，他的才华定能为己所用。"以谏议大夫高适为广陵大都督府长史、淮南节度副大使"，这个任命，太过意外了。高适一生追求功名，图的不就是这个吗。有了更高的职权，他为国为民的抱负不就更容易实现了吗。还没到任，他的奏表便一气写就了。在这篇激动的谢文中，高适对肃宗的赞美换了好几个称谓，皇风、陛下、明主，每一个都饱含深情。透过跳动的文字，可以想象出他近乎癫狂的兴奋。57 岁了，一直活在对玄宗的虚幻期待中，可每一次努力，均以黯然收场。肃宗的任命踩着点来的，这一刻，高适等了太久太久，从 20 岁等到了现在。

玄宗朝，天下有10个节度使，哥舒翰和安禄山便是其中之二，他们的府衙皆处边疆。高适的淮南节度使系新辟，在内地，在繁华的广陵，十几州的江淮财富是其最大的标签。新官赴任，高适领受的第一份任务是荡平叛乱。这叛乱，无关安禄山，直指永王。起初向玄宗进谏，高适就曾精准地预测说，永王一定会图谋割据。现在，预言成真了，任务领受了，可他这个主帅还滞留在长江中游呢。永王的先遣部队据说有5000人，已进逼广陵。广陵郡大都督府里，尽是些不懂军事韬略的庸碌文官，他们吝惜府库，不愿花钱征兵，即使原先的军队，也从不组织训练。幸好李铦在广陵，许是公差，许是路过，恰巧就在城内，他的身份是河北招讨使判官，对招抚和讨伐十分在行。由李铦紧急动员，几百匹马和3000步卒迅速到位。而永王的玉帐已抵达润州，正与广陵隔江相望。没打几个来回，广陵的第一股力量便拱手投降了。润州与广陵之间，永王与肃宗之间，一场更大规模的战役似乎马上就要展开了。军力不足的广陵，搬出了心理战。白天，举大量军旗，遮天蔽日，在岸边到处晃动。晚上，每人执两根火把，映到水里面，燃成熊光一片。广陵的计策果然奏效，润州瞬时慌了神。永王的两大部将，一个投靠了广陵，一个撤回了江宁。永王自己也丢了魂魄，误以为北军已渡江，趁着夜色，急匆匆朝南方奔去了。逃至大庾岭，永王中矢被擒，随后遭到了击杀。本准备一场旷日持久的战争，叛军还没入城呢，就这样草草落幕了。

等高适就任，烟尘已然散尽，淮南节度使的府衙已然装饰一新。在这场稳固皇位的斗争中，父与子之间，高适选择了子，兄与弟之间，高适选择了兄。误打误撞也好，深谋远虑也罢，平定永王叛乱这件事，高适的确得了个大功。披着功臣的光环，他在广陵待了一年左右。这期间，听闻安禄山手足俱落、眼鼻残坏、痛苦而死，他欢欣雀跃，立刻让判官李藟奉表陈贺。这位李藟，就是当年的单父县尉，如今成了淮南副手。听闻睢阳告急，他给河南节度使贺兰进明写信，请求出兵援助，还亲自领军赶赴睢阳。秉钺知恩重，临战觉命轻，他的目光已深深投射到了国运当中。在衙署前闲逛，听闻朝廷又要开考了，他立马想到了邢巨。20年前已经过世的邢巨曾为官京城、汴州、当涂、豫州、登封、咸阳、渭南等地，这么一个名动天下的才子，在老家扬州，竟连一间旧宅和半张书桌都没有为后人留下。在庭院里漫步，听闻栖灵塔悠长的钟声，他兴致勃勃地跑过去，凭栏远眺，提笔疾书，将眼前的高迥与辽阔一一定格了下来。他攀登所至的，既是淮南的高度，也是大唐的高度。

朝廷新的任命终于传来了。这是高适日夜期盼的，以前人微言轻，什么念头都不敢动，现在时过境迁，自以为是肃宗的贴心近臣了。"左授太子少詹事"，高适懵呆了，怎么没升迁，怎么还是个闲散官？他哪晓得，李辅国在肃宗耳边说过不少挑拨的话。或许是，永王乃皇弟，怎能说杀就杀呢？或许是，太上皇的人时刻得提防着。或许是，拍过某某的马屁，将来一定有二心。李辅国是宫内宫外出了名的小人，栽他手里头，高适的运气着实有些糟糕。

十

肃宗还是太子的时候，这位李辅国，这位奇丑无比的大宦官，就已经随侍东宫了。马嵬兵变后，他说话更有底气了，因了那份拥立之功，他更加骄纵，更加跋扈，弄权更加自如。接到吏部的任命，由李辅国特别授意的任命，高适于乾元元年（758）五月从扬州出发，一路前往洛阳。3个月前，朝廷下了诏书，复"载"为"年"。而去岁，已先行恢复了州名官名，广陵改回了扬州，太守改回了刺史。玄宗的影子正渐渐淡去，肃宗的威望正慢慢形成。但高适却提不起精神来，新朝新貌似乎和他没有丁点关联，他沿途看到的是寂寂的梁苑，是冷冷的睢水，是邑里灰烬与城池废墟，是黄蒿连天与白骨横野。

抵达洛阳的日子恰逢酷暑，在城西的开善寺里，高适一边消夏纳凉，一边调理身心。佛寺的清净、淡泊、空寥，阻隔了世事纷扰，也让他暂且放下了几个月来的郁闷失意。闲暇之余，他还去了毕员外的宅子，观看了画障上的骏马。那些栩栩如生的骐骥，他越看越带劲，仿佛自己就是当中的一匹，正等待君王从宫里发出的召唤。

乾元二年（759）三月，大唐60万官军兵败邺城，郭子仪砍断河阳桥，下令力保洛阳。在洛阳城外，战马的尸体和遗弃的甲仗堆满了道路。而在城内，惊骇的百姓四处逃散，高适和一大批东都的官员们来不及整理行囊，个个朝着西京长安，手忙脚乱地狂奔而去了。到了长安，高适领受了新的职务，朝廷命他赶往蜀地，赶往那里担任彭州刺史。拜见肃宗后，向着遥远的大西南，他悻悻地出发了，这一次的郁闷和失意，比去年的还要浓烈。蜀道难行，那是早有恶名的，峭壁、险峰、怪石、藤萝，一路上充满未知。刚刚启程，60 岁的高适就开始思归感怀了。人届花甲，也确实禁不起太多折腾。在无聊的彭州，他记录了两件事。一是给成都的杜甫写信，写佛香僧饭，写听法寻经，写寺庙里的种种悠闲。二是给长安的肃宗上疏，极言蜀中困弊和民众艰苦，请求合东西川为一道，请求罢西山三城之戍。这两件事，于知己情谊，于人民生计，都是至念至诚的，高适能做到的大概也只有这些了。

上元元年（760）秋天，61 岁的高适由彭州刺史转任蜀州刺史。任内两年多，他一直为平叛忙碌着。先是梓州刺史段子璋反，他随西川节度使前往戡乱。后是剑南兵马使徐知道反，他再一次举旗扬鞭，奋力击杀。这段时间，他要么在马上，要么在帐中，过的都是军旅生活。偶尔回到府衙，还没喝完一口水，接二连三的讣告便排队呈了过来。那位 9 年前与他一起吟诵"大漠孤烟直，长河落日圆"的王维，刚刚去世了。高适仍记得，在韦司户的亭院中，他杯碗一端，大声询问对方的生年，两人拱手一叙，竟是同龄同岁。那位好几次与他一起漫游、纵酒、高歌的李白，刚刚去世了。高适仍记得，永王兵败后，李白曾有过一次恐惧的求援。李白是永王的人，为永王唱了不少赞歌，高适的不理不问恰是对他最大的保护。还有玄宗和肃宗，在一个月内，相继去世了。高适惊闻后，跌了一长串跟跄，他连夜上表，请允还京，请允为二帝祭悼。他的请求被严词拒绝了。他倚着掉了漆的栏杆，空望北方，空望天下，老泪沿嘴角簌簌地滴了下来。

广德元年（763）二月二日，高适就任西川节度使。这一年，他 64 岁，而新皇代宗刚满 38 岁。代宗是肃宗长子，肃宗 16 岁生的。这一年，从盛夏到严寒，高适夙夜操劳的是如何练兵，是如何抵抗吐蕃。安史之乱刚刚翻篇，还没来得及喘气，吐蕃的雷霆进攻就迅疾而来了。七月，大震关陷落，河西与陇右尽入敌手。十月，长安陷落，府库遭掠，闾舍遭焚，城中萧然一空。十二月，高适苦苦坚守的松、维、保三州也被最终攻陷了。唐蕃之间的这场战争，直到高适病卒，仍在胶着地持续着。

广德二年（764）正月，代宗召高适返京，任命他为刑部侍郎。作为刑部副官，他在皇城的尚书省里，对大唐的每一部律令和每一卷刑法逐字逐句仔细钻研。代宗还授予他散骑常侍和银青光禄大夫，虽无实职，却很尊崇。加官之后，接着晋爵，封他为渤海县侯，食邑 700 户。这一连串的褒扬与恩赏显得姗姗来迟，但终究还是来了，终究没有缺席。那个惹人恨的李辅国，在一年前已被代宗暗自弑杀，他的头颅和一只臂膀被利刃一刀砍下，扔进了污秽的茅厕中。李辅国大概不会想到，他双脚碾压的高适，这么快就由地方转至中央，而且紧贴着代宗。

晚年的高适，对朝服的颜色看得有些轻淡了，可以大红大紫，也可以青袍绿衫。他在朝堂之上，双目直勾勾盯着的不是自己的官服和品阶，而是户部最近呈上来的公文，公文上那一组难以置信的数据。户部说，天下有 1692 万人。高适清楚记得天宝十三载（754）的奏章，那一年，有 5288 万人，是现在的 3 倍多。无休止的战乱，雪崩似的，让大唐帝国失去了山峰，失去了山脊，仅剩下一堆光秃秃的小丘陵。每每看到饿殍遍野和妻离子散，高适都会不自觉地想到杜甫，想到这位他一生当中常常挂念的知己。前年从蜀地分手后，他们再也没有相见，一个在长安，一个在成都，两人只能隔着山水眼巴巴地凝望。永泰元年（765）正月二十三日，66 岁的高适在京溘然长逝。杜甫听闻后，大哭了一场，为他的独步诗名而哭，为他的拯救苍生而哭，更为跨时代的若干个自己而哭。除了杜甫，为高适落泪的人应该还有许多。1200 年来，高适就像屋檐下温暖的兄长，一直在唐诗里发光，任何一个白天和夜晚都不曾离去。洛阳城外的甘水驿，说不定哪一天，又会出现某个晃动的身影。

封丘尉

一

马蹄声像嘀嗒嘀嗒的秋雨，每一次落地，都不紧不慢。积润驿的招幌下，有一长排拴马桩，空位可用的仅剩最东边那个。高适牵着缰绳，躲在人群后头，步子慢悠悠的，一点儿也不着急。

脚步到了驿站跟前，心思还没出上东门。洛阳外郭城，东面有3座城门，南为永通门，中为建春门，靠北的便是上东门。昨夜，在上东门内，高适与郑三、韦九，与一大桌洛阳朋友，喝了不少留别的酒。这顿酒，高适喝得很猛，他一端起杯子，就滔滔不绝。几乎没动筷子，他一句接一句，把50年来的躬耕与漂泊，把这一辈子的困顿与蹉跎，当作下酒菜，一口口咽下了。酒喝得越多，话语越起劲。内心翻江倒海，不少往事被搅动出来了，借着酒兴，那些积压多年的情绪，在今晚的宴席上，终于一吐为快了。他有些得意，说果真辞别渔樵，辞别犁牛和钓竿了，果真穿上朝廷配发的青袍了。他又相当失意，说不想去面对远路和鸣蝉，不想去过那种逢迎折腰的生活。

积润驿在洛阳城东30里，位于长安、洛阳、汴州这一东西轴线上，是唐代大路驿的重要节点。唐人东出洛阳，积润驿是遇到的首个驿站，在这里，公私迎送的景象常年繁盛。高适怀揣吏部的公文，由长安出发，经洛阳，正一路颠簸赶往封丘县就任。抵达积润驿之前，他路过了白马寺。该寺规模宏大，一直修建到了洛河北岸。其山门，距僧舍遥远，每天傍晚，僧人们要骑马去关门。寺前，他看见了高大的石牌坊。寺内，除了辉煌的殿阁，他还看见了铁铸的佛像和遍地栽植的竹子、杨柳、梧桐。高适对佛寺和佛法有一些研究，可他见到白马寺的时候，见到这座全天下最古老的寺庙的时候，并没有发出半句赞叹。他的全部心思仍停留在上东门内。郑三、韦九之外，上东门内的李颀令他印象最深。

14 年前，也就是开元二十三年（735），大他 10 岁左右的李颀登进士第。李颀在朝中任过几年卑职，后来到卫州的新乡县做县尉，因久不得调，愤而归隐。高适今年 50 岁，上个月从睢阳到长安，中了有道科，刚被授予封丘县尉。李颀中进士的年龄大约在 46 岁，比高适略早些。或许缘于经历相似，高适与李颀他俩在洛阳的聚会，显得格外情真意切。临别时，李颀写了一首长诗，不断宽慰高适，说官职虽不如意，但莫要推辞，不久的将来，定能召回京师的。在积润驿的馆舍里，高适一边喝着茶，一边回味李颀的诗文。手里托着象征身份的黄色丝带，高适不敢多想，他生怕自己的明天就是李颀的今天。的确，知天命的高适曾经狂歌激咏，曾经讲过许多故作放达的话，但对官场的渴望，他内心的那团火，始终熊熊燃烧着。

积润驿迎来送往的人影，让高适想到了两位伯乐。一位张九皋，一位颜真卿。本年春天，睢阳太守张九皋将他的诗集献给了皇帝，监察御史颜真卿为他写序赋诗，还遍呈当代群英。打 20 岁起，高适便赴京赶考，如今 30 年过去了，才最终有了结果。张九皋是他地方上的父母官，他长期流寓梁宋，在张九皋的治下边耕边读。颜真卿小他 9 岁，15 年前进士及第，7 年前又中了文词秀逸科，在朝廷里负责分察百僚、巡按州县，官品虽不高，却是由帝王亲自任命，很接近权力的核心。一个在地方、一个在中央，一个从外部、一个从内部，有了他们的推荐，高适的人生航向才出现了转机和光亮。

接到吏部公文时，恰逢三伏天，长安热得很厉害。高适顾不上擦汗，袖口一挽，疾书了 143 个字，言语当中，异常兴奋，处处洋溢着孩童般的喜悦。这份喜悦，是潜意识里的感谢，感谢圣恩的垂怜，感谢这么多年来自己的坚守与执念。可在同一瞬间，他的心底又升腾出某种胆怯，他诚惶诚恐，自谦为田野贱品，说像草尖上的昆虫一样，也沾得了上天的雨露。对接下来的官场生活，他战战兢兢，虽然朝思暮想了大半生，可这猛一下子冲到眼前，还真让他有点手足无措。他顿首，再顿首，脸上的忐忑像个无辜的孩童，那惆怅浓得快要结冰了。他很清楚，封丘县尉这个职务不是他的期待，他有更高的追求，有更大的抱负。提起笔，他想碰碰运气，想凭借文学上的才华，来改变朝廷的决定。给左相陈希烈和右相李林甫，他分别写了一篇宏文，跟当年北上幽蓟时，给信安王李祎和恒州刺史韦济的属同一类风格，先是颂扬对方，各种浮夸的词汇，尔后转到自身，一大堆哭诉和不满。李祎和韦济没有搭理他。十几年后的今天，陈希烈和李林甫也没有搭理他。陈李二人，一个唯唯诺诺，一个面柔狡诈，要是真被他们关注了，不晓得是福还是祸。攥着吏部的文书，高适找不到特别的人脉，只能沿着大路驿，朝汴州，朝封丘，一路晃荡前行了。

　　由积润驿东去，没几步，就能见到石桥。远溯至晋代，在这里的阳渠、谷水上，当地万千军民便用巨石垒出了不少桥梁。每一座又高又壮，宽阔的拱洞下面，一艘艘巨舫来回穿梭。站在桥首的石柱旁边，高适忍不住掉头凝望，凝望洛阳，凝望那里的友人和那一片曾经的荣耀。开元年间（713～741），皇帝5次巡居洛阳，先后10年在此处理政务，那是洛阳的高光时刻。天宝以来，无论宫城，还是宫苑，再也看不到颁布律令、举行宴享的场景了。洛阳，似乎被天子遗弃了。高适回望这没落的东京，迷迷蒙蒙中忽然感觉到了一丝凉意。夏秋之间的一阵晚风，从水里面刮进了他的长衫。

　　前往封丘，必经汴州城。汴州所辖6县，开封、浚仪、陈留、雍丘、尉氏皆为望县，独封丘弱一些，是个紧县。唐县等级，简单来分，可列为7等，赤、畿、望、紧、上、中、下。若细致点，可列为10等，赤、次赤、畿、次畿、望、紧、上、中、中下、下。无论如何，高适的封丘县地位有点尴尬，离他心目中的赤畿大县，隔着一段非常遥远的距离。虽不称意，也得一步一步走过去，幸好有马，偃师、巩县、汜水、荥阳、河阴、郑州、中牟，曲洛驿、孝义驿、须水驿、管城驿、罢子谷、虎牢关、永福湖、圃田泽、板桥店，一路风尘仆仆，沿着黄河南岸，赶到了汴州城。在城里头，他没找到故交挚友，也没写几首闲逛的诗文，几乎匆匆一瞥，连饭菜还没吃完，就直奔封丘而去了。出北边的玄化门，经七里店、刘子坡、陈桥驿，高适又走了50里，终于在初秋来到了封丘县。

　　封丘曾是羌人故地，北扼燕赵，南锁大梁，是一个兵家必争的水陆枢纽。长安至洛阳八百五六十里，洛阳至汴州420里，加上汴州至封丘的50

里，高适这一趟，足足走了 1300 多里。千里赴官，不怕什么旅途劳顿，最令人揪心的是将要赴的这份官职，是自己极不情愿的。封丘地理位置再好，于高适而言，也仅是一处荒凉无比的官场边陲。

唐代县衙里的品官有 4 个级别，县令、县丞、主簿、县尉。县令最高，是一县之长。县丞，县令的副手。主簿，管理文书、簿籍和印鉴。县尉最低，具体执行县衙里的公事，其数量是唐代官员中最大的一批。封丘属紧县，县尉的名额有两个。要是那些赤县，会配 6 个，每人分管一曹。县里的六曹，功、仓、户、兵、法、士，对应中央的尚书六部，或州里的六判司。封丘只有两个县尉，一人分管功、仓、户，一人分管兵、法，某一人兼管士。高适所担任的大概率是司户尉，分管功、仓、户，地位略高一些，不涉及捕贼捉盗等差事。与他搭班的俗称捕贼尉，平时挺辛苦，排名也在他后面。

二

初至封丘，高适就表现出了不太寻常的愁闷。到官数日，窗外的秋风和人生之秋，窗外的暮色和人生之暮，叠加在一块，令他辗转反侧。空荡荡的房舍拐角，一人独卧，与睢阳的家眷相隔百里，无法团聚，这份空虚和寂寥，牢狱中的囚犯似的，要么挠心，要么抓脸，扰得他昼夜不宁。

一整个冬天，高适没怎么动笔。直到第二年早春，与州郡的崔司户一同郊游，才勉勉强强写了几句跌宕起伏的诗文。他们去的地方叫蓬池，在开封县东北 14 里，是个天高地迥的巨泽大薮。在那里，他们看见了北归的飞雁，看见了流动的春云，看见了芳菲的垂柳。他们登上高台，拿出随身携带的美酒，你一杯，我一盏，痛饮了好一阵子。酩酊大醉时，高适又开始说酒话了。这酒话，也是真话，跟洛阳上东门内的一脉相承，一半说自己的苦闷，一半说对方的未来，重点是对方，他日若飞黄腾达了，可别忘了提携一把。高适的社交圈，在封丘，在汴州，正缓慢地扩大着。

县尉的仕宦前景有几种截然不同的路线图。理想的是赤畿尉，他们算士人中的精英，将来能做到宰相。躺平的是中县尉和下县尉，他们大多由流外官充任，那是平庸的一群，永远在州县沉浮。望县、紧县、上县的则很不明朗，运气好的能至赤畿尉，能至中央的监察御史，运气一般或糟糕的，一生只能在京畿外迁转，他们的名字顶多以县令的身份出现在墓志上。高适的封丘尉处于望县和上县之间，是不明朗中的不明朗，他的运气又向来糟糕，所以在封丘，他的县尉生活被涂上了一层灰暗、悲观的色彩。

这一阶段的高适，每天步履徘徊，神情恍惚。他花 30 年精力，拼命考来的官位，在妻儿眼中竟是一个笑话。对上，拜迎官长，对下，鞭挞黎庶，除此而外，终日无所事事。他有点怀念草泽中的狂歌与故乡的田野了，他向往陶渊明的生活，经常喃喃自语，吟诵归去来兮。进一步，与狡黠的小吏为伍，他不屑；退一步，就此归隐山林，又觉得窝囊，他不甘。进退维谷间，他的神情更加恍惚了。

得出门透透气了。何时去？去哪里？唐代州县，一日分两衙，赶早的朝衙和夕色下的晚衙。朝衙跟太阳同步升起，一直到晌午。中午，大家在食堂里会食，饭后休息。到了傍晚，再办公，忙一两个时辰。这样的作息时间看似宽松，却出不了门。要出门，近处的用旬休，远处的用各种超长假期。旬休即 10 日一休，每工作 9 天，第 10 天休息。超长假期，有元正和冬至各 7 天；有看望父母的定省假和扫拜假，35 天和 15 天；有五月的田假和九月的授衣假，各 15 天。眼下这时节，元正、冬至和田假均隔得老远，父母已去世多年，定省假和扫拜假也无法申请，唯一能派上用场的是授衣假。九月开始霜降，人们要留出大把时间，来制备御寒的冬衣。利用这 15 天长假，高适决定去东北方向，经匡城和韦城，赶去濮阳，他要拜访一位隐士，一位与他年龄相仿的士流偶像。隐士名曰沈千运，江南吴兴人，天宝以来，清贫困苦，屡举不第，恰巧隐居在濮阳一带。沈千运的感怀诗里，有一句"五十无寸禄"，这与李颀评价高适的"五十无产业"颇为相像。过了 50 岁，沈千运仍旧布衣，仍旧缺少功名，但活得我行我素，有时耕种、有时练剑、有时作文，每日自在逍遥；而高适青袍加身，成了高县尉，成了县衙里的品官，但活得憋屈痛苦，远没沈千运这般淡泊洒脱。行走于濮水之畔，高适听着清脆的捣衣声，听着疾风扫秋树的沙沙声，他越来越羡慕沈千运的栖隐无束了。

对高适的来访，沈千运喜出望外。入夜，秉烛长谈。白日里，还特地邀请一大批至交，陪他游览圣佛古寺。寺内，有一高阁，登阁远眺的时候，盯着晚霞和余晖，高适的思绪凌乱如麻。他捕捉到了清霜中的鸿雁，这鸿雁，跟早春蓬池的那几行，应该不是同一批，飞舞的姿态明显歪歪扭扭，好像郁积着某种怨气。他还捕捉到了孤帆、远树、寒风，一切图景都写满了萧索和伤感。沈千运懂他，他也懂沈千运，二人只要携手并肩，哪怕一句话不说，也能读准对方的心跳。

送别高适后，沈千运多了份挂念，他日夜怀想，怀想这位同病相怜的官府中人。还没出秋天，实在熬不住的沈千运一路南下，上门来寻高适。临行前，他认真写了十几句诗，将风尘和礼数，将山林和闲散，写得令人潸然泪下。沈千运的胸襟和志趣，像一首直叩心灵的曲子，每一次弹唱，都从骨子里深深感染着高适。在封丘，分手的那一刻，高适积压已久的情绪终于爆发了。他将杯中酒一饮而尽，说若是醉去，在梦中，仍要与沈兄相会。沈兄的形象不仅是一个隐者，在高适的独特性格里，已将他定义成一种图腾，放弃仕宦、追求自我的精神图腾。

三

万物渐寒，天宝九载（750）的冬天马上就要到了。无聊的县衙和冷清的官舍，高适已经待了一年多，接下来的每一个时辰，对他而言，皆捶心一般煎熬难耐。他想出了一个办法：幽蓟前线正大规模招兵，如果自己与捕贼尉换岗，不但保住了县尉名分，还能重访北疆，去边塞溜达一圈。一听他的提议，搭档高兴坏了，立马满口应允。就这样，掸了掸灰尘，高适领着一队新兵，朝北方的幽蓟战场迎冬出发了。

北上的旅程寒冷、艰险、漫长，高适毫不在乎，反而表露出了极大的热情。送兵路线分三段，南段、中段、北段。南段由封丘启程，经胙城、白马、黎阳、汤阴，至相州，290里。中段由相州至幽州，1200多里，沿途有邺县、滏阳、台城、邯郸、临洺、沙河、内邱、安喜、望都、北平、满城、涞水、范阳、良乡等县，涉磁、邢、赵、定、易等州。高适只顾着赶路，对中段的许多风景名胜，如安阳桥和韩陵山，野马冈和榆林店，赵州桥和祁沟关，他一点儿都不感兴趣。最后一段是北段，打幽州的蓟县动身，折西北而去，经昌平县、居庸关、石门关，最终抵达清夷军驻地，里程在210上下。高适选的这条路，沿太行山东麓北行，自古以来就是中国南北交通的主干线。在这条廊道上，发生过不少立国建都的大事，夏和商，战国的赵、魏、燕、中山，魏晋南北朝的后赵、前燕、后燕、东魏、北齐，各大国在此争相落户，纷纷营建辉煌的宫殿。以高适的一贯做法，他很可能会左顾右盼，凭吊、感怀、长啸，将身边几千年的风雨融入一杯酒和一首诗里。但这一次，他特别敬业，规规矩矩地送兵就是送兵，不夹带任何游山玩水的念头。

向往自由的高适突然拘谨了起来，如此反常，是有原因的。他要好好表现，表现给那个人看，给大唐北方最有权势的那个人看。他又写长诗了，继李祎、韦济、陈希烈、李林甫之后，第五首空洞浮夸的长诗。他盛赞亚相，连亚相手下的侍御、太守、司业、秘书一个不落，统统歌颂了一遍。唐代称御史大夫为亚相，三年前，正是北方这个人，以范阳、平卢节度使的身份，兼领了御史大夫。前年六月，皇帝赐他铁券，给予赦免特权。今年六月，他又被赐爵东平郡王，成为唐朝历史上第一个封王的将帅。他的信息，高适所掌握的大概就这么多。距上次出塞幽蓟，已经过去了15年，这15年来，高适对北方的情形并不熟悉。他强烈要求走这一趟，除了散散心，隐藏着的真实目的，是希望得到那个人的青睐。那个人，比他小3岁，叫安禄山。

高适很清楚，他的这份表白，安禄山几乎不可能回应。但他还得试一试，尽管希望渺茫，仍旧要试一试。看着龙戏沧浪，看着凤栖梧桐，他这只不起眼的雕虫，一直蠢蠢欲动，他也想住进广厦，做一回人上人，也想展开垂天翼，怒飞几千几万里。

此行的终点是清夷军大营。清夷军驻扎妫州，因附近有清夷水而得名，属范阳节度使管辖，是安禄山的核心防区之一。根据编制，这里拥兵万人，养马300匹。高适的任务是把封丘招募来的新兵一路运送，补充到这清夷军的营帐中。塞外的雪下得很早，路面上、峡谷里、山峰顶端到处堆满了，分不清哪儿是天，哪儿是地。随行的兵卒们个个怨声载道，他们习惯了黄河流域的生活，突然被带到燕山山脉，这四周的荒凉和凄冷是他们难以忍受的。高适的政治热情被塞上极寒浇凉了一大半，他独自感叹，"谁知此行迈，不为觅封侯"，送兵就送兵吧，莫要有非分之想。在这乱象横生的幽蓟边地，那些官场逢迎的卑劣故事，显得多么苍白，多么无力。

从清夷军返程，要经过居庸关。居庸关离军营80里，关城西跨太行山余脉，东跨燕山余脉，自北魏年间开始修筑，是名闻天下的边疆险塞。高适望着连绵不绝的敌楼和隆隆突起的烽火台，为飞鸟捏了一把汗，就怕它们的翅膀越不过这人为的高度。送兵结束，匹马、单衣、空山，高适的回程之路，听到的是溪泉呜咽，看到的是云雪漫漫。他孤独透了，倚在居庸关的垛墙下面，想着微禄和宝刀，想着青袍和白首，口中哈出了一阵阵悲凉。

在幽州城里，也就是蓟县县城，高适停留了一段时间。他的心头不断翻涌着惆怅与愤恨，他想不明白，奚和契丹为何屡屡反叛？自己有一长串安边良策，可惜了，全散落在屋檐下的瓦砾中，无处堆放。安禄山和他的将领们，这次走近了看，大多刚愎自用，大多恃宠骄横，个个傲慢、腐败、轻狂，朝廷为何要重用他们？奚和契丹这两个北方部落，都与潢水有关。潢水，就是今天内蒙古的西拉木伦河。奚是匈奴的别种，自北朝以来，居潢水中上游。奚王的牙帐在饶州，在潢水石桥的北面。契丹居潢水中下游，其牙帐南行 400 多里，可抵营州。奚和契丹之间常常纠缠不清。若干年前，日益强大的契丹溯潢水而上，夺了奚的牙帐。奚人被迫南迁，重新建账，大概方位在幽州以北 900 里处。这两个部落与大唐之间也是常年纠缠不清。大唐的想法是要灭四夷、威海内，做全天下最强的帝国。但奚和契丹始终制服不了，和亲等各种手段用尽了，仍不见效果。安禄山登场了。这个流淌着杂胡血液的营州人，能讲六蕃语言，在诸夷互市的场景中，到处游荡。靠贿赂和献忠，他迅速崛起，而且很快稳住了奚和契丹。就在最近，他还去了趟长安，亲自押送，给皇帝进献了 8000 名俘虏。幽州的东北方向 900 里地便是营州。19 年前，高适曾去过那里，对那里饮酒和骑马的少年仔细观察了一番，狠狠赞扬过。营州与幽州是平卢节度使与范阳节度使的治所，这两大节度使都挂在安禄山的身上，一个领兵 37500 人，一个领兵 91400 人。此行幽州，此行清夷军，高适看得真真切切，这些部队，不姓唐，不听命于朝廷，而是变了味的私人打手，是安禄山的庞大家丁。奚、契丹、大唐在这里上演的很多战争，本可以避免，也应该避免。

在幽州，高适见了王悔。王悔是他无话不谈的故交，曾做过前任节度使的管记，负责掌理幕府里的文牍。王悔与他一样，当年也有过高远的志向，也想建奇功，也想立大业，但一年又一年被无情地碾压，所有棱角都被磨平了。薄宦、飘飘、怅望，折剑、随波、羁滞，仕途中的每一束光都遭到了遮掩，他只能寂寂一人躲在黑暗的角落里。王悔的一句句感叹像一根根钉子，扎进了高适的心坎。对仕途和未来，高适用半壶酒喝出了更加酸楚的味道。

这一年除夕，在蓟北的旅馆里，高适照着镜子，发现两鬓生出了许多白发。他思念故乡的亲人，他怀念那些纵马天涯、耕种南山的日子。

四

过完年，自蓟北，高适缓缓南下。途径燕赵故地时，他碰到了一名侯姓县尉，两人弹弦把酒，讲了不少知心的话。在酒桌上，他愤懑的心情还没有平复，还是那样咚咚如鼓。他描述塞外见闻，说边兵若刍狗，说战骨垒尘埃，凄苦、悲惨、绝望，活似人间炼狱。他唯一的期待是这开春二月，滹沱堤岸的垂柳和渤海上空的飞莺，能带给人们一点点久违的清新。他对侯县尉坦言，不管君意如何，我这叶江海扁舟是要打算回归港湾了。

南下的路线远离太行山脉，中途有涿州、莫州、瀛州、深州、冀州、贝州、魏州、澶州，有不少故城，大易故城、易京故城、任丘故城、芜萎故城、下博故城，适合畅游，适合忘却烦恼。在瀛州的河间县，在冀州的信都县，高适干脆停了下来，如当年漫游一般，泛舟长丰渠，登临辟阳城，同沙鸥、渔夫相伴，与流水、荒台相随。这期间，他听到了一个传闻，一个有关安禄山和杨贵妃的传闻。今年正月初一，安禄山过生日，皇帝和贵妃给他赏赐了大量衣物、宝器、酒馔。正月初三，贵妃用锦绣做的大襁褓，将他裹起来，叫宫女们抬着，一片欢呼嬉戏声。在宫中，安禄山成了贵妃的"禄儿"。其实，早在 4 年前，45 岁的安禄山就已经是贵妃的"养儿"了，那一年，贵妃 29 岁。对这样的宫闱丑闻，高适忧虑极了，就怕衍生出什么变故来。高适还听说，在骊山的华清宫，安禄山运去了很多东西，有白玉石雕，有银镂漆船，有数不尽的沉香和珠玉。那华清宫，一到冬天，便取代长安，成为另一个政治中心。罗城的津阳门和昭阳门，宫城的开阳门和望京门，这些巍峨的城门连同遥光楼、飞霜殿、斗鸡台、芙蓉园，还有九龙汤、贵妃汤、太子汤、星辰汤，这么多奢华的布置，将帝王的爱情传奇营造得无比浪漫。而在幽蓟边关，那些远离家乡的兵士们正经受着与妻儿分别、与冰雪厮守的煎熬。高适越想越憔悴，他不敢再比对了，他只能沿着规划好的路线，继续南下。

回到封丘，高适与颜县尉经常聚在一块。颜县尉当下的状态跟高适近几年来的一模一样，秋夜怅然，独坐新斋，对州县的生活也是万般无奈。篱下黄花，屋前白日，都与他个人没多大关联。已经重阳了，官家的冬衣还没分发下来。敲着算盘的掌柜看不见银两，连半滴浊酒也不肯舀出来。眉头紧锁的颜县尉一阵阵喟叹，一次次断肠，一遍遍搔首，他有点分辨不清，自己到底是不是燕雀。而高适好像变了个人，他内心当中，那些曾经的波澜，那些曾经的期待，随秋叶一道纷纷落下，纷纷飘走了。

这一年秋天，高适给睢阳太守路齐晖写了一篇长文。路齐晖本在户部任职，是备受尊崇的员外郎，后来出京，成了睢阳太守。他对高适情谊深厚，有援引之恩。高适在文中说了不少薄宦穷愁的话，最核心的是感谢，感谢路太守多年来的关照。这是一封告别信，与眼前的日子，与眼前的官位，高适最终决定了要离去，不允许任何犹豫，必须得离去。痛苦归痛苦，挣扎和抛却之后，才有机会看到更加明媚的天空。

一年后，在长安城，在慈恩寺和曲江池，高适的身影经常闪现。他不再是封丘尉了，他没有任何品阶和俸禄，他找回了自己，他又能随心所欲地登塔、纵酒、高歌了。与杜甫、岑参同游，与崔司录、李士曹共饮，还送别了一大批友人，王县尉、张县尉、白县尉，蹇秀才、郑侍御、董判官，临别时，他将露水、西风、落木，将征马嘶鸣和金鞭铁骢，描绘得如流云般轻巧。

闲谈中，人们聊到了李白。李白与高适与杜甫，8 年前曾一起漫游梁宋，他们登琴台、猎沼泽、进酒肆，共同度过了一段无忧无虑的时光。人们听说，李白孤寂一人，往幽蓟方向，匆匆北去了。一反常态的李白，在一年前突然冒出了投笔从戎的念头，他也想奔赴安禄山的大营，也想到那里去撞撞运气。出发前，满心激越，誓要拂剑起，誓要收奇勋；走了一半，没底了，且探虎穴，且唱离歌；到了塞上，吹北风，淋雨雪，傻傻地站在燕山脚下，一切梦想都灰飞烟灭了。李白小高适一岁，他们二人在同样的年龄，怀着同样的信念，走着同样的路线，落得了同样的结局。如此巧合的背后，也许只有马蹄声，大唐帝国或紧或徐的马蹄声，才能为我们带来某种解释，某种启迪。

高适的月光

　　白狼川的轻雾一团顶着一团,孩童爬竿似的快要追上尖钩,追上那弯俏皮的新月了。蟋蟀趴在屋檐底下,撕心裂肺地鸣叫,快要将萧索和凉风,将枯死的花瓣和孤寂的月色,一个个牵引出来了。高大的馆舍里头,除了杯盏的撞击声,屏住呼吸,还能听见旷远的钟声和幼雁的归声,这些珍稀的动静,在残月的监视下快要奄奄断绝了。若回到唐朝,回到高适身边,每一个夜晚,每一片月光,都会伴随着数不尽的拥抱和别离,在诸般情境中,朝我一阵阵撩拨怀想。

　　金月在空中挂着,一抬头,高适就能看见。那是开元二十年的月亮,33岁的高适刚从大漠风沙和长城雨雪里走过,他的眼前是弯弓,是战马,是羽檄,是楼船,是帝国将士的豪迈气概。而他,正蜷缩在风烟的角落里,正在守候三军统帅的一句回话,一句嘘寒问暖的回话。那是开元二十二年的月亮,由北疆南下,路过恒州时,他给当地刺史投了篇长长的韵文。那一刻的高适既无产业更无官职,只有一轮贫穷失志的明月。他盯着北斗七星,祈望借助那颗最高最亮的,能听来一声召唤,一声刺史府里的随意召唤。那是天宝八载的月亮,50岁的高适终于登第了,终于得了个小小的县尉。可他心有不甘,一辈子的努力怎是如此结局?他在风尘之下,望着那初秋的清月,给霄汉之上的宰相献了首空洞浮夸的乐府诗,赞美和颂扬的背后,是强烈的渴求,渴求援引,渴求关照。

　　酬答友人时,高适的眼神只留意一半月光,另一半,那些浪漫的、温柔的、缠绵的,统统被掩埋掉了。在一个微凉的秋夜,他酬谢岑主簿,他的文字当中,除了枯萎的荷叶,便是斑白的乱发。从梧桐树梢上升起来的

171

月亮，他一直视而不见。人在江海，心在魏阙，他满脑子都是建功立业，都是对朝廷和官场的各种向往。在一个寒冷的冬日，他与李太守唱和，掀开帷幔，他明明看见了皎洁的月光，却使劲东拉西扯，一会说险要的山崖和荒芜的院落，一会说凋零的树干和侵霜的仪仗，反正躲躲闪闪、吞吞吐吐，将自己的牢骚和憧憬全盖到了月光上面。

偶尔参加宴饮，在欢快、喧闹的氛围中，他面对月光，也是感伤不断，心里头凝结了一大堆沉重的情绪。自燕赵归来后，他的脸色没好看过，虽口口声声说不在乎，还与朋友们约定要去东亭玩月，要大胆放肆一回，可一到现场，他吟诵出来的仍旧是野火，仍旧是荒村，仍旧是树荫的怅然和故园的愁闷。哪怕是早春，哪怕遇见了流霞和莺燕，遇见了竹笋和槐芽，他牵着马，也是一路行走，一路留下歪斜失意的脚印。这些脚印，每一个都扎进了泥土里，每一个都带有清晰的轮廓，都深藏着朦胧的心境。白天，他魂不守舍，很期待夜晚的到来。夜幕降临后，抵挡不住月光的跟随，他又转过身，开始怀念白天的相聚了。只要有月光在，他那股隐隐的悲绝便始终挣脱不了。

旅途中的月光常与舟船相伴。35 岁那年，高适曾南下荆襄，他与友人泛舟南浦，望月西江，共同度过了一段寄情山川的日子。40 岁那年，他独自一身，东出齐鲁，漫游异乡。在渺茫的水面上，他重复看到的是凉月，是孤舟，是摇落的清秋，是悲悯的人世间。无论追逐青云，还是寻觅蝉鸣，高适的行旅生活在月光的照耀下，或快步流星，或迂回徘徊，每一次都充满了焦虑和变数。

离别时的月光，不管哪个季节，它的色彩一定是凄清苦寒的。高适的一生经历了太多分别，一扭头，十有八九，皆最后一眼。那是漳水上的河洲，夏云密布，明月如盘，一顿小酌后，他要与韦五躬身道别了。那是旅馆里的长夜，听说行囊已经备好，听说凌晨将要远走，啼鸟们沉默了，流动的新月也突然凝滞了。那是故国的高台，月光粘在随风飘转的蓬草上，非要将李八的情义一点不剩，全留在自己身边。那是沈四的安慰，莫怕喝醉了，明月定会在梦里，与你一同追忆那些愉快的往事。那是给王十七的赠言，行兵贵在月盛时，若亏月出击，连月光都没有，何谈胜算与希望。在离别时分，高适对月光的这些情感，既眍着眼不愿多看，又在内心深处为它们安了一个又一个温暖的家。

大器晚成的高适仕途上顺风顺水以后，便对月光极少再动笔了。他的寒空，他的乡思，他的瞻望，还有他的蹉跎岁月和清旷旅程，都随着他官位的一步步攀升，离我们愈来愈远了。一介布衣或一名低级官吏，他们所书写的，往往比那些帝王将相们的要耐看得多。高适的月光和他月光里的故事，千年以后，仍在民间，与普通百姓一起流浪，一起并肩生长。

高适的雪

　　贴着北风的雪，冥冥沉沉地，寥落、苦愁、漠然，从屋顶直接钻进了屋内。透过矮门，透过由几根枯木条搭起来的矮门，雪下了一整天，下成了矩形，下成了长方形。边塞号角裹着弯弓和马蹄，趁夜色，朝敌营大帐上那纷纷扬扬的雪奔腾而去了。在高适眼中，每一场雪都带有诗意，它们的情绪、形状、声响一到人间，便发散开来了。

　　对宋州的雪，高适快要麻木了。50 岁之前，他一直流寓宋州，在那里，他度过了一个又一个冬日，熬过了一场又一场漫漫飞雪。

　　天阴雪冷，他收了收腰带，独坐草庐，孤倚残墙，紧盯着门外的一棵棵杨柳，自责，发愣。30 已至，功名未到，这么些年来，他所读的书，所练的剑，所谈的家国情怀，竟抵挡不住几片雪花的侵袭，在一阵飕飕的寒风中，悄然消散了。他只能依靠樽中酒，只能自斟自饮，不然这日复一日的等待实在太无聊了；他只能一声大喊，吓跑门前的鸟雀，不然故交们的影子又要随梦境一次次晃动了；他只能在幽暗的角落里，一边劈柴，一边歪着头凝望天空，空中没有鸿鹄，没有大鹏，唯有迷迷蒙蒙的暴雪。

　　偶尔遇到一两个地方名流，哪怕是位高权重的太守，他也提不起精神来。宋州出过许多大人物，比如庄子，比如微子，比如西汉的梁孝王，高适一想到他们，更加自卑，更加伤感。在奉酬李太守的诗文中，他听雨雪、怀古人、思前途，将一堆牢骚全扣在陡峭的山崖和无辜的猿猴身上了。天晴则罢，一旦下雪，他的冲动，他的愤懑，就像决堤的洪流一样，谁也阻拦不了。

　　他 48 岁那年，宋州风飙地暗，冬季特别寒冷。在连绵不绝的雪天里，他一口气送别了 3 位友人。第一位是崔二。他们一起长歌，一起痛饮，还面对面坐下来，谈论燕乐和车骑，谈论芙蓉的姿态和兰麝的馨香，他写了句"穷达自有时，夫子莫下泪"。第二位是刘书记，将要到楚州赴任的刘姓掌书记。几载困顿，一朝转运，这位草野间的酒友将要冒雪远行了，他替人家高兴，写了句"男儿争富贵，劝尔莫迟回"。第三位是董大。在黄沙满天、鹅雪飘落的日子里，高适身无分文，连一顿请客的酒都喝不起，无奈之下，他只好顺着离雁的悲壮，写了句"莫愁前路无知己，天下谁人不识君"。那一年的雪，是高适一生当中所见过的最灰暗、最凄冷的。枯槁、郁快、憔悴、惨烈、阴森、慷慨，纵有文章惊海内，哪敢策马走天涯？无论他怎么用力，都拨不开雪帘，都找不到路的方向。

稍微明快点的雪是在淇水之滨下的。那是 6 年前，他游历卫国故地，在淇水岸边，在西山尽头，他开田种桑，围栏养鸭，想过一段远离俗世的闲居生活。那一年冬天，他送别蔡十二，尽管一再克制，忍住了感伤，忍住了愁绪，但在无意之中，他还是看到了黯然，看到了悲酸，看到了河流中的冰块和寒路上的积雪。那一年冬天，他终于等来了卫八的信函。那是一个傍晚，酒还没醒，他打开衡门，坐在雪地里，雕塑一般，非要守候卫八的消息。卫八捎来的，或许还有李白，还有杜甫，还有一大批朋友的雪中近况。

北疆幽蓟的雪，是高适这辈子见得最多的。他曾两次北上。第一次是 30 出头，由宋州出发，又返回宋州，他想去军中历练，想得到贵人的提引。第二次是科考及第，是当了县尉以后，年龄已过半百，在那个时代，属于十足的老者了。

头一回北上，他看到的雪，那色泽、那温度、那情状是渐次变化的。起初，跟着一片片雪花，他能看到塞外的雄阔，能看到碣石、渔阳、辽西的壮美，能看到大帐里的风度和将来的宏图伟业。在给前方主帅的自荐诗里，通过对沙场雨雪的敬畏和赞美，他还看到了军士的神勇和高超的谋略。可紧接着，他不断遭遇的是孤苦伶仃的老兵，是缺衣少粮的戍卒，是茫茫大漠和浓浓烽烟，他曾经欣赏过的关亭白雪，突然之间，变得凌乱霏霏，成了愁煞人的绵绵怨恨。以至于送李少府的时候，寻王之涣的时候，他的内心开始波澜起伏了，他不再因雪而歌舞，相反，一碰到雪天，他便忧愁丛生，便对仕途的艰难和行路的凶险充满了喟叹。

再次北上，相隔了 16 年。在这 16 年里，高适已经由热血青年步入了历经磨难的中老年，他刚刚脱去布衣，刚刚穿上县衙里品阶最低的官服。他北上的任务是送兵，是为边关军营补充兵源。一到蓟北，他就发现了处处横生的乱象，可他人微言轻，没有谁会在意他的任何想法。积雪很厚，从地面直接连到了天上，望着当中的那一排排军塞，他为这些新兵的生死和命运隐隐担忧了起来。返程途中，经过居庸关时，他听泉声、听风声、听鸟声，感觉云雪中的一切动静都是呜咽悲鸣的。在某个馆舍的角落里，他与同病相怜的老友王十七，对酒畅聊，共吐不快。那个夜晚，一说到旅途和雨雪，他们俩就格外激动，就要当场折剑，当场南归，当场做一名抛却欲念的盛唐隐士。

这趟送兵回来没多久，高适便解开官袍，西游长安了。在繁华的京城里，他为很多朋友饯行，这些朋友，关系或亲或疏，职位或高或低。但无一例外，高适的每一句赠言都是情真意切的。尤其写给董判官的"近关多雨雪，出塞有风尘"，将自己毕生的感念，凝成一小块幸运玉佩，紧紧系到了对方的腰上。在高适心头，这雪，不论宋州的、淇水的、幽蓟的，还是别处的，皆非自然飘落，它们的每一次造访，每一次叠压，都有来意，都有一长串深深浅浅的故事。高适的雪，情感丰沛、状态分明、音韵雄浑，它是从唐诗里汩汩流出的千年绝唱。

高适的雪，时至今日，一直在下。

高适八劫

客舍劫

相逢旅馆意多违，暮雪初晴候雁飞。
主人酒尽君未醉，薄暮途遥归不归。

——高适《送李少府》

再硬朗的汉子也有柔软时刻。比如他乡遇故知，比如酒尽话兴，比如他乡遇故知的时候酒尽话兴。男人破防，只在一瞬间，前一秒相安太平，后一秒漫灌千里。旅途中的景致新鲜、撩心，而这背后是陌生。一陌生便拉开了距离。突然邂逅的老友，一伸手，又将这段距离迅速缝合了起来。还有南飞的大雁，还有慵懒的夕阳，还有遥远的归程。端着空酒杯的男人抬眼四望，这竟是客舍，竟是一座冷冰冰的他乡旅馆。

面对终日相处的人，三言两语嫌多，喋喋不休嫌烦，唯有偶见偶遇才会口若悬河，才会吐纳江川。反正久未联络，夸大悲惨或胡诌成就，无处查证，无处检验，怎么爽心怎么侃。但内心是虚空的，每一句不实在都对应一把刀，刀刀割在不如意的伤口上。客舍是一个做梦的地方，在这里可以讲很多梦话，曾经的荣华，将来的富贵，都可以顶破天去讲。一旦与客舍分别，就得从梦境中醒来。高适不愿醒，我们也不愿醒。

营州劫

营州少年厌原野，狐裘蒙茸猎城下。
虏酒千钟不醉人，胡儿十岁能骑马。

——高适《营州歌》

战事迭起的年代，在边地漫游，需要足够的时间和足够的勇气。高适不缺时间，出门二三载，没人找他麻烦。高适更不缺勇气，他剑法纯熟，抱负满腔，正渴望来一场轰轰烈烈的冒险呢。年轻男人有一大爱好，窥探和征服世界。他们觉得自己是非凡的，身上有用不完的超能力，有让万事万物必须百依百顺的独特潜质。可不能比对，尤其与那些强大的对手。那些狩猎、豪饮、骑马的少年一出城，便给考卷打了分。

无论几斤几两，男人的嘴都是硬的，都认为朝哪儿一站，皆有千钧之重。面对强敌的勇猛和彪悍，内心服还是不服，怕还是不怕？一味"小瞧"对方，那是真服，是真怕。大胆对视，扬长避短，才是破解之道和御敌之气。个人的力量是相当渺小的，虽然看得清清楚楚，却无法撬动，无法挣脱。男人的铁骨里盛不下叹息和泪水，他们只能咬紧牙关，跺一跺脚，在边界线的两侧，迎着硝烟和疾风，孤独前行。

闲居劫

出门何所见，春色满平芜。
可叹无知己，高阳一酒徒。

——高适《田家春望》

柳色惊心事，春风厌索居。
方知一杯酒，犹胜百家书。

——高适《闲居》

无事生非，生非分之念，生非常举动。农夫习惯了披星戴月，忙碌得越厉害，半年或一年的口粮越有保障。不能闲散下来，闲散的日子多了，非分之念和非常举动也会跟着增多。除了数太阳升起，数月亮西斜，没其他手艺的农夫们，每天只能抱着时光傻坐。高适抛却读书人的身份，也是一位农夫。与他一同度日的是酒，自称一酒徒。手托一杯酒，他将无聊和躁动一口口喝下，一边喝，一边眺望知己，一边萌发春思。

男人的秉性，众人狂欢时愈展现得淋漓尽致，意味着他切切隐藏得愈彻头彻尾。独处时的男人，一天、两天、三天，一月、两月、三月，一年、两年、三年，他重复雕琢的姿态，他与世隔绝的坚守，那才是卸掉面具后的真容。田家小品，闲居浪漫，这是过客的发现，身处其中的当局者，每一刻都在煎熬。短期苦楚尚可承受，逼得人非要崩溃的是遥遥无期，是无法确定的焦虑。谁，能给一个明晰的答案呢？

飞雪劫

千里黄云白日曛，北风吹雁雪纷纷。
莫愁前路无知己，天下谁人不识君。

——高适《别董大》（其二）

男人对雪的热情似乎敌不过女人。雪花刚刚降临，女人便不顾严寒，脱去外衣，用红围巾点缀曲线。而男人则轻轻地说："哦，瑞雪兆丰年。"积雪盈踝的时候，女人要去创作一番，宁可满头淋湿，也要给雪人戴上帽子。而男人们只想躲在屋内，只想做一个观望者，他们急迫要争取的是，趁雪还在下，赶紧整两杯。男人喜欢"雪藏"，不是真的把物件藏在雪里，而是将隐秘的情感裹进飞雪，随后，用滚烫的心肺，用浓烈的酒气，一丝丝抽拽出来。

酒至浓处，易感伤，易"再来一杯"。只要飞雪不停，喝酒的劲头就不会停。男人的饭局可以缺菜，但不能少酒。也会碰到尴尬场面，酒喝一半，兜中见底，无力再续了；或寒暄入席的时候，一摇酒瓶，已是空空如也。一醉解千愁，这连醉意还没抓到呢，千愁万愁只能埋进雪里了。雪藏，真的要用雪去埋藏了。

史书劫

尚有绨袍赠，应怜范叔寒。

不知天下士，犹作布衣看。

——高适《咏史》

读史可以明智。有些人，要读点史书，不全的心智要靠史鉴来补。有些人，不适合读史，或不适合成天读史，什么都看透了，生活的情趣便会减少，日常的烦恼便会徒增。三千年也好，一千年也罢，无论多么久远的故事，都会在咏叹的维度上，折射出自己的影子。不少人有治国平天下的良才，却一生碌碌，始终身着布衣。个人很勤奋，已将努力发挥到极致，但总有一张大网罩在头顶，压得人伸不直腰板，飞不出囚笼。

历史上的很多场景被原原本本复刻了下来，过去了若干年，拿镜子一照，咦，怎么一模一样？读史令人兴奋，半夜坐起来，掌灯至天明。读史也会叫人落泪，那些伤感的情节，那些凄婉的结局，一代代流传到跟前，还是湿漉漉的，耳朵一竖，还能听见哭腔和对骂，听见仰天呐喊和无助绝唱。史书，不读，心里没底，轻飘飘的。读了，又觉沉重，像被套上了循环往复的枷锁。唉，还得自我救赎，难得糊涂。

封丘劫

可怜薄暮宦游子，独卧虚斋思无已。

去家百里不得归，到官数日秋风起。

——高适《初至封丘作》

州县才难适，云山道欲穷。

揣摩惭黠吏，栖隐谢愚公。

——高适《封丘作》

唐人寿命远短于当今。年过50才踏入仕途，回望来路，满是荆棘，展望去程，一脸迷茫。那些泥泞，那些孤苦，那些苍凉的表白，一帧帧突兀了起来。眼前暮日，眼前寂寥，眼前摇动的秋风，又给自己打了一颤，一生所求，归了，竟是这等模样。还不止呢，在虚伪的县衙里，每天得弯着腰，得逢迎上官，得说一大堆溜须拍马的话。县令、县丞、主簿个个年轻，个个有脾气，必须谨慎伺候着，不能赶先一步，还得紧紧相随。

拿朝廷的俸禄，守朝廷的规矩，明规矩和暗规矩。走在大街上，威风凛凛，"让一让，这是衙里的县尉"，整饬民风，缉盗缉抢。同僚爱酒肆，爱金银，爱街头王家李家赵家的所有姑娘，他们若单独行动，撇下自己独卧虚斋，便觉得瘙痒难耐，他们若叫上自己，又恐一露面，丢尽了读书人的体统。男人入仕，在官位和人性之间常摇摆不定。一旁是大义、清廉，一旁是欲望、冲动，忽左忽右，一会儿官，一会儿人。

除夜劫

旅馆寒灯独不眠，客心何事转凄然？
故乡今夜思千里，霜鬓明朝又一年。

——高适《除夜作》

竹有竹节，时有时节。一到节骨眼，上了年纪的人便会遥想亲朋。故去的，远方的，挨个念叨几句。清明、中秋、重阳、除夜，一年下来，对那些久未相见的，或永不能再见的，都要在心中画出一幅幅温暖的肖像。争吵过，摔打过，甚至发过毒誓，讲过一长串锋利的咒语，到了若干年后的节骨眼上，也就是一段段闪烁的记忆罢了。扼腕、捶胸、自责，轻叹、抿嘴、微笑，无论何种表情，他们还在，还在自己的生命里。

不管走出去多远，人总是要回归的。男人的心，可以系在天涯，系在山峰和海面上，但一遇时节，便会随风飘拂，便要快速贴近最亲密的人。不怕天黑路险，只担心光阴匆匆。故乡的线再细，也能将游子拉回去。所谓光宗耀祖，所谓誉满天下，那是别人的定义，每个人的名字只能由自己去签署。时间本无节点，人为分成了一节一节，每逢过节，漂泊的男人们就要坐立不安了。他们不安，家中的妻儿父母才会心安。

闻笛劫

雪净胡天牧马还，月明羌笛戍楼间。
借问梅花何处落，风吹一夜满关山。

——高适《塞上听吹笛》

　　边塞不仅有征伐厮杀，还有壮阔的雪景和清澄的夜空。战鼓入帐，烽火停歇，士兵们长舒了一口气，大地和月色也长舒了一口气。在争斗和握手之间，一曲羌笛融化了所有惊惧和疲惫。每一个生命都是宝贵的，谁也不想千里迢迢赶过来，就是为了身葬异土。骑着高头大马，系着鲜艳大花，在乡邻们一浪高过一浪的欢呼声中挥手致意，这是一位士兵的荣耀。可有多少士兵，能带着胜利的喜悦和完整的身躯，安然返乡呢？

　　我们期待宁静，可对方的长矛和飞箭总要恶狠狠地投射过来。我们退一步，他们进三步。倘若再退，便是逼仄的墙角了。不论梅花落，还是梨花落，花落能花开，可这江山万一丢尽了，那将再也闻不了笛，再也立不了坟了。文人佩剑，武人读诗，在战争的最前沿，谁是屠戮的莽夫，谁是优雅的儒者？关山如铁，也如泥，在这个动荡的年代，我们的脚步应迈向哪里？姑且跟着戍楼间的羌笛，在旷远的清韵中乐享今夜吧！

石峁古城

秀尾河的水流比前一阵子明显湍急了许多。弄铲跪在岸边，双手死死扶着木架上的玉石，正等待打瓦拿一批新的麻线来。打瓦是身边最小的奴隶，刚满13岁，去年冬日，主人从战场上连夜将她拉回大院的。弄铲是主人的专职玉工，跟打瓦一样，曾经也是自由人，兵败被俘后，成了奴隶，因擅长制作玉铲，人们都叫他弄铲。他的制玉本领远近闻名，他能将粗笨的玉石一块块片切，雕琢成两三毫米厚的纤薄玉铲，所用的工具，除了河水与沙子，便是常见的兽皮与麻线。作为弄铲的助手，打瓦每天忙碌极了，扛水、盛沙、割兽皮、搓麻线，一个人要干几个人的活，可她挺开心，她一看到弄铲以柔克刚的神情，整颗心都要融化了。

刚入大院的那个深夜，雪一直在下，仅仅裹了几片黍叶的打瓦，被赶出战车，扔到了牛棚里。一旁的弄铲隐隐听见了哭泣声，他怕新来的小妹妹熬不到天亮，悄悄挪过身子，把靠墙的草料聚拢起来，平堆成一张小床。慌乱中的打瓦头发披散一脸，她没看清楚谁在帮她，只是感到有一双温暖的手托着她的腰，猛一用力，将她推进了柔软的草料堆。第二天凌晨，被牛舔醒的打瓦，发现在牛棚隔壁有一孔狭窄的窑洞。窑洞一半露地上，一半埋地下，里头黑漆漆的，不时传出此起彼伏的鼾声。打瓦守着窑洞口，想找到昨夜的那双手。天色快要泛白了，光着膀子的男人们陆续爬出窑洞。打瓦一眼就盯住了弄铲，弄铲愣了一下，什么也没说，只是微微一笑。

新来的打瓦是主人的私有奴隶。她每日必做两件事，上午步行五六里去山下割草，确保牛棚当中永远堆得满满的，下午去陶坊里制陶，要将蒸煮用的陶甑和陶斝烧出一批又一批来。她是一位制陶能手，尤其那些带篮纹和绳纹的灰陶，经她一加工，每一只既好看又实用。打瓦这名字主人给起的，瓦代表陶器，打瓦即善于制作陶器。近些日子，石峁王要加固城墙，插在石缝里的玉铲还差很多。根据主人的指令，打瓦和弄铲还有其他几十组奴隶，得披星戴月小半年，快速赶制出了七八筐细滑锃亮的石峁玉铲。

弄铲仍跪在岸边，双手仍扶着木架上的玉石。他仍然以为打瓦马上就要回来，带着一捆崭新的麻线回来。可身旁的浪头已翻卷了好几百遍，木架的影子也跑出了一大截，打瓦始终没有出现。

今天是夏至，作为阴盛阳衰的分水岭，打今天起，阴长阳消，人世间的万物将由空前繁茂走向极度衰败。按照惯例，到正午时分，巫师得登上皇城台，用纯阴的少女来祭拜天地，以祈求阴阳平衡。巫师眼中，13 是个吉祥的数字，如能找来 13 岁的少女，那这场祭祀仪式定能在瞬间感动所有神灵。打瓦 13 岁，主人记得清清楚楚，她今年 13 岁。本兴高采烈地回去拿麻线，要与心爱的弄铲继续磨麻切玉，打瓦这匆匆一回，却在毫无防备中撞进了主人的圈套。主人说："石峁王要见你，在高高的皇城台上。"打瓦惊恐万分，最尊贵的君王竟然要见最低等的奴隶，这一见，是福还是祸？

没拿到麻线的打瓦来不及跟弄铲说句话，就被几个推推搡搡的士兵直接带到了巫师的小院。院子有一道石门，门楣和门槛都经过反复打磨，走进去是一个长方形的四合院，地面用石头铺得整整齐齐，四周灰白色的，当中央的圆形是绿色的。打瓦还没缓过神来，巫师院子里的人已将她系在腰间的绳子猛地解开了，这是她的全部衣裳。一桶凉水从打瓦的头顶慢慢往下浇，通过她的鼻梁、胸脯、肚脐、大腿，最后淌到了脚趾上。浇水过后，巫师伸出双手，开始接近打瓦的身体。巫师的手臂与常人不同，一圈圈套满了铜环和玉璇玑，特别这玉璇玑，打瓦看得很仔细，外围刻了不少扉牙，认真一数，加起来恰好 13 颗。巫师的手并没有碰到打瓦，仅在乳头、阴部和臀尖短暂停留了一会儿。他似乎在检查着什么，一遍遍检查着，认定合格后，示意手下的人给打瓦披上苎麻，一路带向皇城台。

来石峁国半年多了，这是打瓦第一次走向皇城台。石峁国的都城里外三重，最外头的是外城，有高大的石墙、突出的马面和并列的瓮城；中间的是内城，主人的大院和巫师的小院，包括许许多多贵族的墓葬，全分布在这儿；最里头的是皇城台，海拔最高，地势最险，据说石峁王的宫殿就在那顶上。被蒙住眼睛的打瓦由一群士兵用绳索牵着，朝偏西方向正一路爬坡。她看不到城门、房屋和台阶，却能把周围的每一点声响听得一清二楚。她确信，刚刚喊她让开的是一支运水的队伍，起码二三十人，个个肩上扛着晃动的陶罐。她确信，刚才同她一起拐弯的，定有一位拎着果蔬，篮子里装满了葫芦、大豆、油菜、酸枣，而且大豆的分量最沉。她还确信，走到第一层大平台的时候，不少人聚拢了过来，指着她的身体，说了各种各样不入耳的话。

皇城台实在太高了。打瓦一边走，一边默默地数着，估计有9层，从第一层大平台开始，到最顶上，应该是9层。打瓦心想，这么高的地方，洪水哪够得着，秃尾河与洞川沟的水夏季再怎么涨，也淹不到这儿。走了三五十步，突然停顿了下来。是巫师的声音，巫师在远处念叨了几句不明不白的咒语以后，打瓦的眼罩被轻轻撕开了。眼前先是一片模糊，过了好一会，才逐渐变得清晰。打瓦发现，站在高台上的不仅她一个少女，围着一团熊熊燃烧的火焰，呈长长的弧形，足足站了24个。这些人，大多跟她一般年纪，或许是少女的数量不够，还夹杂了几名30出头的。每个人都裸露着身体，身体的每一个部位都要接受巫师的新一轮检查。打瓦抬起眼，她看见了巍峨的宫殿，在大殿门口，蹲着一排排石雕的人头像；她看见了运水的队伍正往水池中蓄水，水池里面，几只扬子鳄正游来游去；她看见了围栏内的鸵鸟，脖子细细的，身子大大的，一双眼睛恐惧透了，不停地朝人群翻动。

直到现在，打瓦还一头雾水。她没来过皇城台，从未来过，一看身边这么多人，天真地认为，石峁王的召见礼仪向来如此呢。巫师举着玉璧和玉琮，对天空，对大地，叽里咕噜地念了一长串。他又捧出了一盏酒杯，石峁王用对方首领的头颅做成的酒杯，斟满后，一扣手，全部泼向了青铜器皿中的火焰。杀戮忽然降临了。循着惨烈的尖叫声，打瓦吓傻了，她瞪大眼睛，看那三四颗人头在奔涌的血柱中一下子滚到了地面上。接着又是三四颗，又是三四颗，又是三四颗。还不知道怎么回事，打瓦身边的所有人，所有少女和少妇，都已经被瞬间斩首了。这些带血的头颅，有的被继续砍斫，有的被剥去了后脑勺的皮层，最终无一例外，全被扔进了泼酒的火坑。打瓦想哭，但已经没有力气哭了，她想站起来，可两条腿早就瘫痪了。巫师望了望了太阳，望了望石雕人头像的影子，在这个夏至日的中午，带着一名拿刀的士兵，快步走向了打瓦。

24 颗头颅，对应 24 个节气。经过灼烧后，它们被装进大筐，抬到了外城的东门底下。这座东门，以华丽雄伟著称，在石峁国的 7 座城门中最坚固、最崇高、最具战略性。城墙的缝隙里，压了无数把玉铲，就是弄铲做的那些，它们代表玉兵，能够抵挡住看不见的鬼神。墙根的石头上绘制了几百幅壁画，红的、黄的、黑的、橙的、绿的，每一幅都涂满了色彩丰富的几何图案。石峁王历来重视东门，这里的每一次修建，他们都要安放玉铲，都要彩绘壁画，都要用女人的头颅来奠基。打瓦和另外 23 个人的头颅也被埋到了这里，就在北墩台的旁边，朝着天上指定的星座，被工工整整地排成了三纵八横。

借用别人的麻线，弄铲在细心地切割着。他一刻也没闲下来，监工是不会让他偷懒的。今天的光照时间特别长，返回城里时，弄铲已累成了一摊泥。在东门口，他看到了填坑的士兵，很熟悉的填坑画面。没让多看，也没让多想，监工领着他直奔大院而去了。

差不多 4000 年后，弄铲的玉器和坑道里的打瓦头颅，在陕北的石峁遗址，被考古人员一一发掘了出来。而打瓦身体的其他部位，很有可能还隐藏于秃尾河畔的某座小山上。

对话扬州古城

一

你真是个慢性子。

我半只脚已跨进了东门，你非要我等一等，还朝北一指，非要我抬眼去看。看什么呢？我猜是水运。城墙边上，那些南下的货船曾就地停靠。年月一久，催生了许多铺子，油米的、瓜果的、竹木的。你嫌我看得不够远。

我又猜了皇城。沿运河大堤，一路北上，走明清的官马大道，经高邮、宝应、淮安，再经宿迁、泰安、德州，最终抵达北京。你嫌我看得不够深入。

我明白了，你想谈影响力，谈扬州的底气。那我猜转运使。唐朝200万石，北宋600万石，船舱里的大批粮食每年皆由扬州转输长安，转输开封。你依旧嫌我格局太小。

看着马可·波罗的雕像，我吞吞吐吐，说了西亚的绿釉陶壶，说了杜甫笔下的大批胡商。你这才微微点了点头。

刚进城，你又出题难为我了。你只给我一个字，让我去概括东关。

我说商，你摇了摇头。你反驳我：有芍药巷呢，簪花的宰相、记事的沈括、绘画的黄慎，都是文人；有问亭巷呢，把人们引到无双亭，要跟欧阳修一起，共赏千年琼花；有雅官人巷呢，那哑官人是个大学者，他的老师更出名，是文坛领袖，写过"绿杨城郭是扬州"的句子。

我说民，你还摇了摇头。你反驳我：田家巷里，出了田贵妃，那可是崇祯的心肝。一个谱曲，一个演奏，天底下地位最高的音乐夫妻。

我说马，你突然兴奋了起来，像烈日下的枯禾，终于等到了甘露。你抢我的话，开始滔滔不绝。马监巷、马草巷、马坊巷、马市口、臣止马桥，掌管马政的，堆放马草的，饲养马匹的，买卖马鞍、马鞭、马镫的，皇帝巡幸时下马接驾的，你一口气说个不停。的确有些意思。东关最盛时，官路和商道乃至南北战场，的确都离不开马。

二

你带我走进了明朝，走进了宣德四年。

这一年，扬州设立了钞关。你说，是个户部纳税机构，起初的额度每岁 13000 两，到清乾隆年间，增至 201908 两。数字挺翔实，但我有些不解，讲好逛古城的，怎么谈到经济学了？你一笑，问我东关在哪里？钞关东北啊！如何去？顺着古运河，往东，到了大拐弯，往北。你又问我，两点之间，什么最短？我恍然大悟，你意不在银两，而在湾子街。

商贾由东关靠岸，由东关入城，但纳税要到钞关。湾子街像一根扁担，直接挑起了两关。更像一根滑竿，高效、省事、便捷，能快速地来，快速地走。它是斜的，跟东关街之间正好 45 度角。

你说，湾子街的性格与东关街相异。我发现了两点。一是更加市井。旅社、浴室、皮货，招牌比肩；羊肉巷、蒸笼巷、芝麻巷，美食遍地；打铜巷、风箱巷、罗甸巷，还有沿街的木梳、牙刷、盆桶，各种日常所需出门便是。二是尚武尚义，没那么多文气。瞧瞧关侯庙，就是后来的三义阁，再瞧瞧得胜桥，常遇春凯旋经过的地方，百姓们刻意供奉的，刻意记住的，都是最实用的寄托。

听我絮絮叨叨，你从头到尾，一言不发。我要忐忑了，嫌我眼界太低？

你一清嗓子，补充了起来。你说，湾子街西北有古旗亭。旗亭即市楼，平遥今天还保存着。集市的运营和启闭都由它指挥，不但市井，更市肆。

你接着补充，湾子街东面有安乐巷。朱自清的故居就在里头。他的散文随便哪一篇，搭一阵东风，能飘遍整个湾子街。

你这么一说，湾子街要舒畅多了。毕竟，自唐宋起，人家就很有名。

三

前往南河下，我早早做好了准备，等你再问"一个字"。

从东到西，从南到北，处处大写着亮晶晶的"盐"。你看，有盐商豪宅。贾颂平的门口雕了汉白玉石鼓，周扶九的中式传统叠加西式风格，廖可亭的内来两道又高又长的火巷。你再看，还有一座座会馆，一座座公所，岭南的、湖北的、湖南的、场盐的、四岸的。很多气派的门楼，很多精美的雕刻，都健在。

可你的脑筋确实有别于我。你说这些老房子，这些老物件，到书里，到网上，一查便知。你要我发挥想象，要我还原南河下，还原它的 8 小时以外。

当然潇洒啰！有钱嘛，看看戏，听听曲。苏唱街内，有老郎堂，祀奉梨园祖师，有梨园总局，管理戏班和艺人。经盐商的手，戏曲业脱胎换骨，被捧得极高。大名鼎鼎的四大徽班，都是从扬州，从他们这儿，北上进京的。

你说不错。但你接着问我，除了看戏听曲，还有其他的吗？

当然。赵孟頫旅次扬州，在那个富绅的宴席上，当场写了一联，"春风阆苑三千客，明月扬州第一楼"，书法有了，明月楼的称号也有了。大树巷的小盘谷，暗藏韩愈散文，那篇著名的《送李愿归盘谷序》。徐凝门大街的寄啸山庄，取陶潜诗意，"倚南窗以寄傲"，"登东皋以舒啸"。你回味一下，这么看老宅子，是不是多了些灵动，多了些温度？

你说也不错。但你继续问我，除了自家门庭，有没有为他人考虑的？我想了很久，想到了魏源。他在絜园里面写了《海国图志》，他大声疾呼，希望国人睁眼看世界。说完以后，我茅塞顿开，你的南河下竟是无形的。一半，关乎继承与发扬，另一半，关乎觉醒与开拓。

临行时，你特地告诉我，这里还办过两份报纸。一是《民声报》，主张维新，与民国同年。二是《芜城晚报》，时尚、大气、耐读，丰子恺和沈从文曾纷纷来稿。

四

你说，古城的魂魄在仁丰里。

看你笃定的样子，我尝试接住下文。因为曹李巷吧？曹宪和李善的文选学，从唐朝起，就被恭恭敬敬地摆到了士子们的案头。因为阮太傅吧？他是大清名臣，是学界山斗，其住宅和家庙至今还站在毓贤街，站在人来人往的都市当中。因为里坊格局吧？或说像鱼骨，或说像木舟，过了上千年，仍旧最初模样。东西两边的巷子，如鱼刺，如木桨，一根根靠着主街，整齐排列。

你默不作声，领着我，直奔旌忠寺。一整面黄墙上只介绍了一个人，南宋的岳飞。扬州人喜欢他，不仅寺庙里供奉，还编了《岳传》，要用40场评话，将他的故事和气概传遍每一条大街小巷。

扬州不是岳飞的主场，但一辈辈扬州人为何个个敬重他？你说，英雄倒其次，内在的，是苦难、是韧性、是灯塔。自西汉起，脚下的这片土地目睹了太多恐惧，经历了太多绝望。隋炀帝被弑、骆宾王讨武、赵匡胤亲征、南朝宋屠城、南朝梁屠城、清军十日屠城，还有吴楚之乱、田氏抢掠、孙儒烧杀、太平军攻占。倔强的扬州人不但没有消沉下去，反而一次又一次，在废墟上重新挺立了起来。

你这么一讲，眼前的旌忠寺我得三叩九拜了。你说要抓紧了，天色向晚，那条龙脉还等着去看呢。

龙脉？我喜出望外。你说，仁丰里的东界是小秦淮河。河里的土一锹锹堆到岸上，垒成了高地。由龙头关出发，一直向北，经埂子街、南柳巷、北柳巷、天宁门，是凸起的龙背，再经蜀冈，最终消于槐泗的龙尾。脉络很清晰，几百年来，它日日夜夜守护着古城。难怪你常来，原以为看水，看柔媚的水，没想到，是对话脊梁骨，扬州城硬朗的脊梁骨。

宋人牧牛

　　做牛或做马,非得择其一,人多弃牛选马。马更贵重些,有专员护养,有专属棚舍,饲料精好,训练周到。驾驭它们的,要么后方官员,要么前方将士,必具一定身份,市井乡野里的平民百姓是很难攀上关系的。牛干的活主要两类,或拉车,或犁地,全凭力气,全凭一股子蛮劲。在宋代,在完全以农立国的宋代,人们同样如此,大多恶牛喜马。陈尃却是例外。这位履历不详的农学家,自北宋末到南宋初,一直隐居扬州西山,每日牧牛、耕牛、医牛,以个人的滚烫热忱,绘就了一幅生动的宋人牧牛图。

　　扬州西郊,有不少起伏的丘陵,陈尃躬耕其间,读书、种药、治圃,日子恬淡而充实。屋舍左右,田畴内外,常见常伴的是一头头肥瘦不等的黄牛黑牛。陈尃对它们若亲生的孩子,怕饥渴、怕困苦、怕病痛,经他牧养的,个个健壮浑圆。邻居们却不同,什么羸瘠、什么疠疫、什么孕育,才不管不顾呢,畜生就是畜生,有十分力就得卖十分力。万一累倒趴下了,找巫祝来祈祷做法,缓过神后,继续卖力。

　　牧牛的顽童居多。成年人,男耕女桑,都有更要紧的事去忙。既是顽童,自然贪嬉好玩,把牛朝树荫一系,跑得老远,放风筝、挖莲藕、抓鱼虾,总忘记了时光。牛哞哞直叫,再走几步,将要吃到茂盛的新草了,将要饮到甘甜的河水了,可绳子太牢,它们只能瞪大眼睛,只能甩尾撅蹄了。日头西斜,童子算算时辰,快吃晚饭了,如补作业似的,匆匆解开绳索,把牛赶进水里,或放到山上。牛困顿了一天,下水便无力起身,上山便容易跌倒,临回家了,依旧腹中空空。它不懂投诉,乖乖地跟在童子后面,仅有的收获是毛孔里灌满的寒气,是腿脚上摔满的伤痕。

陈尃心疼极了。他牧牛，尤其春夏青草，定会让牛吃饱，放任去吃。吃之前，先喝水，这样不至于胀肚子。到了夜里，把新刍旧稿揉在一起，铡细了再喂。其他时节，还会掺麦麸、谷糠、豆子，一筐筐倒进石槽里，管够管饱。寒冷的冬天，煮稀粥喂，或将楮叶桑叶舂碎，和着米泔喂。陈尃爱牛，从这些食谱里可见其真。

　　对牛栏，陈尃也挺讲究。每年初春，定要卷起裤腿和袖子，畅快地劳动一番。他会一铲一铲地将积滞的粪尿和垫草统统除尽。此后每隔10天，都要清理一次。牛栏干爽了，秽气便无法熏蒸，疫病便无法传播。蹄甲不用浸在渍水里，牛的心情也能大大改善。进入凝凛天气，他更贴心，总要找个温暖的地方，将牛重新安顿。

　　下田犁地是个大学问。宋代农夫役牛，任由性子，耕一路，骂一路，不停地鞭打，不停地催促，很少顾及牛的脾性。与人一样，牛的气血不可冒犯寒暑，牛的体力不可透支无度，陈尃深谙这些道理，他役牛从不打，从不骂，多用巧劲，多循规律。他的牛自田间归来，皮毛润泽，精神饱满，一点儿不像干过重活，那轻松模样，出门旅游一般。若是春夏，会早一些，五更下田，此时太阳尚未露脸，凉爽得宜，力量是平常的双倍。等太阳高了，又热又喘，便可止作歇息了。若是盛寒，则要迟一些，日出后再下田，傍晚降温前，要呵护它们赶紧回来。

　　不管如何照料，生病还是免不了。或草胀，或结胀，或吃了虫子感染病毒，各有各的症痛。宋代农人一看病倒了，茫然无措，东家说天灾，要求神画符，西家说瘟疫，要一逃了之。陈尃却很冷静，细察病理，精研药方，灌服、发散、解利，治疗的全过程像专业兽医，既快速，又精准。

　　陈尃时代，国与民的衣食财用，最主要的来源是土地和农耕。在他眼里，牛先马后，牛急马缓，牛重马轻。一旦失去了牛，饿肚子的人们便会忘却荣辱礼节，便会徒生出各种盗窃抢杀来。他对牛的看法，直到今天仍被延续，炒股说牛市，自豪说牛气，各处镇水保堤的亦多铸铁牛。宋人牧牛，陈尃牧牛，虽过去了八九百年，那幅人畜相敬的和谐画面，依然在扬州西郊的丘陵上，日复一日地经久流动着。

蜀冈之巅

渔　猎

一条青鱼刺破喧腾的呐喊声，猛一甩尾，朝溪水深处拼命地游去了。它慌慌张张，一路之字形，那速度比目光还快。跟在它后头的是一群男人，个个手拿木叉，齐齐地朝它投射。它很幸运，在绝望透顶的最后一刻，纵身一跃，跳进了雷塘，深不可测的雷塘。

雷塘是渔猎的禁区，那个年代，无舟，无网，一把木叉是渔民的全部工具。雷塘里的水从未干涸过，只要溪流在，它就永远丰盈。而溪流里的水，是从蜀冈上面顺着几条浅沟蜿蜒渗漏过来的。有了蜀冈的庇护，这附近的聚落，只要勤奋，只要勇敢，只要拿起木叉，就能经常吃上鱼，经常填饱肚子。

从雷塘至蜀冈这一带，最早的居民是淮夷人。他们原本在黄河流域过着安宁的世外生活，可商王和周王容不得他们，一次次征伐，一次次驱撵，逼着他们不断举族南迁。逃到蜀冈这儿，前面是断崖，是宽阔的长江，无论怎么尝试，都越不过去。那就顺应天意，以蜀冈为制高点，延伸到北边的雷塘，在这一片水草丰美的区域静心留下来。有溪、有塘、有冈，祖传的渔猎本领又将派上用场了。

捕鱼的木叉是淮夷人的宝贝。在甲骨上，这些宝贝比其他符号要醒目得多，一个个雕刻的形状很像古老的"干"字。很多把木叉紧紧捆绑在一起，便是盾，便能抵挡住刀箭的攻击，便能保护好自己的家园。淮夷人离不开木叉，他们自称干国。后来在蜀冈上兴建了一座小城，"干"加"邑"为"邗"，他们又改口，自称邗国。

迁 都

春秋末期，吴国的野心日渐膨胀。打败越王勾践后，这吴王夫差更加坐卧不宁，他成天觉得江南太小，必须北上，必须问鼎中原。从都城姑苏出发，要想抵达齐鲁，要想争霸三晋，唯一的通道是沿长江东行，在海上折腾一番后，进入淮河。吴人习惯走水路，他们生活的环境，河川纵横，湖泽密布，他们天生离不开舟楫。但海上风狂浪急，跌跌撞撞地，还没遇见敌人呢，自己已损失过半。为了缩短路程，为了保障安全，夫差朝江北一指，把他的战略据点定在了高高隆起的蜀冈上。

蜀冈之上，弱小的邗国经不起夫差收拾，三下两下，便妥妥地臣服了。夫差开始筑城，大规模筑城。周敬王三十四年，也就是公元前 486 年，一座宏伟的城池在蜀冈之巅很快竖起来骨架。城为方形，周 10 华里，因有明显的军事性质，土垣建了两重，壕沟挖了两道。南边无门，北边设水门，东西两侧，在陆地上各开两门。这座城，是扬州典籍中有明确记载的第一座城。它控江、扼淮、临海，是驻军囤粮的后勤要地，也是雄心勃勃的吴国从太湖之滨搬迁过来的全新都城。

更大的建设随即铺开。从邗城脚下起步，经武广湖、陆阳湖、樊良湖、博支湖、射阳湖，曲曲折折，迂回北上，将众多泻湖逐一贯连，最终汇入淮河。这一条水道，叫邗沟，或邗江。它在中国水利史上，以 380 里的浩浩碧波，让长江与淮河第一次握手相拥。它的每一锹土，都是一个活力满满的基因，2500 多年来，它为整个华夏文明，为中国南北的沟通与交融，培育出了一个庞大的基因库。

铜 贝

邗城筑立 13 年后，春秋时代结束。直到楚怀王十年，直到 167 年后，蜀冈之上才迎来了新的土木。在这 167 年里，邗城属吴、属越、属楚，不断易主，不断更迭，经久不变的只有那城壕与城垣，只有那光洁如新的陶井圈。依邗城故址，楚怀王向西扩容，新建了广陵城。广陵，广被丘陵。在古汉语中，南北曰袤，东西曰广，这广陵，就是东西向的丘陵。广陵城分内城和外城。城墙由黄黏土夯筑，制作的办法有 3 种：平地而起；借助自然土冈；先挖槽基，尔后层层垒上。最厚的城墙在西北角，近 5 米。最薄处在东边，不足 1 尺。

从吴国的邗城到楚国的广陵城，这一时期的蜀冈，有好几样物件令后人津津乐道。人们记得，有一片青瓷，在晨光中闪闪发亮。2% 的含铁量，1200℃高温，制胚、着釉、成型，这么精准的工艺，要勾连上那个时代，真得脑洞大开。人们记得，有一截碎陶，掉进了兽骨堆里。这碎陶很坚硬，上面刻了不少几何图案，每一个图案，细看，都像数学家遗落的手稿。人们尤其记得，在西城墙的灰坑里，发现了一枚铜贝。三晋用布，齐燕用刀，周秦用圜，当时的货币，独楚人用贝。铜贝仿制外来的海贝，在楚人控制的南方，大概流行了 370 年。拿着它，去市场上交易，不但没有海腥味，反而派头十足，反而增添了几分文艺范儿。

煮 盐

广陵建城后，蜀冈上的日子一直太平。城池内外，所有设施，一年又一年被悉心呵护着。汉初分封天下，刘邦想到了这儿，他沿袭旧法，继续设吴国，派侄儿刘濞过来，做吴国的王。

刘濞是个经营人才。利用辖区内的铜山铜矿，他招募了一大批亡命之徒，据说有上万之众，这些人聚拢到一块，为他采铜铸钱，为他充积府库。利用闲散的荒地荒滩，他在清冷的江淮平原上，勾勒出了一个人人耕种的喧闹景象。他通过垦田种粮，将寂寞的长江下游摇身一变，打造成了富庶的鱼米之乡。最为重要的是，利用地理上的近海之便，他广建盐场，广纳灶民，大量煮海为盐。为了及时行销，他还在城池东北，开凿了一条专用河道。2000 多年来，作为扬州通向黄海盐场的主要水道，这条河，每天都在忙碌着。

广陵城，似乎在一夜之间，浑身上下被贴满了经济标签。影响全国的海盐集散地，那还了得，商贾纷至，人口猛增。本来宽敞的城池，一下子变得局促狭小了起来。赶紧扩建，朝东边再建一座城。墙还是土墙，但门阙已换成了砖瓦。一车车绳纹汉砖，一筐筐方形汉瓦，以这一刻为起点，大摇大摆地登上了都城的舞台。

刘濞的广陵城，据考古调查，周7000米，跟《后汉书》中的"周十四里半"，大体相当。城中，设有市场，还给某些人派发过"广陵市长"的封印。

历朝历代的扬州人都怀念刘濞，就像怀念夫差那样。在今天的运河岸边，在香火鼎盛的大王庙里，扬州人常年供奉着两位吴王，一位夫差，一位刘濞。

和 亲

蜀冈往南两三里地，有一曲形夹江，汉人称之为曲江。每遇黄海涨潮，这江水便会倒灌，一瞬间，涌潮扑面，巨浪翻腾，自然的力量急遽迸发。赴广陵，观潮听涛，在那个年代，无论是谁，一生当中，哪怕只经历一回，也足以入辞入赋了。

广陵涛的浪漫，土生土长的刘细君自然喜欢。刘细君是江都王刘建的女儿。在汉朝历史上，继吴王刘濞之后，原域原治，还分封过两个江都王，一个是刘细君的父亲刘建，另一个是刘细君的祖父刘非。江都之名，得于"临江而都"，说是踌躇满志的项羽，准备在此建都。楚汉争斗的结果，项羽自刎，刘邦获胜。在刘邦眼里，这江都，小小县城而已，顶多算个临江都会，跟大国帝京没什么关系。江都城址也选在蜀冈之上，侨寄广陵城，仍是先前模样。

站在蜀冈之巅，刘细君初听广陵涛，那每一声是悦耳的交响，是激昂的歌唱。接到朝廷命令后，她再听，越发觉得，这一声声更像山川在哭泣，更像岁月在怅然。父亲谋反，自杀了。母亲诅上，被处死了。而自己即将远离故土，即将前往那个听都没听说过的乌孙国，还要嫁给某位个老头，某位语言不通、习性不同的老头。侍从、乘舆、妆奁，汉武帝的配备越多越丰富，她的内里越冷越低沉。在万里之遥，她只能通过撕心裂肺的文字，将无尽的悲愁一点点释放出来。"愿为黄鹄兮归故乡"，蜀冈上的砖瓦，蜀冈上的草木，还有蜀冈下隐隐传来的广陵涛声，故乡的一切，不分昼夜，时时刻刻，都在拂拭她的泪滴。

芜　城

蜀冈万万没想到，它左盼右盼等回来的居然是刀光剑影，居然是绵延不绝的熊熊烈火。它成了边境，成了前线，成了冤魂满地的人间炼狱。曹魏视它为南方前沿，在这里设广陵郡。孙吴视它为北方前沿，在这里也设广陵郡。两个广陵郡，治所均小心翼翼，共同朝身后退了一大步，而处于核心位置的蜀冈，却空守一座废城，一座无官无民的废城。那些曾经的官民们，要么死于飞箭，要么死于饥饿，幸运活着的一个不剩，都被曹操赶去了内地。

晋室南迁后，在士族力量薄弱的地区，一些侨郡侨县迅速登场了。那些来自黄河流域的移民，一批又一批，在长江流域安了新家。蜀冈之上，陆陆续续住进不少外乡人，有兖州的，有青州的，还有徐州的。他们以前素未谋面，而从现在起，凡迎头碰见的都是冈上邻居，都要打一辈子交道的。

蜀冈的元气在慢慢恢复。经百年休养，城池内外，歌吹沸天，店肆林立，一派车马摩肩的景象。可更大的战火，更大的灾祸，正悄然袭来。北魏皇帝引兵南下，烧船焚屋，掠民屠城，给刚刚挺直腰板的蜀冈当头一棒。几年后，疑心重重的刘宋皇帝，以平叛之名，恶狠狠地又打了一棒。城中男子3000余人，不管老少，一律斩杀。砍下来的头颅运至建邺后，被堆在秦淮河南岸，远远望去，像一座高耸的山丘。

破城屠戮的事好像有瘾。不足百年，蜀冈又遭惦记了。从车裂太守开始，那一股乱军在广陵城内玩起了殉葬的游戏。眨眼之间，8000多人被掩埋，被射杀。蜀冈，已经麻木了，这顶"芜城"的帽子，它不知道戴了第几回了。

陪　都

无休止的兵燹，整得蜀冈终日面容憔悴，直到杨广登台。大隋立国后，晋王杨广被任命为扬州总管。扬州，作为城市之名，第一次牵手蜀冈。这里的风亭和月观，这里的吹台和琴室，这里的文选楼和流萤苑，这里的一切景致，都贮满了诱惑，都裹足了力量，令杨广一念起，便心潮澎湃。

继位以后，杨广依汉代旧称，改扬州为江都，并在蜀冈之上，大造江都城。江都城分宫城和东城，宫城在西，东城在东，两城并肩耸峙，巍峨壮丽。宫城南北 1400 米，东西 1300 米，城垣土筑，城门和转角处包砖。雄伟的南门建在蜀冈边缘，建在那高高凸起的地方，门洞有三，中间的宽 7 米，两侧的宽 5 米。宫城里居住的是杨广和他的后妃们。亲王与百官，还有禁卫部队，住在隔壁，住在东城里头。东城要小很多，平面呈不规则的曲尺形，四边各开一门，门与门之间有十字街相连。

据说在江都宫里面，杨广还建造了一座迷楼。这座楼，凌烟摘星，飞云宿雾，幽深奇绝。这座楼，千门万户，复道连绵，进得去却出不来。

杨广时代，"江都太守秩同京尹"，江都成了事实上的陪都。陪都得有陪都的样子，不仅在内部要大修城池，在外部还得沟通天下。淮南 10 万民工被征集了过来，他们用铁锹和箩筐，用此起彼伏的号子声，将春秋的邗沟一点一点拓展为隋朝的山阳渎。杨广一鼓作气，还向北向南，将海河、黄河、淮河、长江、钱塘江连到了一块。中国东部水路，忽然间，由"川"字变成了"网"字。而在这张巨网上，蜀冈是最重要的节点，是大隋帝国的首枚纽扣。

子　城

公元 618 年，杨广命丧蜀冈，他是在江都宫里被部将绞杀的。这一年，隋朝的烟尘陡然落下，大唐的旗帜像飓风一样满天挥舞。此后近 300 年，从扬州大都督府，到淮南节度使府，东南沿海最重要的府治一直设在蜀冈上面。

蜀冈上的唐城聚集了大批衙署，人们称之为衙城或子城。这座城，叠压了夫差的伟业，叠压了刘濞的富足，叠压了杨广的惊愕，于唐朝初年，扩建定型。南墙 1900 米，西墙 1400 米，北墙 2200 米，东墙 1500 米，借蜀冈地势，修得坚固牢靠。城内，有两条大街，南北向的宽 10 米，东西向的宽 11 米，两街交汇的岔路口宽 22 米。城的拐角有角楼，城的四周有很深的壕沟。

子城南门好像叫中书门。在唐朝，中书省是最高决策机构，中书令是排名居前的宰相。以此命名，这道门定然大有来头。一翻簿册，果然非同凡响。进进出出的，一个、两个、三个，有 10 多个，要么落轿之前，是某某宰相，要么起轿之后，立马奔赴长安，立马成为某某宰相。

子城的故事能装几大车。这里头，有文人的风雅。为同一名高僧，吴道子、李白、颜真卿，他们用线条、用文字、用书法，先后在同一幅作品上淋漓挥洒。有学者的勤奋。杜佑著通史，将历代制度，将各朝典章，写得明明白白；李吉甫编图志，将地理沿革，将山川物产，说得清清楚楚。还有官员们的特殊癖好。牛僧儒爱收藏，屋内屋外摆满了石头；崔铉痴迷模仿秀，台上的每一个节目他都中意；高骈追求长生不老，累年如一日，往道院里一躲，成天炼丹雕鹤，成天玩一些不着调的游戏。

俯　瞰

春秋至隋唐，长江岸线，靠北的岸线，像一排不知疲倦的螃蟹，日夜向南爬行。由起初的蜀冈脚下，径直向南，爬到了曲江，爬到了扬子，爬到了瓜洲。螃蟹过处，那些沼泽，那些河滩，缓缓地生长了出来。全新的土地不断淤积，不断扩张，它们争分夺秒的本领是越来越大，而蜀冈与长江的关系却越来越差。

隋唐以前，淮水低于江水，邗沟北流。隋唐以后，江水低于淮水，邗沟南流。不管是北流还是南流，这邗沟，一切使唤只听从蜀冈的。蜀冈上的子城，现在挤满了衙署，挤满了官差，得将作坊和酒肆，将住宅和店铺，挪到冈下去了。邗沟义不容辞，要拿出所有码头来，能行船的官河也要表态，也要拿出所有码头来。在码头沿岸，铸钱、售药、制茶，为百工百业重建一座城。这座城，叫罗城，面积上抵五六个子城。它的规模仅次于两京，是帝都而外全国最大的。门开 12 座，北一，南三，东边和西边各四。门外有方形瓮城，瓮城外有月形深壕。

通过水城门和陆城门，那些胡商与侨民，波斯的、大食的、新罗的、日本的，他们在罗城内外，或乘舟，或骑马，自由地旅行。大唐诗人们更是满心欢喜，他们一进城，便迷失自我了。怎能不迷失呢？水路纵横，有邗沟，有官河，有浊河，还有不通航的市内河。街道宽广，南北 6 条，东西 14 条。街道之间是里坊。里坊的数量突破规制，比其他州城要多出好几倍。连接里坊的是各种卖场，陶瓷、木材、珠宝、丝绸、香料，白日吆喝，到了夜晚仍在吆喝。子城上的官员们不作声，也不干预，他们就站在蜀冈之巅，用统治者的眼神默默地俯瞰繁华。

回　归

大唐灭亡后，蜀冈的气色也跟着一天天枯黄了下去。一手孵化的罗城，那胸襟，那格局，从五代到明清，没有谁敢怒吼一声，敢站出来叫板的。要么蹲守一隅，要么修修补补，上千年时光，这一朝接一朝，无一例外，全在罗城的框框里怯怯地打转。冈上的子城居高临下，控扼一方，那份从容，那份自信，后人们也只有在命悬一线的紧要关头，才会偶尔想起。五代兵乱，烈火弥天。金人南下，尸骨满地。面对一次次杀戮，面对凶猛的骑兵与可怕的火药，慌不择路的南宋官员们不得已，要在子城废墟上新建一座城。城很小，仅在西边圈了一小块，那是蜀冈最高的地方。一听名字，堡城，清晰了然了，又回到春秋邗城，又是用来防卫、用来作战的。营建堡城，这极短的回光返照，是古代城池为蜀冈留下的最后一点情面。

重归宁静了。无论冈下经历了什么，造园也好，屠城也罢，再华美，再凄惨，这冈上的日子笃定要风轻云淡了。蜀冈做到了，它自我藏匿了起来，眼睛一闭，盘腿打坐。那些奏疏，那些贡品，那些冷峻的殿堂，由它们去吧，一句浅唱，便能轻轻带走。

蜀冈一照镜子，又看见了当初的世界。这里草木葱郁，飞鸟翔集，林间的小兽还时不时地探出头来。不止一条青鱼，很多条，很多条大大小小的野生鱼，它们在溪水里，若无旁人，慢悠悠地摆尾。这里没有衙役，没有剑戟，没有威严的高墙，没有狰狞的训斥，每一寸土地，所有人都可以踩上去，很踏实地踩上去。蜀冈之巅，逛了一遭人间之后，又返回了原先的大自然。

太阳升起了，一颗露珠滴了下来。枝叶间的虫鸣，蜀冈听见了，身旁的扬州城也听见了。

后　记

影院亮灯后，那些揭秘的花絮总会吸引很多人。一本书的后记同样如此，读者想看到的是额外情节，是正文里没有的故事。

本书初名《故乡的标点》，起名方法是沿袭旧制，从若干文章中选其一，以篇名代书名。排版完成后，才更为《大漠魂》。王资鑫老师说，"故乡"嫌平，"标点"显小，跟大部分篇章的力度、厚度、广度并不相符。他说我身上有大漠旅迹，有骆驼精神，有西北汉子的迎风而立，建议改作《大漠魂》。这一改，又得麻烦叶枫老师了。叶老师是一位很有名气的书法家，已将"故乡的标点"认真写就，用繁体或简体，还事先征求了我的意见。这一改，他又得铺宣蘸墨了。

这本书，是我关于散文写作的第三次总结。第一次是2011年，大家一拿到《雨中的酒气》，光看封面，便知道我酒量较好、饭局较多。第二次是2017年，众人手捧《独上齐云》，还没翻开，便揣测我酒量下滑、饭局减少。这一次到了2023年，自己都已经觉得要孤寂于世，要在大漠之中孑然而行了。是的，与喧闹之间，我尽量保持距离，我十分享受的是角落里的安宁，是夜空中不断闪现的簌簌流星。

这本书里，有过半篇幅是我在新冠疫情期间写的。七八成精力花在了历史散文上，桌面、茶几、沙发，无论在公司，或是在家里，能摆资料的地方，一点儿缝隙没有，全摆满了。写历史散文之余，为了提神醒脑，穿插着写了一些游记散文和生活散文。这本书里的主要内容，从初稿到定稿，所有修改痕迹，一页不差，我全部记录了下来。每年元旦，我将上一年的装订成册，现在越叠越高，已初成体系。若干年后，这些不起眼的写作档案，也许值得一翻。

我的散文写作产量极低。在如此低的情况下，还能一路坚持下来，得益于亲朋师友的包容与鞭策。曹谷溪、王资鑫等文学前辈，他们看着我呢，他们时时刻刻关注我的动态；老李、吴超等同道兄弟，他们盼着我呢，他们经常提酒过来，为我鼓劲，为我呐喊；妻子携一对儿女，他们盯着我呢，他们什么都不烦我，只期待能读到几句上好的文字。惭愧的是，在文学创作领域，我终究是业余的，的确精力不足，我还有公司要打理，还有烦琐的社会事务要天天应对。

这几年，我的白发增添了不少。朋友们建议染一染，我说不用，我说每一根都是自然生长出来的，它们应该保持原有的样子。为文也是如此，不能故意遮掩，更不能制造假象。得写本真，得本真地去写。

东拉西扯，唠叨了点"幕后"故事。作为后记，记在全书的最后面。